위험한 사내연애

VOL.1

위험한 사내연애 VOL.1

초판 1쇄 발행 2020년 12월 24일

지은이 | 서경

발행인 | 김성룡
기획, 편집 | (주)스마트빅(쉼표)
교정 | 홍성희
표지디자인 | 우물
출판등록 | 제2014-000017호 (2011년 6월 30일)

펴낸곳 | 도서출판 가연
주 소 | 서울시마포구 월드컵북로 4길 77, 3층 (동교동 ANT빌딩)
전 화 | 02-858-2217
팩 스 | 02-858-2219
ISBN | 978-89-6897-083-2 03810

위험한 사내연애

VOL.1

서경 장편소설

차 례

프롤로그

남자의 손끝이 야하다고 생각했다.

술이 든 잔을 돌릴 때 호박색 양주가 잔 안에서 빙그르르 돈다. 친구들과 잔을 기울이다가 웃고, 긴 손가락으로 턱을 쓸어내리며 다소 피곤한 표정을 지었을 때도 페로몬을 폴폴 풍겼다.

술집 안 사람들의 시선이 한 남자에게로 향했을 땐 저 남자를 가져 보고 싶단 생각이 들었다. 그렇다고 해도 그녀는 지금 이런 상황이 오리라고 생각하지 못했다.

"하아……."

남자와 시선이 부딪치고, 화장실에서 나오다가 스치고, 다시 한 번 계단에서 그를 마주했을 때 그녀는 남자의 유혹을 뿌리치지 못했다.

호텔 룸에 들어서자마자 입 안 점막까지 샅샅이 빨아들이는 힘에 정신이 혼미해졌다. 그녀는 남자가 주는 감각에 몸을 맡겼다. 지극히 충동적인 밤이었다. 여자는 정숙해야 하고, 착하게 살아야 한다는 그 말. 귀에 못이 박이도록 부모님께 들었던 말을 어기고 싶었다. 부모님 말마따나 착하게 살다가 정말 바보처럼 남자 친구에게 깜빡 속았다. 그것도 제 대학 후배랑 붙어먹을 줄이야.

"무슨 생각 하는 거지?"

남자는 긴 손가락으로 그녀의 턱을 잡아 위로 올렸다. 흐트러진 그의 머리카락과 젖은 눈빛이 야하다고 생각할 때쯤 다시 한번 남자가 입술을 부딪쳐 왔다. 남자는 그녀의 입술을 깊숙이 빨아들였다. 촉촉하게 젖은 입술이 그녀의 머릿속을 어지럽혔다. 혀가 들어와 입 속을 유영하며 여린 점막을 자극하자 그녀를 지탱하던 다리 힘이 풀렸다.

남자는 호텔 스위트룸의 구조가 어떻게 되는지 잘 아는 사람처럼 돌아다녔다. 제집 드나들듯 호텔을 편안해했고 직원들이 일제히 그를 알아보며 극진한 대접을 해 주었다. 평범한 사람은 아닐 거란 확신이 들었다.

여자가 입술을 벌리자 그가 그대로 혀를 넣어 그녀를 옭아맸다. 그러면서 그는 그녀의 티셔츠를 걷어 올렸다. 반듯한 얼굴만큼이나 그녀의 속옷도 어떤 문양 없이 순백했다. 그래서 남자로 하여금 모두 흐트러뜨리고 망가지게 하고 싶은 충동이 들게 했다. 남자는 여자에게 키스하며 벽으로 밀어붙였다.

"처음 봤을 때부터 이러고 싶었어."

"하읏."

하얀 목선에 이를 박아 빨아들이자 금세 붉게 살이 달아올랐다. 그 모습이 그에게 묘한 충족감을 주었다. 그녀가 클럽에 들어온 순간부터 그는 그녀에게 시선이 갔다. 화려하게 생긴 여자보다 오히려 티셔츠에 청바지를 입은 그녀가 신기루처럼 느껴졌다. 이런 색기를 갖고 있을 줄은 몰랐지만.

청순한 외모와 달리 그녀는 꽤나 주량이 셌다. 여기저기서 남자들이 그녀에게 눈독을 들였지만 그녀는 남자에게 쉽게 웃음을 주는 일이 없었다. 그랬던 그녀가 어느 순간부터 자신을 보고 있었다. 남자는 저를 향한 관심을 모를 만큼 둔하지 않았다. 눈이 마주치고, 또 마주치고, 다시 마주쳤을 때 그는 망설이지 않고 그녀를 제게 초대했다.

호텔에 들어오기 전부터 부어오르도록 빨았던 그녀의 입술. 마셔도 질리지 않는 와인 같았다. 씁쓸하면서도 중독되어 계속 빨게 된다.

스위트룸의 조명을 조절한 남자는 여자를 침대에 눕혔다. 그 위로 올라타 넥타이를 풀고 셔츠 단추를 풀며 지그시 여자를 응시했다. 은은한 조명이 그의 머리 위에 가득했다. 그래서 여자는 그의 외모에만 집중할 수 있었다. 날렵한 턱선과 오뚝한 코, 짙은 눈썹. 빠져들 것 같은 눈동자와 시원한 눈매. 거기다 고집스러운 입술까지. 남자는 객관적으로 매우 잘생긴 외모를 갖고 있었다. 모든 이의 이목을 집중시킬 만큼.

"왜 그렇게 봐?"

남자는 셔츠를 벗어 던진 후 거칠게 머리를 쓸어 올렸다.

"그렇게 보니 미칠 거 같은데."

그녀의 눈동자를 마주한 그는 거침없이 그녀의 둔덕 위에 손을 댔다. 하얀 브래지어가 그의 직접적인 손길을 막아 주고 있었으나, 그녀의 빠르게 뛰는 심장 소리까지 막아 주진 못했다.

"다행이야."

"뭐가요……?"

"당신도 나만큼 흥분한 거 같아서."

"아……."

그가 그녀에게 상체를 겹쳤다. 따스한 체온이 느껴졌다. 그는 그녀의 귓불을 만지작거리며 날것을 한입에 해치우려는 짐승처럼 그녀를 초조하게 만들었다.

그의 입술이 살 바로 위를 지분거릴 때마다 그녀는 참을 수가 없었다. 몸이 침대 위에 붕 떠 있는 것 같았다. 몽롱한 정신 속에서도 뜨거운 감각이 온몸을 훑고 지나갔다. 그 충격에 그녀는 그의 가슴에 손을 대고 밀어냈다. 손 안에 닿는 그의 가슴 근육이 오히려 위협적으로 느껴졌다. 저처럼 빠르게 뛰는 심장 박동이 그가 멈출 수 없는 상태라는 걸 알려 주었다.

"으!"

지독하게 자신을 몰아붙인 남자의 손이 청바지 버클에 닿았다. 한 손에 의해 툭 풀리자 그 사이로 속옷이 언뜻 보였다. 남자는 청바지 속으로 손을 넣어 천 위를 덮었다.

"잠, 잠……시만…… 아!"

남자는 그녀의 뜻대로 움직이지 않았다. 천 위를 덮고 있던 손이 물 만난 고기처럼 손가락을 세워 그녀를 긁었다.

"못 멈춰. 여기서."

그의 목소리가 사포에 긁듯이 갈라졌다. 가라앉은 목소리를 듣자 침이 꼴깍 넘어갔다. 맨살을 쓸고 다니는 손과 입술에 그녀는 속절없이 그에게 몸을 맡겼다.

관계에 익숙하지 않은 몸은 그에게 길들어져 갔다. 그가 만지면 반응을 했고, 그가 제 몸을 빨면 간헐적으로 몸이 떨렸다. 정신이 혼미해질 때마다 섹시한 그의 입술이 다가와 키스를 했다. 남자는 그러면서 그녀를 속옷만 남은 상태로 만들었다. 그도 드로즈 하나만 걸친 상태로 그녀와 몸을 겹쳤다. 그런 두 사람을 깨운 건 전화벨 소리였다.

"전화…… 읍!"

그러고 보니 그녀는 처음으로 클럽을 같이 가 준 혜진에게 연락을 하지 못했다. 술을 마시면 기억이 사라지는 친구라 방금 온 전화는 혜진은 아닐 것이다. 그렇다면 엄마나 아빠일 수도 있었다. 이렇게 말도 없이 외박을 하는 건 처음인지라…….

전화는 끊기기 무섭게 다시 울렸다. 결국 남자는 몸을 일으켜 전화가 울리는 방향으로 가서 그녀의 핸드폰을 가져왔다.

"주, 주세요."

여자의 말에 남자는 삐뚜름하게 웃으며 핸드폰을 그녀 앞에 내밀었다. 그녀가 손을 뻗으려는 순간 그가 높이 올렸다.

"어쩌지."

남자는 비릿하게 웃었다.

"주기 싫은데."

"……."

"나는 당신을 뺏기기 싫거든."

남자는 제 몸 상태를 숨기지 않은 채 당당하게 말했다. 그러곤 침대에 무릎을 대고선 그녀의 볼을 감쌌다.

"하고 싶어, 지금."

"……."

남자는 그녀의 다리 사이로 무릎을 넣은 채로 서서히 상체를 굽혔다. 그의 손에 의해 핸드폰 벨 소리는 무음으로 바뀌었다.

그는 그녀에게 체중을 실어 침대로 눌렀다. 그리고 침대에 닿기 전에 그의 손이 먼저 그녀의 등을 짚었다. 브래지어 후크에 손을 댔다. 끈 주위를 만지는 손길이 과감해서 멀미를 하는 것처럼 머리와 아랫배가 모두 울렁거렸다. 그는 목마른 사람처럼 그녀의 어깨와 쇄골을 빨았다. 그녀의 둔덕을 지나 더 아래로 내려왔다.

그의 아래서 헐떡이며 그를 찾아 애원할 정도로 입술로 그녀를 녹여 갔다. 제 몸에 이런 감각이 있었나 싶을 정도로 야하게 그녀를 몰아친 남자가 손을 그녀의 양옆에 대고 상체를 가까이 했다. 이불로 하체를 가리고 있었으나 그녀는 제 아래에 닿는 단단함을 모를 수가 없었다. 두려움에 눈동자가 마구 흔들렸다. 남자는 한 손을 들어 그녀의 볼을 감쌌다.

"긴장 풀어."

그가 그녀의 남은 천 조각으로 손을 뻗었다. 돌이킬 수 없다고 생각했다. 남자를 말리고 싶지 않았다. 한껏 움츠러든 그녀를 본 그가 입술 끝을 삐뚜름하게 올렸다.

"죽일 생각은 없으니까."

남자는 그녀의 볼을 감싼 채 입술을 부딪쳐 왔다. 그와 동시에 몸도 같이 맞닿았다. 죽일 생각이 없다던 남자의 말이 오히려 더 무섭게 느껴졌다. 그녀는 남자의 뜨거운 몸을 받아들였다. 아픔에 인상을 찡그린 그녀가 소리를 지를 수도 없게 그가 입술로 막아 버렸다. 그의 입 속에서 그녀는 마음껏 소리를 뱉었다.

제발, 그만.

그만이 줄 수 있는 고통이었다.

남자는 자신의 몸에 손톱을 박아 긁는 여자의 손목을 잡았다. 그녀의 양 손목을 한 손에 잡아 움켜쥐었다. 그러자 그녀는 버티려는 사람처럼 주먹을 꼭 쥐었다. 그 모습이 남자의 정복욕을 자극했다. 이 여자를 망가뜨리고 싶었다. 왜 그런 생각이 들었는지 모르겠다. 버티려는 여자 앞에서 그러지 못하도록, 소리를 지르고 제 품에 안겨서 정신이 나가 버리도록 만들고 싶다는 생각이 들었다. 이런 본능적인 상태가 된 건 그로서도 처음이었다.

두 사람의 몸이 이불 속에서 출렁였다. 에어컨을 켠 호텔 방 안을 달아오르게 할 정도로 두 사람은 뜨겁게 서로를 가졌다. 그의 몸을 밀며 도망가려는 그녀의 발목을 그가 잡아챘다.

"도망가지 마."

"……"

"힘들면 잡아. 그리고 버텨."

서로의 몸이 축축하게 젖자 여자의 손은 자꾸 미끄러졌다. 그는 그녀의 두 손을 제 목에 걸어 주었다.

"나도 미치겠으니까."

남자는 여자에게 경고를 한 후 제멋대로 몰아쳤다. 여자가 제 앞에서 흥분에 겨워 눈물을 흘릴 때 혀로 핥아 올리며 귓불을 빨았다. 끝까지 몰아친 그는 품에 여자를 안고 잠에 빠졌다. 불면증이 있던 그는 옆에 있던 여자가 사라지는지도 모를 정도로 아침까지 단잠을 잤다.

 호텔 방을 나선 여자는 하룻밤의 일탈치고는 완벽했다고 생각했다. 온몸이 두들겨 맞은 것 같았지만 이런 쓰라림은 참을 수 있었다. 택시를 잡아타고 집으로 가는 동안 심장이 터질 것 같았다. 처음으로 한 일탈에 죄책감이 몰려왔다. 술이 깨는 순간부터 그녀는 오늘 일을 잊기로 했다. 태어나서 단 한 번 할 수 있는 실수, 아니 단 한 번 누릴 수 있는 호사라고 생각하기로 했다.

 그 남자를 다시 만나게 될 줄은,

 그때는 알 수 없었다.

1장. 재회

　지수는 블라우스에 치마를 입고 검은색 구두를 신었다. 신입 사원 면접을 볼 때처럼 깔끔한 복장을 한 그녀는 고무줄로 머리를 질끈 올려 묶었다.

　서일 건설은 BH 건설 아파트 브랜드인 '프랜들리'와 '스카이 파크'의 부지 매입, 인허가 문제, 분양 등을 담당하는 시행사였다. 시공사인 BH 그룹은 건설, 전자, 물류 등 다양했지만 그중에서도 건설이 핵심 사업이었다. 서일 건설은 대기업의 물량을 받는 회사다 보니 시행사들 중 안정적인 거래처가 있는 셈이었다. BH 건설 거래처 하나로도 회사가 먹고살 정도였다. 그런데 대표가 횡

령, 배임으로 검찰에 출두하게 되면서 최근 서일 건설의 대표 자리가 공석이 되었다.

'조만간 새로운 대표가 올 거야. 회장님 픽이래.'

회장이 스카우트해 온 새로운 대표에 대한 소문이 회사에 무성했다.

"다녀오겠습니다."

"구두 앞코에 얼룩이 묻었잖니."

"아. 네. 닦을게요."

지수가 몸을 앞으로 숙이자 아빠가 혀를 쯧 찼다.

"몸가짐을 바로 하라고 몇 번을 말했니. 치마를 입은 상태로 몸을 숙이면 정숙하지 못하잖니."

"죄송합니다."

지수는 구두를 벗고 무릎을 꿇어앉은 채로 구두 앞코에 묻은 얼룩을 천으로 닦았다. 다시 구두를 신자 엄마는 그녀의 옷매무새를 다듬었다.

윤리 교사였던 그녀의 아빠는 현재 고등학교의 교장을 맡고 있었고, 엄마는 국어 교사로 중학교 3학년 부장을 맡고 있었다. 그러다 보니, 그녀는 어려서부터 여자는 참하고 정숙해야 한다는 걸 못이 박이도록 들었다.

딱 한 번, 그녀가 일탈을 했을 때.

그녀는 엄마에게 붙잡혀 머리카락의 일부가 잘려 나갔다. 바리캉으로 머리 한쪽을 밀어 버릴 거라곤 상상조차 못 했다. 엄마와 아빠는 협박이 아닌, 정말 행동으로 행하시는 분이었다.

"누나 출근해?"

지훈이 눈을 비비며 나왔다. 그녀의 옆 건물에 동기들과 창업한 지훈은 그녀보다 매번 늦게 출근했다. 스타트업이다 보니 출근이 자유로운 대신, 거기서 먹고 자며 밤을 새우는 날도 비례해서 늘었다. 안쓰럽기도 하고 대견하기도 하다.

"어머, 넌 누나가 보는데 속옷만 입고 나오면 어떡하니. 얼른 옷 안 입고 나와?"

엄마의 호통에 지훈은 혀를 내밀며 화장실로 뛰어들어 갔다.

"다녀오겠습니다!"

지수는 어수선한 틈을 타서 가방을 들고 밖으로 나갔다.

엘리베이터를 타고 내려간 그녀는 대중교통을 이용하여 회사 앞에 도착했다. 그녀는 분양 팀의 2년 차 사원이었다.

"믹스 커피 대령입니다!"

서준은 분양 1팀의 커피를 모두 타서 돌렸다. 그는 책상에 엉덩이를 걸터앉은 후 입을 열었다.

"제가 BH 홍 이사님과 만났는데 저희 회사 스카우트된 대표님이 BH의 손자래요. 후계자라는 거죠. 극비라는데, 우리 분양 1팀과 저는 비밀이 없잖습니까."

"정말? 확실해?"

"네. 홍 이사님께서 확실하다고 하셨어요. 우리 서윤 씨, 엄청 좋겠네."

"저요? 왜 제가 좋아요?"

"연예인 뺨치는 외모라더라. 서윤 씨, 얼빠인 거 다 소문났잖아."

"대리님도 참. 저를 너무 잘 아시네요."

서윤이 콧잔등을 찡긋 올렸다 내리며 씨익 웃었다. 그녀는 지수보다 한 살 많은 사수로 잘생긴 남자를 보면 사족을 못 썼다. 분양 사무소에서 일할 때 잘생긴 아파트 당첨자를 상담해 주다가 계약서에 침을 흘린 적도 있었고, 잘생긴 남자는 상담하면서 저절로 번호가 외워진다면서 자신도 신기하다고 회식 자리에서 말한 적도 있었다.

"지수 씨는 새로운 대표님 안 궁금해?"

조 부장이 조신하게 앉아서 일하는 지수에게 말을 걸어왔다.

"누가 오든 제 일만 잘하면 되는걸요. 좋은 분이시겠죠."

"역시, 지수 씨야."

그녀는 가족들 앞, 회사 안에서는 부모님께서 만들어 주신 이미지를 그대로 고수했다. 얌전하고, 바르고, 착하고, 성실한 사람. 그래서 흐트러지지 않으려 노력했고, 회식 자리에서도 술 한두 잔만 마셨다.

"저는 잠시 탕비실 다녀오겠습니다."

"다녀와."

지수는 부장과 대리에게 인사를 하고 건물 밖으로 나갔다.

아침에 출근해서 보니 사원증이 없었다. 평소에 핸드폰 케이스에 넣어서 다니는데 어제는 사정이 있어서 지갑에 넣어 놨다가 집에 깜빡 두고 온 것이다. 그녀는 동생에게 전화를 하였다. 그녀보다 늦게 출근한 지훈은 버스에서 내린 후 어기적거리면서 건물로 걸어오고 있었다. 옆 건물에서 일해서 얼마나 다행인지.

"누나."

"김지훈, 얼른! 전화는 왜 안 받아? 내 사원증."

그녀가 손을 내밀자 지훈이 먼저 그녀 앞에 두 손을 내밀었다.

"공짜가 어디 있냐?"

"뭘. 뭘 바라는데."

"누나 지갑 참 두툼하네."

"만 원."

"에이, 만 원이 뭐야?"

"너 출근길에 갖다 준 거잖아. 땅 파도 만 원이 안 나오거든!"

"5만 원은 줘야지. 5만 원."

지수는 지훈에게서 지갑을 뺏고는 만 원 한 장을 꺼내 그의 손 위에 올려 주었다. 5만 원은 무슨, 버스비 내고도 훨씬 남을 금액이구만.

지갑 안에는 사원증이 들어 있었다. 그녀의 회사는 사원증이 곧 보안 카드였다. 이게 없으면 인터폰을 눌러서 일일이 통화를 하고 들어가야 하는데, 화장실이 밖에 있어서 보안 카드가 없는 날엔 하루에 몇 번씩 총무 팀과 통화 연결을 해야 한다. 그럴 바엔 동생에게 갖다 달라고 하는 게 나았다.

사원증을 손에 들고 보안대 앞으로 가던 그때, 그 앞을 서성이는 남자의 뒷모습이 보였다. 슈트를 입은 남자는 키가 커서 그런 건지, 몸이 좋아서인지 몰라도 옷 태가 좋았다. 연예인인 모양이었다. 요새 연예인들은 하도 돈을 잘 벌어서 분양과 건물 올리는 것에 관심이 많았다. 전 대표도 알짜배기인 연예인 손님들을 잘도 잡아 왔었다. 그녀는 남자 앞을 지나쳐 보안 카드를 찍었다. 삐빅

소리와 함께 보안대가 열렸다. 일단 들어와서 기다리라고 할 요량으로 그녀가 함박웃음을 장착한 채 뒤를 돌았다.

"어느 분 찾아오셨……."

흠칫.

지수는 다음 말을 잇지 못했다. 제 앞에 서 있는 남자는 연예인이 아니었다. 한 번 보면 절대 잊을 수 없을 정도로 강렬한 외모를 가진 남자, 나른하게 응시하는 표정이 섹시했던 남자. 아주 오래전 클럽에서 모든 이의 시선을 받던 남자였다. 그가 쳐다보면 숨이 막힐 것만 같았고, 그의 입술이 닿았을 땐 전기에 감전된 것처럼 짜릿했다. 그가 하룻밤의 유혹을 던질 때 그녀는 그를 거부할 수 없었다. 그렇게 단 한 번의 일탈을 했던 남자.

그가 훨씬 더 남자다워진 채로 제 앞에 서 있었다. 이렇게 마주칠 거란 생각을 못 했던지라 그녀는 조각같이 서 있던 남자가 움직이자 심장이 쿵 하고 주저앉았다.

남자는 긴 손가락으로 진동이 울리는 핸드폰을 터치한 후 전화를 받았다. 그냥 가 버리면 되는데 몸이 굳은 것처럼 지수는 움직일 수가 없었다. 5년 전 그때처럼.

"네. 보안대 앞입니다."

이 남자를 다시 마주치다니. 그것도 하필 여기서. 왜 여기 있는 거지? 아는 사람이 우리 회사 다니나? 아니면 여동생? 여자 친구? 거래처? 어느 쪽이더라도 그녀에겐 좋지 않은 일이었다. 지수는 남자와 함께 잠시 보안대 앞에 서 있었다. 그때, 임만철 본부장이 밖으로 나왔다.

"안녕하세요."

"안녕하십니까, 대표님!"

지수가 본부장에게 인사를 하고, 본부장은 그녀 옆에 있는 남자에게 깍듯이 고개를 숙였다. 대표님? 대표? 그렇다면, BH의 손자이자 스카우트된 대표라는 분이……. 지수가 옆으로 고개를 돌리자 남자가 그녀를 무감한 표정으로 내려 보고 있었다. 눈이 마주치자 그의 입꼬리가 말려 올라갔다.

"처음 뵙겠습니다. 박현우입니다."

"임만철입니다."

분명 자신을 보고 말을 했었다. 지수가 고개를 숙인 것과 동시에 만철은 대표의 손을 잡으며 다시 한번 고개 숙여 인사했다.

"이쪽으로 오시죠. 오늘 오시는 줄 알았으면 미리 정리를 하는 건데, 자리가 아직 정리가 되지 않아서……."

"한번 회사 분위기 보러 왔습니다."

"네. 대표님 자리는 이쪽. 이쪽입니다."

"그렇군요. 그전에, 김지수 씨?"

현우의 눈이 그녀의 사원증에 닿아 있었다. 분양 1팀 김지수 사원.

"네?"

"안내해 줘서 고마워요. 다시 봐요."

"네. 네!"

그녀의 인사에 그는 피식 웃었다. 자신을 알고 있는 걸까? 그날 일을 기억하는 걸까? 그날의 그는 자신과 다르게 조급하지도 않고 원나잇에 익숙해 보였다. 자신을 잘 리드했던 기억 속 그의 섹시한 입매가 떠오르자 눈이 질끈 감겼다.

"대표님, 이쪽입니다."

✳

　현우는 본부장을 따라갔다. 그가 앞으로 일할 대표실은 한 팀이 그곳에 있어도 될 정도로 넓었다. 그를 맞이한다고 인테리어를 새로 한 모양이었다. 싸구려 벽지하며 인테리어 꼴을 보니 어떻게 업무 처리를 하는지 서류를 보지 않아도 알 것 같았다. 호화로운 그곳에 대표이사 박현우 명패가 올려져 있었다. 뾰족한 곳을 검지로 쓸며 통유리 창문 밖으로 서울 시내를 내려다보았다.

　'네가 가서 살려, 서일 건설.'

　할아버지의 부탁이었다. BH 건설의 영업 이익을 기하급수적으로 올렸던 그의 능력을 다시 한번 발휘해 주기를 바라셨다. 또한 이곳을 구원하고 BH로 돌아왔을 땐, 그의 자리는 일개 팀장이 아닌 전 직원을 책임져야 하는 위치에 있을 거라는 당부도 하셨다. 복잡한 마음을 갖고 정식 출근 전 서일 건설을 방문했는데, 뜻밖의 수확이 있었다.

　김지수.

　어떻게 그 여자를 잊을 수 있을까. 여자에게 첫눈에 반해 호텔로 올라가 도망가지 못하게 몰아쳤던 그 밤을. 제 아래서 울먹이던 그 눈물을, 달달 떨며 신음을 흘리던 입술을.

　그 여자 이후로 다른 여자는 눈에 들어오지 않았다. 수없이 많은 유혹이 있었으나 이상하게 그때마다 묘했던 그 여자가 생각났다. 뭐에 홀린 것처럼. 다시 만나 보고 싶었는데…… 이렇게 가까이에 있을 줄이야.

"뭐 찾으시는 거 있습니까?"

"직원 이력서 볼 수 있습니까?"

"네? 아, 네. 인사 팀에 요청해서 올리겠습니다. 오늘부터 바로 일하십니까?"

"가볍게 직원 구조만 파악하겠습니다."

그는 슈트 재킷을 벗어 의자에 걸쳤다. 가죽 의자에 앉아 넥타이를 풀었다. 단추를 푸는 손이 느긋했다. 먹잇감을 두고 언제 어떻게 몰아서 잡아먹을까 고민하는 포식자 같은 웃음을 지으며, 그는 본부장이 알려 준 사내 사이트에 접속했다. 원하는 상대를 찾은 그의 눈빛이 날카롭게 빛났다.

회사에서 집까지 무슨 정신으로 왔는지 모르겠다. 지수는 아파트 앞 놀이터 주변에 있는 등나무 밑에서 혜진에게 전화를 걸었다. 혜진은 그녀의 이중생활에 물꼬를 터 준 친구이자, 그녀가 일탈을 하고 싶을 때 만나는 친구였다.

– 쑤~

"찐. 어디야?"

– 바(Bar). 술 마시고 있어. 너도 올래?

"아니. 나는 내일 출근해."

혜진은 유복한 가정에서 자라서 오늘은 어디서 돈을 쓸지를 고민하는 친구였다. 쇼핑이 하고 싶을 땐 유럽을 가고, 심심하면 아는 친구들을 불러 파티를 연다. 오전 일과는 취침 아니면 피부 관리였고, 저녁에는 대부분이 술자리였다.

　대학 동기인 혜진과 친해진 게 정말 아이러니했다. 학창 시절부터 정말 친한 친구는 지유이지만, 대학 시절에는 혜진을 매일 만나다 보니 그녀와 자주 놀았던 것 같았다.

　- 무슨 일이야?

　"혜진아……. 우리 5년 전쯤에 나 처음 클럽 갔을 때 기억나?"

　- 음? 그게 언제더라?

　"왜 그 강남역에 있는 거기 있잖아."

　- 너한텐 처음이지만 나는 많은 날 중에 하나여서 기억이 안 나. 하여튼 그게 왜?

　"그때 만났던 남자랑 회사에서 마주쳤어."

　- 그게 왜?

　"그냥……."

　혹시 그 남자가 나를 기억할까 싶어서. 사실 기억한다고 해도 뭐 어떻게 할 것도 아니고, 그날처럼 다시 둘이 불이 붙어서 호텔로 직행할 것도 아니다. 과거는 과거일 뿐인데. 요새는 몸과 마음을 다해 연애했던 연인도 헤어지고 나면 친구처럼 지내는 경우가 많다는데, 그녀는 저와 섹스를 했던 남자를 다시 보는 게 영 익숙지 않았다. 그것도 회사 대표면 1년에 몇 번은 마주칠 것이 아닌가. 그냥 남자도 아니고, 원나잇을 했던 남자인데……. 대표가 자신을 기억한다면 얼마나 헤픈 여자로 알까.

　- 클럽 오는 남자들도 하도 여자를 많이 만나서 기억 못 할 거야. 일일이 어떻게 기억해? 신경 쓰지 마. 나는 네가 그 남자를 기

억하는 게 더 신기하다. 뭐 문제 있었어?

"아, 아니⋯⋯."

혜진과는 같이 클럽을 가고 친하게 지내도 100% 솔직하긴 어려웠다. 왜인지 모르게 항상 거리감이 느껴졌다. 그녀가 원나잇을 했단 사실을 지유는 알고 있지만, 머리가 크고 친해진 혜진에게는 왠지 얘기하기가 꺼림칙했다.

─ 그럼 됐네. 지수야. 조만간 나 생파 할 건데, 그때 올 거지?

"네 생파면 가야지."

그래, 내가 너무 오버한 거겠지? 그녀는 앞머리를 정리하고 엉덩이를 털었다. 이런 곳에 함부로 앉아 있는 걸 부모님이 보셨다면 분명 한 소리를 들었을 것이다. 몸가짐을 바르게 해야 한다고.

─ 나 생일 파티를 마지막으로 이제 결혼 준비하려고.

"결혼?"

─ 영감이 추천해 주는 놈팡이 중 맘에 드는 놈을 찾았어. 갖고 싶어졌거든. 열심히 들이대는 중이야.

"응원할게."

그녀는 제 상태를 한 번 체크한 후 아파트 입구로 갔다.

블루 아파트 201동. 엘리베이터를 타고 9층까지 올라가는 동안 그녀는 허리를 곧게 펴고 숫자가 하나둘씩 늘어나는 걸 보았다.

✲

현우는 서일 건설의 자금 흐름을 보기 위해 근 5년간의 자료를 눈 빠지게 살폈다. 정식 출근 날부터 일을 하려고 했는데 한

번 시작하자 이것저것 자료들이 책상을 가득 메웠다. 벌써 밖이 어두워져 있었다. 그가 건물 밖으로 나오자 쌀쌀한 바람이 얼굴을 스쳤다.

"현우 선배? 선배 맞아요?"

그때, 옆 건물에서 나오던 남자 하나가 그에게 달려왔다. 까마득한 대학교 후배였다. 건축학과는 1년에 한 번씩 졸업한 선배들까지 모두 모시고 가는 MT가 기획된다. 그때 사업체를 운영하거나, 대기업 임원이거나, 사회에서 자리 잡은 선배 몇 명을 초청하여 질의응답 시간을 갖는데 그때 현우도 초대되었다. 앞에 있는 지훈은 질문이 끊이지 않았던 후배였다. 그는 미간을 모아 지훈을 보았다. 안 그래도 물어보고 싶었던 게 있었다. 오전에 봤던 장면에 대해서.

"선배님, 안녕하십니까."

"어, 오랜만이다."

"잘 지내셨습니까? 저는 IT 사업 쪽으로 동기와 창업해서 저 옆 건물에 있습니다. 나중에 놀러 오십시오. 선배는 언제든지 반깁니다."

"고맙다. 나도 다음 주부터는 이 회사 다녀."

"이직하셨습니까?"

현우는 고개를 주억거리며 명함 한 장을 꺼내서 주었다. 만철이 미리 만들어 둔 명함이었다. 서일 건설 대표 박현우. 그 명함을 본 지훈의 눈이 크게 떠졌다.

"서, 서일 건설 대표…… 우와. 잠깐, 서일 건설요?"

"왜? 아는 사람 있나?"

오늘 아침 현우는 우연히 두 사람을 보았다. 찾으려고 할 땐 보이지도 않던 여자가 놀랍게도 제 앞에 있었다. 그의 후배인 이 녀석과 함께. 두 사람은 친밀해 보였고 보통 사이는 아닌 것 같았다. 골키퍼가 있다고 골이 안 들어가는 건 아니지만…….

"네, 누나가 거기 다니고 있어요."

"누나?"

"친누나요. 일부러 창업할 때 누나 회사 옆으로 왔거든요. 저희 누나가 말이죠, 어려서부터 예뻤는데 크면서 더 예뻐져서 눈독 들이는 남자가 끊이질 않더라고요. 그래서 야근할 땐 저랑 같이 퇴근하고 그래요."

"그렇군."

"저희 누나는 정말…… 일하고 집밖에 몰라요. 술도 제대로 한 잔 못 한다니까요? 참하고 순진해서 걱정이에요. 아…… 선배님, 죄송해요. 바쁘신 거 아니죠?"

현우는 손목을 들어 시계를 보았다. 대표로 취임하기 전 이사 문제가 남아 있어서 본가에 가서 짐을 싸야 하는데……. 이사 갈 곳도 좀 더 찾아봐야 하고. 그런데 지훈과 얘기를 더 나눠 보고 싶었다. 그의 누나에 대해서.

'술을 제대로 한 잔도 못 한다. 참하고 순진하다.'

오늘 본 그 여자는 동생의 말처럼 참해 보였다. 사내 평판에서도 묵묵히 제 일을 잘 처리하며 대체적으로 착하다는 평이 많았다. 그런데 그가 아는 그녀는 전혀 달랐다. 도발적이고, 술을 좋아한다. 생김새와 달리 옅게 웃을 땐 남자 혼을 쏙 빼놓을 정도로 색기가 돌았다. 5년 전 그때, 그녀의 춤은 클럽에 한두 번 와 본

솜씨가 아니었다. 눈이 마주칠 때마다 그가 꼼짝없이 그녀에게 빨려들 수밖에 없을 정도로 남자를 유혹하는 데 수준급이었다.

"안 바빠. 괜찮다면 후배한테 술 한잔 사 주고 싶은데."

"좋습니다. 제 동기도 위에서 일하고 있는데 내려오라고 할까요?"

"다음에. 오늘은 둘이서 한잔하지."

"와! 저의 멘토이자 존경하는 선배님께 술을 얻어먹다니. 건축학과의 신화잖아요, 선배. 저 늦는다고 집에 연락 좀 하겠습니다."

현우는 고개를 끄덕였다. 그러자 지훈이 한 발자국 떨어져서 등을 돌린 후 집에 전화를 걸었다.

"어, 누나. 엄마가 나 찾으면 오늘 야근한다고 해 줘. 아, 참. 우리 아랫집 곧 이민 가지? 벌써 집 내놨대? 정식이랑 다 같이 오늘 파티하기로 했었는데 까먹었다. 난 정식이 선물 따로 살게. 엄마랑 아빠랑 누나랑 가서 맛있는 거 먹어. 나는 더 중요한 게 있어. 몰라도 돼! 내 프라이버시거든!"

통화하는 소리만 들어도 얼마나 살가운 집안인지 알 수 있었다. 지훈은 전화를 끊고 현우에게 다시 고개 숙여 죄송하다고 하였다.

"오래 기다리게 해서 죄송합니다."

"아니야. 그런데 아래층이 이사 가나 봐?"

"네! 거기 애들이 공부를 잘해서 단체로 이민 가나 봐요. 저희 아버지 학교 학생이기도 해서 좀 친하거든요."

그는 오전에 봤던 인사 기록부를 떠올렸다. 외우려고 한 건 아니지만, 지수의 집 주소가 머릿속을 스쳐 지나갔다. 회사 인근에 집을 계약하려고 생각하고 있었는데……. 블루 아파트는 거리가 멀지 않으나 30년 된 노후 아파트여서 고쳐야 할 게 많을 것이다.

"그렇군. 그 집이 빈다는 거지."

"네. 선배님! 근데 어쩌다가 서일로 오시게 된 거예요?"

지훈은 대학생 때처럼 궁금한 게 아직도 많은 모양이었다. 현우는 그에게 술을 사 주며 그의 질문에 성실히 답을 해 줬다. 그러면서도 그가 궁금한 것들을 캐냈다. 김지수는 지훈의 친누나이며, 그들의 아랫집이 곧 빌 예정이라는 것. 누나는 집안에서 큰 소리를 낸 적도 없고 부모님께 순종한다는 것. 남자에게 인기가 많다는 것. 또한 술도 한 잔 못 한다는 것.

어딘지 모르게 수상한 구석이 있었다. 가족들도 모르게 이중생활을 하는 건가. 뜨거운 밤을 보내고 그에게 연락처도 알려 주지 않고 도망가 버린 여자. 일부러 별로 좋아하지도 않는 클럽에 출석 도장을 찍었으나 그 여자를 다시 만날 순 없었다. 다시 만나길 고대했지만, 이렇게 가까이에 있었다니. 실소가 터졌다. 그 웃음 뒤에는 사악한 기운이 감돌았다.

"아, 왜 오슬오슬 춥지."

지수는 침대 위에서 자다가 몸을 부르르 떨었다. 그러다 시계를 보았는데, 새벽 1시였다. 귀가 밝은 그녀는 도어 록이 해제되는 소리에 기가 막히게 잠에서 깨는데 그 소리를 못 들은 걸 보면 아직 지훈이 들어오지 않았다는 것이다. 자신에게도 부모님의 피가 흐르는 건지 그녀는 동생이 걱정되었다. 오늘 안 들어온다는 말은 없었는데……. 지수는 남동생의 핸드폰 번호를 찾은 다음 전화를 걸었다.

– 여보……@#$%

"김지훈! 어디야? 오늘 안 들어와?"

– 누우……나! 전화 바꿨습니다. 지훈이 선배입니다.

"지훈이 선배요?"

왜 목소리가 익숙하지?

지수는 고개를 갸웃했다.

– 몇 병 안 마셨는데 정신을 못 차리는군요.

"걔 주량이 한 병도 안 되거든요. 어디예요? 제가 데리러 갈게요. 아니다, 회사 주변이면 거기 회사에 눕혀만 주세요."

술 먹은 애를 업고 올 힘 따윈 없을 테니까.

– 집 앞에 다 와 갑니다. 1층으로 내려와 주시겠습니까?

"아파트 앞이요? 저희 201동입니다. 1층으로 지금 내려갈게요."

– 네. 혼자 내려오십니까?

그건 왜 묻지?

지수는 겉옷을 입으며 잠시 멈칫했다. 부모님을 이 시간에 깨워서 같이 내려갈 순 없는 노릇이었다.

"네. 혼자 내려가죠. 금방 갈게요."

그녀는 전화를 끊으면서도 이상한 기분에 미간을 좁혔다. 내가 오늘 이런 목소리를 들었나. 분명 정중한데 사람을 긴장시키는 느낌이었다.

✳

　일에만 목매어 기계처럼 살아가던 일상에 그 여자가 무심코 들어왔다. 제 앞에 누군가 일부러 그녀를 집어서 떨어뜨린 것처럼 말이다.

　현우는 지훈을 부축하여 아파트 앞 벤치에 내려놓았다. 그는 자꾸 웃음이 나왔다. 지훈의 친누나라. 그럼 찾으려고 했다면 얼마든지 찾았을 거고, 후배의 졸업식 때 와 달라는 학부의 부탁을 거절하지 않았더라면 더 빨리 만났을 수도 있단 거였다. BH에서 기획 팀장으로 일할 때, 서일 건설과 미팅할 기회가 종종 있었는데 그는 그 회사 대표가 사람이 음흉해 보여서 메일이나 자료를 꼭 남겼다. 만나는 일은 최소화했고, 만나더라도 BH 건물로 불러서 미팅을 했다. 만약 자신이 서일로 가서 미팅을 했다면 훨씬 전에 그녀를 만날 수도 있었던 것이다. 어쩌면 그녀는 제 주변을 배회하고 있었는데 자신이 주변에 관심이 없었을 수도 있다. 이렇게 가까운 곳에, 한 다리 건너면 알 수 있는 사람이었을 줄이야.

　블루 아파트 201동 1층의 자동 센서 등이 켜졌다. 두리번거리는 여자를 보며 그가 손을 들었다. 그러자 그녀는 그들이 있는 쪽으로 걸어왔다. 화장기 없는 민낯은 학생이라고 해도 믿을 정도로 피부가 깨끗했다. 조막만 한 얼굴에 눈코입이 조화롭게 어우러져 한 번 보면 두 번 눈이 갔다. 저 피부의 감촉을 이미 충분히 알고 있다. 부드럽고 손 안에서 살살 녹아내린다. 그녀의 몸은 악기가 되어 그가 연주할 때마다 입에선 신음이 나온다. 물기가 어린 채로, 흔들리는 눈빛으로 그를 올려다보면……

아아. 방금 샤워한 그녀에게서 풍기는 향과 그 기억이 겹쳐서 몸이 뻐근해졌다.

"대표님?"

화들짝 놀란 눈망울이 촉촉해서 손으로 건드려 보고 싶은 충동이 들었다.

"또 만나네요."

"여긴 어쩐 일로……. 김지훈!"

그녀는 그의 코앞까지 와서 남동생을 부축하겠답시고 반대편 팔을 어깨에 걸쳤다. 장신인 지훈이 그녀에게 몸을 실었다간 몇 초도 버티지 못하고 엎어질 게 뻔했다.

"몇 층입니까? 집 앞까지 같이 부축하죠."

"제가…… 할게요. 괜찮습니다."

"그래요, 그럼."

그는 지훈을 부축하던 팔에 힘을 살짝 뺐다.

"으악!"

그러자 그의 예상대로 그녀가 휘청거리며 다리에 힘이 풀렸다. 그는 그녀가 넘어지기 전에 다시 지훈을 부축했다.

"몇 층입니까?"

"9층이요."

그는 피식 웃으며 걸음을 옮겼다.

"동생 때문에 여기까지 오게 해서 죄송합니다. 그런데 대표님께서 저희 지훈이와는 어떤 관계신지?"

"대학교 선배입니다."

"아……."

눈동자가 이리저리 움직이며 혼란스러워하는 걸 보니, 그녀는 자신을 기억하고 있는 모양이었다. 무척이나 인상적인 그 밤이, 다행히 저에게만 그런 건 아니었던 것 같았다.

"김지수 씨."

"네, 네?"

"앞으로 잘 부탁합니다."

"제가 더 잘 부탁드립니다."

"모르는 거 있으면 많이 물어보겠습니다. 아무래도 임 본부장님보다는 지수 씨가 더 편할 거 같아서요."

"제가요?"

그녀는 왜 자신이 편한 거냐고 물어보려는지 입술을 달싹거렸다. 그러나 그 이상의 말은 묻지 않았다. 분명 제게 왜 이러는 건지, 그때의 일이 기억나는지 묻고 싶은 게 뻔한데.

엘리베이터가 9층 앞에 멈췄다. 9층에는 총 3호가 있었는데, 그녀는 901호인 모양이었다. 지훈이 몸을 막 비틀기 시작하더니 도어 록을 열려고 올렸다 내렸다를 반복하고 있었다. 지수가 그 앞으로 와서 비밀번호를 풀어 주자 그대로 문을 열고 들어갔다.

퍽. 문이 닫힘과 동시에 지훈이 신발장에 부딪쳐 넘어지는 소리가 들렸다. 제때 집에 들어가지 못한 그녀가 멀뚱히 서서 그를 올려다보았다.

"제가 지훈이 따로 혼내겠습니다. 이곳까지 데려다주셔서 감사합니다."

그녀는 그에게 깍듯이 인사했다.

"그럼 조심히 가세요."

제 앞에 선 그녀는 매번 도망가기 급급했다. 그날 밤에도, 아까 회사에서도, 지금도. 도어 록을 열려는 그녀를 막으며 그가 문을 한 손으로 짚었다.

"김지수 씨."

"……."

"나 기억 안 납니까?"

"대표님요?"

그는 잠시 그녀의 말을 기다렸다. 입술이 버석하게 말라 가던 그녀가 이로 입술을 질끈 물었다가 놓았다.

"오늘 처음 뵌 거 같은데요. 호, 혹시 저를 아시는지요?"

그녀는 자신을 모른 척하기로 정한 모양이었다.

"착각했나 봅니다. 닮은 사람을 아는 거 같아서."

"하하. 제가 흔하게 생겨서요."

"그럼 들어가 보세요. 정식 출근 날 뵙겠습니다."

"네. 대표님! 조심히 가세요."

그녀는 등으로 도어 록을 가리고 비밀번호를 빠르게 눌렀다. 도망갈 땐 잽싼 여자였다. 그는 엘리베이터를 타고 내려가면서 여기서 회사까지의 동선을 파악했다. 그렇게 멀지 않은 거리였다. 자신을 모른 척하기로 마음먹었다면 알게 해 주면 되는 거였다.

2장. 우연

이게 무슨 일이야!

그녀는 현관에서 엎어져 자는 지훈을 깨우려고 했으나 그건 지구가 두 쪽 나도 불가능한 일이었다. 이미 엎어진 그를 질질 끌고 오려다가 포기한 그녀가 그 앞에 털썩 앉았다.

'나 기억 안 납니까?'

그건 분명 과거를 기억하고 있다는 확신이었다. 여기서 기억한다고 하면 어떻게 되는 걸까. 저 차가운 눈빛으로, 고집 있는 입술로 저를 회사에서 못 버티게 만들려는 걸까.

'모르는 거 있으면 많이 물어보겠습니다. 아무래도 임 본부장님 보다는 지수 씨가 더 편할 거 같아서요.'

그녀는 그의 말이 협박처럼 들렸다. 굳이 그 많은 사람을 두고 자신에게 모르는 걸 묻고, 편하다고 하는 걸 보면 앞으로 괴롭혀 주겠다는 뜻 아닐까. 그때 아침에 인사를 하고 끝마무리는 깔끔 하게 해야 했던 걸까.

그나저나 이 무거운 김지훈을 어떻게 여기까지 데려온 거야? 아무리 잡아끌어도 돌덩이처럼 움직이질 않는데. 땀 하나 없이 거 뜬하게 지훈을 데려오는 걸 보면, 보통 힘이 아닌 것 같았다. 지훈 의 친구들도 뻗은 얠 데리고 올 때 세 명이서 낑낑거렸다. 힘센 그 가 산짐승처럼 위협적으로 느껴졌다.

✤

"안녕하세요. 서일 건설을 책임지게 될 박현우입니다. 잘 부탁 드립니다."

전 직원 모두 그의 취임식에 참여했다. 실물로 대표를 본 직원 들은 모두 입을 다물지 못했다. 남자 직원들은 너무 젊은 대표라 서, 여자 직원들은 그의 미친 외모에 놀라서 장내는 고요했다. 그 는 단상에서 내려와 직원들에게 고개 숙여 인사를 했다. 분양 1 팀 앞에 선 그와 그녀는 눈이 마주쳤다.

"조만식 부장님, 김서준 대리님, 서윤 씨, 그리고 지수 씨. 반갑 습니다. 박현우입니다."

"대표님, 잘 부탁합니다!"

"열심히 일하겠습니다."

지수를 제외한 나머지는 모두 어찌할 바를 모른 채 인사했다. 그녀도 고개를 숙였다. 현우는 출근하기 전에 이 많은 직원의 얼굴과 이름을 외운 모양이었다. 분양 1팀 외에 다른 부서 직원에게도 깍듯했다.

"대박. 저 외모에 일도 잘한다니, 이거 사기잖아요. 지수 씨, 저여기 좀 꼬집어 봐요."

"아."

"얼른요! 세게!"

그러자 지수 대신 서준이 서윤의 팔을 꼬집었다.

"악! 아픈 거 보니 꿈이 아니에요."

현우가 지나간 자리마다 여직원들은 모두 서윤과 같은 반응을 보였다.

"근데 BH 홍 이사님께 듣기로 성격이 장난 아니라는데. 눈 밖에 나면……."

"……."

부장과 서윤의 시선이 서준에게로 향했다.

"끽. 목숨이 하나인 사람은 있어도 두 개인 사람은 없죠? 자기 목숨 잘 지켜야 한다고 조언을 주셨습니다."

서준이 검지로 자신의 목을 긋는 시늉을 했다.

"에이, 설마요. 저렇게 인상이 좋은데. 그냥 소문이겠죠."

"그건 두고 보면 알겠죠."

그가 그렇다, 아니다로 논쟁을 하던 두 사람은 대표가 직원들에게 모두 인사를 끝낸 후 단상에 올라갔을 때 다시 조용해졌다.

"그럼 인사는 여기까지 하고. 본부장님, 5년 영업 이익률 제가 정리한 자료 띄워 주세요."

그의 등 뒤 화면이 켜졌다. 전 대표와 일했을 때의 실적과 기획들이 낱낱이 그의 손아귀에서 평가되어 있었다. 그 이후엔 부서별로 서로 얼굴을 들지 못해 화끈거렸다. 그는 과거를 공개적으로 까 버린 것이다.

"앞으로 서일 건설은 많은 변화가 생길 겁니다. 지금까지 일하셨던 건 쓰레기통에 버려도 좋습니다. BH의 후광을 업고 가긴 하지만, 시행사로서 하나의 물주만 잡고 갈 수 있겠습니까. 안전하다고 안주하지 않고 몸집을 불려서 BH를 넘어서야죠. 조만간 새로운 사업부로 TF 팀을 만들 계획입니다. 새로운 사업에 관심 있는 분들은 지원하셔도 좋습니다. 앞으로 수요일 오전 10시에는 전체 회의가 있겠습니다. 금요일 오전 10시에는 부서장들과의 면담이 있습니다. 말이 거칠게 나가더라도 마음은 그렇지 않으니 양해 부탁드립니다."

그는 직원들을 다독였다. 채찍을 휘두른 후 당근을 주겠다는 심보였다.

"각 부서별 주간 회의 월간 회의록 모두 저한테 참조로 보내 주시고, 업무 파악을 위해 제가 회의에 불시에 찾아가도 당황하지 않으셨으면 합니다."

그의 취임식이 끝난 후 직원 전원은 모두 회식 장소로 갔다. 그는 일 때문에 야근하는 건 있어도, 술 때문에 야근을 하는 건 용납하지 못한다고 하였다. 회식도 업무 시간 안에 포함하겠다는 말은 직원들에게 환호를 받았다. 그래서 오늘 지수는 아직 해가 지기도 전에 회식 자리에 앉아 있게 되었다.

✳

 단상에 있을 때와 달리 현우는 직원들과 곧잘 대화를 하고 웃기도 하였다. 한쪽 다리를 꼬고 소주병을 따서 부서 부장들에게 술잔을 돌리고 제법 잘 마셨다. 지훈이 술이 떡이 돼서 실려 왔다는 건, 박현우도 그만큼은 많이 마셨다는 건데, 그는 술을 마신 사람답지 않게 멀쩡했었다. 고로, 그는 주량이 센 게 틀림없었다. 지금도 다른 이들은 점점 취기가 오르고 있는데, 그는 여전히 저 혼자만 멀쩡해 보였다.
 "지수 씨도 와서 한잔해요."
 그때, 그가 안주를 먹고 있던 지수를 지목했다.
 "저요?"
 "우리 지수 씨는 술 못합니다. 저랑 일하는 2년 동안 열 잔은 마셨으려나."
 "술을 못한다고요?"
 조만식 부장의 말에 그의 입술이 삐뚜름하게 올라갔다.
 "지수 씨, 정말 술 못해요?"
 그가 소주병을 든 채로 그녀를 보며 물었다. 지수는 침을 꼴깍 삼켰다. 발끝이 오그라들었다.
 "아닌 거 같은데."
 "……."
 "뭐, 제가 사람을 착각했나 봅니다. 그럼 우리 부장님과 한 잔 더 하죠.”

“감사합니다!”

그는 조만식 부장에게 잔을 따르면서도 눈은 지수에게 향해 있었다. 그가 주는 압박에 숨이 막혀 왔다. 손바닥 위에 자신을 올리고 이렇게 죽일까, 저렇게 죽일까 궁리하는 악마처럼 보였다. 회사 생활, 이대로 괜찮을까.

아침 일찍 출근한 현우는 왼손으로는 커피가 담긴 종이컵을 쥐고, 다른 손으로는 마우스를 잡고 움직였다. 인사 조직도를 컴퓨터 화면에 띄워 놓고 어제 회식 자리에서 얻은 정보와 이름, 얼굴을 매치시키며 머릿속에 그만의 조직도를 새로 구성했다.

그의 앞자리에 앉은 분양 1팀 조만식 부장은 분양 팀 총괄부장이다. 그는 술자리에서 조금 사적인 이야기를 풀어 주면 마음을 열고 모든 걸 고하는 인물이었다. 덕분에 현우는 각 부서별로 헤더들의 성향을 파악할 수 있었다. 어떻게 대하면 상대가 마음의 문을 여는지, 어떤 부분이 콤플렉스로 작용해서 자기 자신을 보호하는지, 가족 관계는 어떤지. 많은 정보가 그의 머릿속에 입력되었다.

내부에서 새는 돈을 찾다 보면 의외로 간부의 가족과 직결된 곳이 많았다. 아내, 사촌, 부모님, 조카 등등. 혈연, 지연, 학연으로 맺어진 관계들은 결국 새는 돈을 만든다. 그가 BH에 입사했을 때도 처음 했던 일이 그것이었다. 밑 빠진 독에 물을 붓는 것보다는 밑 빠진 독을 막는 것. 그건 서일 건설에 출근하고서도 마찬가지였다. 커피를 내려놓은 왼손은 노트북 안에 있는 자료를 찾아서 직원의 가족 관계를 확인하고, 그 이름과 업체의 대표자와 실무자 중 겹치는 구석이 있는지 파악했다. 그의 머릿속에 돈의 관계성의 맵이 완성될 때쯤, 비서가 대표실 문을 두드렸다.

"대표님, 매매 계약서입니다."

현우는 성우가 가져온 파일을 열어 아파트 매매 계약서를 꺼냈다. 무표정으로 있던 현우의 얼굴에 미소가 감돌았다.

"공인 중개사 사무소에서 회사 바로 앞 건물이 아파텔인데 더 깨끗하고 좋다고 추천하시더라고요."

"알지."

이미 회사 주변에 그가 살 곳은 미리 봐 둔 상태였다. 그러나 어제부로 마음이 바뀌었다. 5년 전 뜨겁게 밤을 보냈던 사이인데 기억을 못 한다라……. 그 밤이 자신에게만 지독한 열병 같았던 건지.

어젯밤 회식 자리에서 직원들을 위해 자리를 피할 틈을 보고 있던 그의 눈에 뒤꽁무니를 빼려는 그녀가 보였다. 1차가 끝나자마자 갈 생각인지 한 손에 핸드백을 쥔 채였다. 술을 권해도 거절하며 오히려 상대의 술잔을 채워 주는 그녀는 고단수로 보였다. 오히려 상대방을 더 먹게 하는. 입은 쉴 새 없이 직원들과 대화를 나누고 있었으나 정작 술은 마시지 않는다. 그가 알기로 그녀는 술을 참 잘 마셨는데 말이다.

그가 인사를 하고 일어나자 얼마 안 돼서 멀리서 그녀가 일어나는 게 보였다. 그래서 그는 그녀를 따라갔다.

'먼, 먼저 가 보겠습니다. 대표님.'

'김지수 씨.'

'네?'

'5년 전에, 나 본 적 없어요?'

'없……는데요.'

혹시 당신도 그 밤을 기억하는지, 그 이후에 다시 만나고 싶어서 클럽에 왔는지, 아직까지 자신을 기억하고 있는지 무척 궁금했다. 그러나 그녀는 두 번이나 자신을 기억하지 못했다. 고개를 갸웃하며 난감한 표정을 짓는 걸 보니 정말 오래전 기억이라 그녀에겐 지워졌을 수도 있겠다는 생각이 들었다. 그게 왜 그렇게 불쾌하게 느껴졌는지 모를 일이다.

[블루 아파트 201동 803호.]

손으로 글자 위를 쓸며 엄지를 입가로 가져갔다. 입술로 느꼈던 감촉이 아직도 생생했다. 그를 무자비하게 만들었던 여자는 김지수, 그녀가 처음이었다. 상대가 어떤 의도로 접근했는지, 어떤 사람인지 알기도 전에 도망갈까 싶어서 그가 먼저 그녀를 유혹했다.

"정말 괜찮으시겠어요? 오래된 아파트라 지하 주차장도 없어서 주차 대란이 있는 곳이던데요."

"괜찮아."

"알겠습니다."

아무것도 모르는 성우는 그에게 더는 묻지 않았다. 다행이었다. 현우 또한 그 집을 택한 이유를 성우에게 말할 수 없었다. 바로 윗집에 사는 한 여자 때문이라고, 자신을 기억도 못 하는 여자가 자신을 기억하도록 만들고 싶다고.

"대표님 그때 선보신 분······."

"바쁘다고 해."

"알겠습니다."

갑작스럽게 부모님께서 교통사고로 돌아가신 후, 그는 할아버지인 BH 박준호 회장의 품으로 들어갔다. 부모 없이 컸단 소리를 들으면 안 된다는 일념으로 박준호 회장은 그를 최고로 만들기 위해 애썼고, 결실이 나오고 있었다. 그리고 일벌레, 일중독, 워커홀릭. 허투루 시간 쓰는 법이 없는 그에게 자꾸 맞선을 권하는 중이었다. 좋은 짝지가 생기면 주변을 돌아보게 될 거라고. 그의 곁에 좋은 사람이 생기는 게 소원이라고 하셨다.

문제는, 마지막으로 봤던 맞선 상대였다. 그 여자는 그와 당장 결혼하고 싶다며 여기저기 말하고 다녔다. 어떻게 구워삶은 건지, 할아버지께선 애교 많고 살갑고 밝은 친구가 손자며느리로 들어오면 좋겠다고 넌지시 그에게 의중을 비쳤다. 그때부터였다. 그 여자가 무턱대고 그의 집으로 찾아오고 문자를 보내고, 회사로 전화하기 시작한 건. 그러다 말겠지 하며 간단하게 생각했지만 갈수록 그녀는 그의 일상을 침범하고 있었다.

"다신 연락하지 않았으면 한다고 덧붙이면 더 좋고."

회사가 끝나고 지수는 지유를 만났다. 지유는 사회에 들어와서도 귀여움으로 무장하고 있었다. 그러니 그녀의 오빠인 재신과 그의 친구들이 그녀를 싸고돌지.

그녀에게는 두 명의 친구가 있었다. 제일 편하고 친한 친구는 지유이고, 놀 때 만나는 친구는 혜진이다. 두 명 중 그녀가 고민 상담을 하고 가족 이야기까지 허울 없이 터놓을 수 있는 상대는 역시 지유였다.

"여기 옷."

"고마워! 나 화장실에서 갈아입고 올게."

성인이 되면 모두 자유를 찾는다. 엄한 집안도 부모로부터 그 권리를 모두 위임받아서 더는 터치하지 않는 집이 대부분인데, 지수의 집안은 달랐다. 하필 두 분 다 교직에 계셨고, 맡은 과목도 윤리와 국어였다. 아버지께서 고등학교 교장 선생님이 되면서부터 더더욱 지수의 행동거지를 신경 쓰셨다. 그러다 보니 그녀는 아직도 복장에서 자유로울 수 없었다. 술을 마신 채로 동네를 돌아다닐 수도 없고, 후줄근한 차림으로 마트에 갔다간 밤새도록 잔소리를 들을지도 모른다.

"지유 너 아니었으면 큰일 날 뻔했어. 지금이 조선 시대도 아니고, 치마 길이가 무릎 밑이 뭐냐고."

80년대 느낌이 나는 정장을 입고 출근했던 그녀는 도착하자마자 화장실에서 원피스로 갈아입었다. 좁은 화장실 칸막이 안에서 옷을 다 갈아입고 그녀는 핸드백과 쇼핑백, 입고 왔던 정장을 손에 들었다. 손은 두 개인데 들어야 할 건 세 개여서 그랬을까. 칸막이 문을 열다가 반대편에 뭘 들고 있다는 걸 잊고 손에서 힘을 빼 버렸다. 변기 물에 처박힌 정장의 일부가 젖어 있었다. 퇴근할 때쯤엔 정장이 모두 말랐지만 어쩐지 변기에 빠졌던 옷을 입기엔 꺼림칙했다. 그렇다고 원피스를 입고 귀가해서 일부러 잔소리를 사서 듣고 싶진 않았다.

"내가 밥은 쏠게. 오늘."

"안 쏘려고 했어? 네 옷 챙겨서 여기까지 오게 해 놓고!"

"원래도 쏘려고 했어."

지수는 지유가 얄밉다는 듯 눈을 흘겼으나 사실 그마저도 애정이 깃들어 있었다.

"나 다음 주엔 워크숍 핑계 대고 혜진이랑 클럽 가려고. 생일 파티 있어. 너도 갈래?"

"아니. 난 안 갈래."

"너도 삶의 일탈이 필요해. 술도 마시고, 춤도 추고!"

지유는 고개를 좌우로 저었다. 술은 마셔도 노는 걸 썩 좋아하지 않는 친구였다. 지수도 예전엔 그랬다. 그녀는 성인이 되고도 통금을 지키고 몸가짐을 바로 하며 지냈다. 중간에 남자 친구가 생겼지만 주로 같이 공부를 하고 영화를 보거나 밥을 먹는 정도였다. 두 사람이 같이 여행을 가거나 밤을 새우는 일은 없었다. 그래서였을까. 사랑이라고 생각했는데.

남자 친구가 후배랑 양다리를 걸치고 있었던 것을 뒤늦게 알게 되었다. 그때 느꼈던 배신감과 비참함은 이루 말할 데가 없었다. 착하게 살라는 부모님의 말은 틀린 것이다. 착한 건 바보였다. 사람을 쉽게 신뢰하면 안 된다는 걸 깨닫게 된 계기였다.

"무슨 생각 해?"

"아니, 그냥."

"표정이 심각한데?"

"예전에 나 대학생 때 처음 생긴 남자 친구…… 갑자기 생각나서.”

바람 난 사실을 안 다음 날 홧김에 대학 동기인 혜진을 따라 클럽을 갔다.

막살 거야. 그래, 대학생이라면 응당 클럽은 가야지. 술도 마시고, 밤도 새워 보고, 수업도 째 보고! 통금이 웬 말이야. 중고등학생도 두발 자유가 됐는데, 염색도 안 돼, 파마도 안 돼. 조선 시대도 아니고. 착하게 살고 싶지 않았다. 억압이 심해질수록 그녀는 반항심이 생겼다. 그래서 이기지도 못할 술을 마셨다.

지수는 그곳에서 남자 한 명을 만났다. 보기만 해도 숨이 막힐 정도로 섹시한 그 남자를. 입에 담배를 물고 이로 잘근거리는 그 모습이 참 야하게 다가왔다. 저 하얀 돛대가 꼭 자신인 것만 같았다. 불을 붙일 듯 말 듯 라이터를 켠 남자에게서 시선을 떼지 못했다. 그렇게 그 남자와 키스를 하고, 서로의 옷을 벗기고, 섹스를 했다.

다음 날 깼을 때 그녀는 무서워서 인사도 못 하고 도망갔다. 아무리 술김이었고, 일탈을 하고 싶었다고 해도 실제로 자신이 저질렀다는 건 충격이었다. 호기심과 반항심이 있었어도 만약 정신이 멀쩡했다면 이런 판단을 했을까? 죄책감이 들었던 그때의 기억 속에서 지금 현재 박현우 대표의 얼굴이 겹쳤다.

“너 그때 원나잇…… 읍!”

“쉿. 누가 들으면 어떡해. 여기 회사 단지야.”

지수는 얼른 지유의 입을 틀어막았다.

“하여튼 그때 이후로 너 머리 바리캉으로 이쪽에 이만큼 뚫려서 한동안 집 밖에 못 나갔잖아.”

"맞다. 그랬지."

지수는 그날 이후로 현우가 생각났지만 찾아갈 순 없었다. 술을 진탕 마셔서 술 냄새를 풍기며 외박까지 한 그녀를 기다리고 있던 건 바리캉을 든 엄마였다. 이제 성인이니까 아무 일도 없을 거라고, 저건 그냥 협박용이라고 생각했다. 그런데 윙 소리가 귀 옆에서 들리고 사각사각 잘리는 소리가 났다. 바닥엔 가늘고 검은 실 뭉텅이처럼 생긴 머리카락이 후드득 떨어졌다. 머리에 동전만 한 구멍이 난 채로 현우에게 연락할 순 없었다.

아랫집이 이민 가는 날, 지수와 지훈은 부모님과 함께 인천 공항에 갔다. 부모님은 각자 자차로 그들 가족을 모셨다.

"정석아. 공부 잘해야 한다."

"누나, 애 이름 정식이야."

"……."

공부를 잘하는 아랫집 이웃. 공부를 잘해서 이름이 수학의 정석과 비슷하다며 지훈과 얘기를 나누다가 정석으로 외웠더니, 자꾸 정식보다 정'석'이 먼저 입에서 나온다. 지수가 미안한 표정을 지으며 머리를 긁적였다.

"그래요. 누나 제 이름은 이제 좀 외워 줘요."

"외웠어. 정식."

"저 이번에 나가면 오래 못 들어올 거 같아요."

정식은 지수를 보며 울먹이는 표정을 지었다. 유학 가기에 늦은 나이지만 지수는 정식이 잘 견뎌서 멋진 사람이 될 거라 확신한다. 워낙 인사성도 깍듯하고 그녀에게 예의 바르게 잘했던 녀석이라 지훈 다음으로 예뻐했던 동생이었다. 지수가 정식의 머리를 쓰다듬으려고 하자, 정식이 그녀의 손목을 잡았다.

"아, 누나…… 죄송해요."

"미안. 지훈이처럼 편하게 생각했나 봐. 아직도 너 요만할 때 생각이 나서 애처럼 보네. 우리 정식이 이제 고등학생인데 말이야."

정식과 은밀하게 친해진 건 그녀의 이중생활을 들키면서부터였다. 큰길가에 있는 건물 화장실 앞에서 정식을 만났다. 화려한 화장과 몸에 밴 술 냄새에 놀란 정식이 입을 벙긋할 새도 없이 그녀는 그를 데리고 편의점으로 갔다. 기다리라고 한 후 옷을 갈아입고 온 그녀는 말끔한 얼굴로 정식에게 다가갔다. 여기서부터 저기까지 다 골라도 좋다며 빵과 음료수, 컵라면을 다 바구니에 담았다.

'누나, 저 비밀 지켜 드릴게요. 이러지 않으셔도 돼요.'

만약 걸리면 회사에서 신입 사원끼리 아이돌 무대를 준비했었다고 둘러댈까, 아니면 뭐가 좋을까 고민하고 있었는데 정식은 지금까지도 그 비밀을 지켜 주었다.

"누나, 주말에 건강 챙기면서 노…… 일하세요."

"고, 고마워. 누나가 주말에 야근이 좀 잦지. 하하하하."

"그래도 지수네 회사 요새는 야근 없지 않아? 주말에 집에 자주 있던데."

"네!"

대학생에 가까운 입사 초기까지는 혜진과 잦은 만남을 가졌지만, 지금은 다른 친구와 만난 뒤 컨디션 상태를 봐 가면서 만남을 가진다. 최근에는 대학생 때 함께하던 댄스 동아리 동기의 연락으로 방송 댄스 강좌를 주말에 나가게 되면서 더더욱 혜진과 만날 시간이 없어졌다. 춤을 추는 걸 알게 되면 아버지는 뒷목 잡고 쓰러지시겠지. 지금도 두 분은 TV를 보다가 미성년자로 추정되는 학생들이 몸매를 다 드러내는 옷과 화려한 화장을 하고 웨이브를 하거나 윙크를 하면 혀를 차신다.

'쯧. 세상이 말세야.'

그녀의 주변 부모님들을 보면 다 개방적인데, 두 분은 시간이 지나도 선비 같았다.

인천 공항에 내린 후 그들은 정식네 짐을 다 같이 들고 안으로 갔다. 짐을 부치고 마지막 식사를 같이 한 다음 한 번씩 꼭 안아 주었다.

"정식이 잘 다녀와. 아주머니, 아저씨. 건강히 다녀오세요. 우리 민주도 잘 다녀오고."

"건강하세요."

지훈도 인사를 했다. 부모님께서는 정식과 민주의 학업에 대해 지도하느라 정신이 없으셨다. 특히 정식은 보통 머리가 아니라고 꼭 잘 키워야 한다는 말을 덧붙였다. 10년 가까이 그 집에 살았던 정식네가 가면 누가 오려나…….

현우는 박준호 회장과의 저녁 식사를 위해 음식점으로 갔다.

자리가 길어질 수도 있어서 성우를 먼저 돌려보냈다. 밤 비행기로 출국 예정이라 쉬다가 인천 공항에서 다시 만나기로 하였다.

"얼굴 보기 힘드네, 박 대표."

박준호 회장이자 그의 할아버지가 먼저 와 있었다. 현우는 인사를 하고 자리에 앉아 메뉴판을 폈다.

"식사 먼저 드시죠."

현우는 직원에게 음식을 주문했다. 할아버지 단골집이라 가끔은 메뉴에 없는 제철 요리들도 반찬으로 나오는 곳이었다.

"회사 생활은 할 만해?"

"이미 다 듣고 계시잖아요."

"저, 저 말버릇 봐. 누구 닮아서 저런지 몰라."

"할아버지요."

현우는 BH 기획 팀장직을 계속 하고 싶어 했다. 그러나 박 회장은 유산을 핑계 대서라도 서일 건설로 그를 보냈다. 손자가 얼마나 일을 재밌게 하고 추진력이 좋은지는 익히 들어 알고 있었으나 그를 시기하는 사람들의 시선을 피해 가진 못했다. 이미 탄탄한 BH에서가 아닌 서일 건설에서 능력을 보여 준다면, 임원진으로 다시 데려오더라도 잡음이 없을 터였다.

비즈니스적으로는 최고지만, 직원들과의 화합은 썩 좋아하지 않는 현우가 그 회사에서 바뀌길 바라는 마음도 있었다. 직원들을 회사를 키우는 데 필요한 하나의 재료로 생각하지 않고 진심으로 다가가길 바랐다. 그러려면 저 얼음 같은 놈을 녹일 사람이 필요한데.

"식사 자리가 삭막할 거 같아서 한 사람 더 초대했다."

"누구요?"

현우는 이미 예상했다는 듯 별로 놀라지 않았다. 할아버지께서 바쁜 자신을 집이 아닌 이곳에 부른 거라면 누군가를 소개해 줄 거라는 것을. 어쩌면 그 사람이 마지막으로 선을 봤던 그 여자일 수 있겠다는 예상도 해 보았다.

"참한 아이다. 잘해 보거라."

"저도 그래서 누굴 한 명 더 초대했습니다. 할아버지도 아시는 분이에요."

"뭐?"

"준원이가 요새 소송에 파묻혀 있어서 참한 색시가 필요할 거 같아서요. 다 와 가나 봅니다. 문자 왔네요."

현우는 할아버지에게 핸드폰을 흔들었다. 그때, 준원이 음식점 문을 열며 들어왔다.

"가을인데도 춥네. 바쁜 네가 웬일……. 회장님, 안녕하십니까!"

준원은 그의 할아버지를 보고 깍듯이 인사했다. 며칠 야근을 한 그는 까치집을 진 상태로 당황한 얼굴을 보였다가 현우를 노려보았다. 밥 사 준다고 해서 나온 건데.

그때 문을 두드리는 소리가 났다. 그러더니 풀 메이크업을 한 여자가 들어왔다. 혹시나 했는데 역시나 할아버지는 그녀를 초대한 것이다. 최근 맞선 상대였던 온리 뷰티 대표의 막내딸 윤혜진 말이다. 대대로 정계에 두루 이름을 올리는 집안인 것과 윤혜진의 모친이 가진 BH 건설의 주식이 탐이 났을 것이다.

"안녕하……세요? 손님이 더 계셨네요?"

"네. 앉으시죠."

할아버지는 적당히 식사를 하고 자리를 비켜 주려고 했겠지만, 현우 또한 그럴 생각이었다. 옆에 앉은 준원이 그의 옆구리를 찔렀다.

'술 거하게 살게.'

현우의 한마디에 준원은 당황한 표정을 지우고 영업용 미소를 띠었다. 그러더니 대화를 주도해 나가기 시작했다. 할아버지는 불만에 가득 찬 얼굴로 현우를 보고 있었고, 그는 그러거나 말거나 식사를 이어 갔다.

"제가 현우랑 애기 때부터 친굽니다. 워낙 바쁜 녀석이라 얼굴을 못 봐요."

"아…… 저는 오늘 밤 비행기로 출국 예정이 있어서 가 봐야겠네요. 회장님, 장 검사님 다음에 식사 대접하겠습니다. 혜진 씨도 식사 잘 하시고요."

"박 대표!"

"식사 잘 하고 갑니다."

현우는 손목시계를 보았다. 원래라면 시간적 여유는 있었지만, 아까 전 성우를 먼저 보낸 덕분에 지금은 정말 일어나야 했다.

"참, 현우야. 너 이사는?"

"이번에 러시아 출장 다녀오면 하려고. 내부 인테리어는 나 러시아에 있을 때 공사 끝날 거 같아."

"영후한테 연락해서 집들이해야겠네. 주소가 어디라고?"

"문자로 보낼게."

현우는 다소곳이 앉아 있는 혜진을 한 번 보고 준원에게 말했다. 출근 시간, 전에 살던 아파트 앞에 서 있던 저 여자를 보는 순간 온몸에 소름이 돋았다. 예의를 다해서 아직 연애도 결혼도 생각이 없다고 말을 했는데도 그녀는 그의 주변을 맴돌았다. 현우가 반응이 없자 어른들을 움직여 어떻게든 결혼을 성사시키려는 모습을 보면서 정이 뚝 떨어졌다.

"할아버지. 다음 식사 땐 집으로 찾아갈게요. 할머니랑 저희 셋이서 식사해요. 따로 드릴 말씀도 있고요. 오늘은 자리가 아닌 거 같습니다."

"그러렴."

화를 내려다가도 바로 앞에 준원과 혜진이 있어서 할아버지는 인자한 미소를 지었다.

드르륵, 드르르륵.

쿵, 쿵, 쿵.

시끄러워 죽겠네.

지수는 귀를 막으며 이불을 박차고 일어났다. 아랫집에 새로운 입주자가 들어왔는데 얼마나 극성인지 벌써부터 소문이 자자했다. 벌써 2주째였다. 30년 된 아파트를 무슨 요새 신식으로 바꾸려는 모양인지, 이럴 거면 새 아파트에 입주를 하지. 며칠 전 TV에도 나올 정도로 유명한 건축가가 와서 내부 인테리어를 지시하는 걸 보며 지수는 기겁을 했다. 주말엔 자고로 늦게까지 잠을 자야 하는데 말이다. 아직까지 집주인은 본 적이 없는데. 지수는 이를 닦은 후 머리를 하나로 질끈 묶었다.

"지훈아, 넌 잘 잤어?"

"아니. 이 시간에 내가 깨어 있는 거 보면 몰라?"

"공사는 언제까지 하는 거야?"

"엘리베이터에 이번 주까지 한다고 양해 부탁한다고 붙어 있던데? 그래도 너무 심해. 도대체 무슨 공사를 하는지 내려가 봐야겠어."

지훈이 씩씩대며 물컵을 내려놓았다. 경비 아저씨에게 한 번 항의를 했으나 집주인이 해외에 있다는 소식만 들었고, 낮 시간대에만 공사를 하겠다고 확답을 들었다. 그런데 주말은 아니지!

지수도 지훈을 따라 아래층으로 내려갔다. 예전엔 그녀가 지훈을 지켰다면, 한참 큰 지금의 지훈은 듬직했다. 데리고 다니기만 해도 안도감이 생길 정도로 말이다.

"저 사람이 집주인인가?"

지수가 검지로 앞사람을 가리켰다. 공사 복장이 아닌, 멀끔하게 정장을 입은 남자가 캐리어를 든 채로 서서 지시를 하고 있었다. 지수와 지훈은 남자에게 성큼성큼 다가갔다. 작업반장으로 보이는 남자와 대화 중이던 남자가 그들을 보았다.

"선, 선배님?"

"대……표님?"

저 남자가 왜 여기서 나와? 설마…… 설마! 신이시여…… 올해 마가 낀 겁니까.

동네 카페로 간 세 사람은 커피를 주문했다. 진동벨이 울리자 지훈과 지수가 동시에 일어났다. 지훈에겐 선배고, 지수에겐 직장 상사인 현우는 당연한 것처럼 상석에 앉았다.

"선배님, 이 동네로 이사 오신 거예요?"

"응."

"아······."

왜 굳이 30년 된 아파트에?

두 사람 다 고개를 갸웃거렸다. 회사와 가까운 곳에 좋은 오피스텔이 한두 개가 아닌데, 굳이 지하 주차장도 없는 이 오래된 아파트로 왜 왔을까······. 설마! 지훈이 먼저 눈빛을 빛냈다.

"누나, 우리 집 자가였지?"

"응. 왜?"

"선배님 혹시 저희 아파트 재개발 들어가나요? 나라 사업 계획에 뭐가 있거나? 아니면 주변에 큰 쇼핑 단지가 들어서거나 기획도시가 된다거나, 뭐가 있는 거죠?"

지훈은 우리 동네 집값이 오르려나 보다며 박수를 쳤다. 듣고 보니 그럴 수도 있겠단 생각이 들어 지수도 고개를 주억거렸다.

"아니. 그런 거 없어."

"선배님 저 비밀 잘 지킵니다."

"생각은 자유지만, 그런 거 아니야. 찾을 게 있어서 왔어."

현우의 시선이 지수에게 갔다. 그녀는 갑자기 카페 실내에 한기가 도는 것 같았다.

"저희 동네에요? 금, 다이아? 저희 아파트 부수면 땅에서 뭐 나오나요?"

"후배 안 바빠?"

"네. 저 한가합니다. 선배님이 아래층이면 제가 외롭지 않게 자주 가겠습니다!"

얜 왜 이렇게 해맑은 거야. 지수는 앞에 앉은 현우와 친해지고 싶어서, 후배로서 예쁨 받고 싶어서 용쓰는 동생이 주책맞아 보였다. 이사 온 남자에게 소음 때문에 시끄럽다고 하려고 내려간 건데, 고백이나 하고 있다니. 그녀는 뾰로통한 표정을 지었다.

"아니면 선배 사기당하신 거 아니에요? 저희 아파트 앞에 블루 부동산이 엄청 오래된 곳인데 말을 정말 잘해서 왜 집을 쇼핑하듯이 그룹으로 다니는 분들, 사기 많이 당하셨거든요. 여기가 집값이 정말 안 오르는 곳인데……. 심지어 아파트가 너무 튼튼해서 재개발도 어렵고, 하더라도 다시 입주하려면 추가금 되게 많이 내야 한대요."

"그렇군."

현우는 지훈의 말에도 별 반응이 없었다. 집값이 휴지 조각이 되든 건물 기둥이 무너지든 그는 자신과는 별개로 생각하는 것 같았다. 그의 시선이 자꾸 얽혔다. 눈치 없는 지훈은 모르겠지만, 지수는 아주 불편했다. 그냥 따라오지 말걸.

'커피 한잔하죠.'

지훈이만 보낼걸.

커피 안 마셔도 되는데.

불편해 죽겠네.

"지수 씨는……."

"네, 네! 대표님!"

"누가 잡아먹습니까? 편안하게 대해요."

"……."

"이제 이웃사촌인데."

이웃사촌. 상사, 아니 상사보다 어려운 회사 대표와 이웃이라니.

"맞다. 누나가 서일 건설 다녔지. 왜 그 생각을 못 했지? 근데 누나랑 대표님하고 아는 사이였어요?"

"잘 알죠."

"아니!"

현우는 잘 안다고, 지수는 아니라고 답을 했다. 지훈은 고개를 갸웃했다. 원래라면 반대로 대답해야 하는 게 아닌가. 서일 건설의 대표가 박현우이니 누나는 그를 알아야 하는 게 당연하고, 반대로 대표인 현우는 일개 사원인 누나를 몰라야 맞는 거였다.

"누나는 우리 선배님을 모르고, 대표님은 저희 누나를 아신다고요?"

"아, 아니. 나도 잘 알지. 대표님."

지수는 식은땀이 났다. 그가 자신을 잘 안다는 건, 과거의 그날을 기억한다는 걸까? 그녀는 앞에 놓인 커피를 한 모금 마셨다.

"방금 이상했어. 꼭 나 몰래 알던 사람들처럼 말이야."

"푸흡."

지수는 마시던 커피를 뿜었다. 하필 개인 카페인 이곳 테이블이 모두 화이트라 그녀가 뿜은 커피가 유독 적나라하게 보였다. 지훈이 더럽다며 티슈를 가지러 자리에서 일어났다. 그때, 현우가 반듯하게 각이 잘 잡힌 손수건을 꺼내 그녀에게 주었다.

"닦아요."

"네? 아…… 감사합니다."

지수는 손수건으로 테이블에 예술 작품처럼 퍼져 있는 커피를 닦으려 했다. 그러자 그가 손을 뻗어 왔다.

"아니, 여기."

엄지가 입술 밑, 턱 언저리를 스치고 지나갔다. 손수건을 쥔 채로 얼음이 된 그녀가 멍한 표정을 지었다.

"그 밑에도 묻었어요. 닦아 줘요?"

현우의 질문에 그녀는 고개를 저었다. 그제야 그가 준 손수건으로 입가 옆으로 흘러내렸던 커피를 닦았다. 방금 전 그의 손이 주고 간 감각. 부드럽게 닿아 지그시 누르며 살을 스쳤다. 침을 꼴깍 삼킨 그녀는 괜히 머리카락을 매만졌다.

"선배님, 죄송해요. 제가 이것만 닦고 바로 가 봐야 할 거 같아요. 누나가 오늘 저희가 아랫집 내려간 이유 다 설명할 거예요. 누나, 얘기하고 올라와. 나 먼저 가 있을게."

"어, 어, 김지훈. 야!"

우리가 왜 아래층에 내려갔는지 기억한 모양이다. 친해지고 싶은 사람이자 어려운 선배여서 자기가 말할 순 없으니 그녀에게 떠넘긴 것이다. 본인이 생각해도 시끄러워서 말 안 할 순 없었나 보지? 그런데 난 회사에서 갑을병정, 정인데?

"할 말 있어요?"

테이블 아래로 현우의 긴 다리가 움직였다. 다리를 꼰 채 팔짱을 낀 그가 그녀를 지그시 보았다.

"없는데요."

"아닌 거 같은데."

주말엔 공사하지 말라고. 직장인들, 학생들 모두 주말 점심까지 잘 수 있게!

"난 또, 나한테 궁금한 게 생긴 줄 알았죠."

"제가요?"

"네. 김지수 씨요. 질문 정말 없어요?"

"음…… 회사 생활은 잘 적응하셨는지? 불편한 점은 없으신지? 저희 아랫집엔 무슨 일로 이사 오신 건지 정도요?"

"그럭저럭. 없고. 우연. 제 대답입니다."

회사 생활은 그럭저럭 잘 적응했고, 불편한 점은 없고, 아랫집으로 이사 온 건 모든 게 우연. 그의 후배가 지훈인 것도 우연이고. 원나잇한 남자가 그녀가 다니는 회사 대표로 온 것도 우연이고. 무슨 우연이 이렇게 잦아.

"할 말 없으면 그만 가 볼까요? 더 같이 있고 싶긴 한데 약속이 있네요."

아까부터 시계를 버릇처럼 보더니 약속이 있던 모양이다. 그녀는 알겠다며 머그 컵 두 개를 쟁반에 올려놨다. 쟁반을 들고 일어나려는데 현우가 한발 더 빨랐다.

그는 카페를 나서며 네이비색 트렌치코트를 입었다. 옆에 서니 그녀보다 한참 더 키가 컸다. 가을바람에 그의 향이 그녀의 코를 스쳤다. 바로 옆에 서 있는 그의 온기마저도 느껴지는 듯했다.

"조심."

그는 그녀의 어깨를 잡아 도로 안으로 끌었다. 바로 옆으로 낮부터 배달 음식을 나르는 오토바이들이 빠르게 달리고 있었다. 아직 어깨에 있는 그의 손을 떨치려 지수는 움찔하며 옆으로 물러났다.

　같은 아파트에 같은 동이기 때문에 두 사람은 집으로 가는 동안 함께 걸었다. 뭐 사야 한다고 편의점 간다고 할까? 아니면 먼저 가시라고 할까? 같은 동에 사는 걸 뻔히 아는데 따로 가자고 할 수도 없고.

　"지수 아니니?"

　"안녕하세요, 아주머니."

　이 동네에서 오래 살기도 했고, 부모님이 선생님이다 보니 그녀를 알아보는 주민들이 많았다. 그녀에게 인사한 과일 가게 아주머니는 옆을 슬쩍 보며 물었다.

　"남자 친구?"

　"아뇨. 아니에요!"

　"맞구만. 훤칠하게 잘생겼네. 이 동네에서 이 신사만 한 남자를 못 봤어, 내가. 직업이 연예인이여?"

　"이번에 8층에 이사 오신 분이에요. 남자 친구 아니에요!"

　"8층? 2주째 공사해서 엄청 시끄럽다는 그 집?"

　"아……."

　아, 네. 그 집이요.

　지수가 뒤를 흘깃 보았다. 현우도 다 들은 모양이었다.

　"제가 803호 집주인입니다만, 많이 시끄러웠습니까?"

　"오래된 아파트를 아주 신식 아파트로 바꾸려고 한다고 소문이 자자해. 여기 아파트가 오래돼서 단지도 몇 개 안 되고, 소문에 아주 민감하지. 한 다리 건너면 다 알아요. 그런데, 이렇게 멋진 총각이라니, 용서가 되네."

예쁘고 잘생기면 용서된다는 말이 이래서 나오나 보다. 과일 가게 아주머니 또한 블루 아파트 주민이었다.

"공사는 곧 끝납니다. 해외에 있어서 민폐가 되었는지 몰랐네요. 죄송합니다."

"아이구, 그 정도는 아니었어. 들을 만했어."

현우의 깍듯한 사과에 아주머니는 살살 녹았다. 그는 내친김에 이것저것 과일 박스를 사서 아파트 위아래 층에 각각 배달을 해 달라고 요청했다. 잔치 떡 대신 과일을 돌리겠다는 말에 아주머니는 신이 나서 카드를 들고 안으로 들어갔다.

"지수 씨는 과일 뭐 좋아해요?"

"저는 배요."

"이거 싱싱해 보이네요. 이거로 합시다."

"저는 괜찮습니다. 안 사 주셔도 돼요."

"소음 때문에 시끄러웠다면서요. 아까 하려던 말, 그거 아닙니까?"

"네……."

"부모님께 죄송하다고 전해 줘요. 소음 생각을 못 했네요."

그는 안에서 계산하는 아주머니께 배 한 박스를 번쩍 들어서 하나 더 사겠다는 사인을 보냈다. 그 배 박스는 배달이 아닌, 그가 직접 들고 있었다.

부모님께서는 시끄럽다는 내색은 하지 않으셨다. 지훈과 자신이 소음에 예민했을 뿐이지. 죄송하다고 전해 달라며 사과를 해 오는데, 그녀도 방금 전 아주머니처럼 사르르 녹았다. 사과를 안 받아 줄 수가 없었다. 이건 외모 때문이 아니라, 상대가 사과를 해 오니까.

"맛있게 먹고 편하게 말해요. 뭐든지. 기억나는 게 있으면."

"네. 그럴게요."

그가 싱긋 웃었다. 그의 말속에 뼈가 있다는 걸 그녀는 깨닫지 못했다.

"출발합시다."

현우는 9층 앞에 배 박스를 놓아 준 후, 주차장에서 그를 기다리고 있던 성우의 차로 갔다. 타자마자 출발하라는 지시가 이어졌고, 성우는 바로 출발했다.

"늦진 않았지?"

"네. 식사하실 여유는 없겠지만요."

오후에 BH 총수 일가 핵심 인물과 현역 국회의원이자 여당 당협위원장, 청와대 비서실 부속실장과 함께 골프 회동이 있었다. 그럼에도 불구하고 그는 귀국하자마자 그 집을 방문했다.

플랜트 사업을 관장하는 부서와의 미팅, 해외 협력 업체들과의 미팅, 그러고 나면 비정기적인 미팅. 그는 러시아에서 머무는 2주 동안 목소리가 갈라질 정도로 피 튀기는 회의를 이어 갔다. 러시아어, 독어, 불어, 영어는 기본이고, 현재 중국어를 공부하고 있는 현우는 일부러 통역관을 매번 대동하고 갔다. 한국어로 말하면 통역관은 그들에게 전달했고, 그들은 자기들끼리 러시아어로 주고받으며 현우에게 유리한 정보들을 속속들이 쏟아 냈다. 태연하게 물을 마시며 그는 모든 걸 다 듣고 있었다.

서일 건설의 돈 새는 구멍을 막는 일도 진행 중인 그는 어머니의 가족과 아버지의 가족, 현재 자회사들을 운영하고 있는 사촌까지 다방면으로 자금 흐름을 보았다. 얼마나 많은 아들과 아들의 친구와 아는 지인의 지인을 회사에 쳐넣어 놓았는지. 낭비되는 인력이 몇인지.

차로 이동하는 동안 그는 잠시 눈을 붙였다. 비행기 안에서도 그는 쉬지 않고 서울에서 온 메일을 읽고 일을 처리했다. 잠이 매우 부족한 상태였다.

블루 아파트. 그 오래된 아파트에 기어들어 간 건 그 여자를 한 번 더 보기 위함이었다. 손 아래 감겼던 부드러운 몸과 꽃 향, 그의 품 안에 녹아내렸던 여자의 모습이 자꾸 머릿속을 어지럽힌다. 찾고자 하면 그럴 수 있었겠지만 본인의 의지로 도망갔던 건데 하며 찾지 않았다. 단아한 얼굴이 흥분으로 물들 때 얼마나 야했는지. 오물거리는 입술이 얼마나 달콤한지. 당황할 때 흔들리는 눈빛이 꼭 그날 밤 눈물로 그득해서 일렁였던 눈빛을 떠올리게 했다.

현우는 머리를 거칠게 쓸며 눈을 떴다. 온정신이 어지러웠다. 김지수, 그 여자를 만난 후부터.

"음악 소리 줄일까요?"

"아니. 물 한 병만."

음악이 나오는지도 모르고 있었다. 눈만 감으면 잠이 들 정도로 피곤한데, 어깨를 잡을 때 품으로 쏟아지던 그녀의 향이 정신을 좀먹었다. 그는 성우에게 받은 물을 벌컥벌컥 마셨다. 골프채 좀 휘두르다 보면 상념이 사라지려나.

아랫집 공사는 드디어 끝이 났다. 그러나 주말 이후로 회사에서도 동네에서도 현우를 볼 순 없었다.

'대표님은 아침에 지방 갔다가 저녁에 중국에서 저녁 식사를 하셔도 이상하지 않지. 스케줄 자체가 사람이 견딜 수 있는 양이 아니야.'

대표의 소식이 궁금했던 서윤의 질문에 부장은 대표 비서실 소속 직원들도 잘 못 본다고 답을 주었다. 수행 비서만이 오직 그를 따라다닐 뿐.

[803호.]

그녀는 현우의 집 문 앞에서 쟁반 하나를 들고 있었다. 접시 위엔 먹음직스러운 갈비찜이 놓여 있었다. 배, 사과, 토마토까지 총세 박스를 선물로 보낸 아래층 사람에 대한 예의라며 그녀의 어머니는 갈비찜을 답례로 만들었다.

하필 오늘 지훈이 친구와 약속이 있었고, 심부름은 그녀가 할수밖에 없었다. 부모님이 집 안에서도 밖에서도 흐트러지는 모습을 용인하지 않는 탓에 그녀는 집 앞 편의점을 갈 때도 꾀죄죄한 몰골인 적은 없었다. 오늘도 단아한 원피스에 반 묶음으로 머리를 묶은 상태였다. 갈비찜 갖다 주러 가는데 이렇게 참할 필요는 없잖아.

그녀는 심호흡을 하고 벨을 눌렀다. 몇 번 벨을 눌러도 안에선답이 없었다. 역시 없는 게 분명했다.

"없어서 다행이야."

왠지 마주치기 껄끄럽다. 지금처럼만 지내면 대표님은 바쁘기 때문에, 자신은 일개 사원이라서 마주칠 일이 없을 것이다. 직장인으로 살다 보면 이웃도 잘 못 보는 게 현실이다. 굳이 만나기 위해 애쓰지 않는다면.

지나가는 바람.

한 번의 일탈.

나쁜 기억은 아니었지만 누군가와 공유하고 싶은 추억은 아니다. 그것도 그 기억 속 당사자와는 더더욱.

"이건 어떡하지."

그녀는 쟁반을 문 옆에 내려놨다. 오늘 안 오면 이거 다 상할 텐데. 다시 갖고 올라가면 또 심부름하러 내려와야 할 것 같고.

퇴근은 했지만 그녀는 올라가서 데스크톱을 켜고 자료 조사를 해야 했다. 대표가 바뀐 후 회사는 기획서, 보고서, 매출 전표 등 서류 작업이 좀 더 상세하게 변했다. 위에 결재 서류를 올렸을 때 되돌아오는 경우도 비일비재했다. 해외에 있어서 대충 볼 거라 생각했는데 대표가 승인을 내야 하는 것들은 누구의 손도 거치지 않고 꼼꼼하게 훑는 모양이다. 그러다 보니 제출하는 건 부장이어도, 제출하기 전에 서류를 만드는 건 아랫사람들인지라 오히려 사원들이 더 긴장한 채 일하고 있었다.

"적당히 좀 하지. 힘들지도 않나."

'적당히 좀 해요. 안 힘들어요?'

지수는 고개를 휘휘 저었다. 하필 지금 이 말이 떠오를 건 뭐람. 그 밤에 그녀가 했던 대사였다. 적당히 좀 하라고, 당신은 힘들지도 않냐고. 그는 갖고 있는 모든 에너지를 소진할 것처럼 그녀를 가졌다. 쉬지 않고 오래도록.

"그거 나 주는 겁니까?"

"앗."

지수는 현우의 목소리가 뒤에서 나자 놀라서 엉덩방아를 찧었다. 그런 그녀를 본 그가 가까이 다가와 손을 내밀었다. 남자다운 손이었다. 구릿빛 피부색과 긴 손가락, 큰 손은 위협적으로 다가왔다.

"손 안 잡아요?"

그녀는 그의 손을 응시했다. 남자치고 예쁜 손가락이다. 곧게 뻗은 손가락 하나하나가 더없이 야릇하게 느껴졌다. 그녀는 그가 그녀의 눈앞에서 손을 흔들자 고개를 저었다.

"안에 안 계셔서 잠깐 기다리고 있었어요. 전에 사과랑 배랑 토마토 집으로 보내 주셔서, 엄마가 아래층에 갖다 주라고 하셨어요. 갈비찜이에요. 식사 전이면 드세요. 아직 따뜻할 거예요."

지수는 빠른 속도로 여기 있는 이유를 말한 뒤, 바닥에 내려놓은 쟁반을 다시 들었다. 괜히 바닥에 내려놨다. 그냥 들고 있을걸.

"저녁 먹었어요?"

"저는 먹었죠."

"그렇군요. 나는 안 먹었는데."

"아……."

"들어와서 같이 먹을래요?"

현우는 동시에 비밀번호를 눌렀다. 도어 록이 해제되면서 문이 열렸다.

"보시다시피 내가 짐이 많아서 그거 들 손도 없어요."

그는 캐리어와 쇼핑백 두 개를 각각 양손에 들고 있었다. 문을 열고 발로 공간을 만들어 닫히지 않도록 한 다음 그가 안쪽을 가리켰다.

"그럼 이것만 두고 나올게요."

지수는 꺼림칙하지만 쟁반을 들고 안으로 들어갔다.

"실례하겠습니다. 부엌에 두면 되죠?"

그녀는 신발을 벗고 들어갔다. 분명 같은 아파트인데 그의 집은 그녀가 알던 블루 아파트와는 달랐다. 불필요한 공간은 터서 넓은 방이 되었고, 거실은 그의 대표이사실처럼 꾸며 놓았다. 가장 작은 방은 거의 둘 게 없어서 창고로 쓰기 일쑤인데, 그는 작은방을 터서 욕실과 이어 놨다. 고로 욕실이 그녀의 집의 몇 배였다.

"아니, 대표님 집이……."

"구경할래요?"

블랙 앤 화이트로 깔끔하게 꾸며진 벽. 그곳에 있는 선반들조차 하나의 인테리어가 되었다. 2주 동안 대공사를 했구나. 입이 다물어지지 않는다. 거실에서 부엌이 연결되어 있는데 그 옆쪽으로 복도형 공간은 모두 그의 옷방이 되어 있었다.

"커피? 주스? 자몽이랑 오렌지 있어요."

"전 오렌지요."

탁. 냉장고 문이 닫히는 소리가 났다.

"대표님! 저 그냥 올라가겠습니다. 식사하세요."

그러나 이미 그의 손에는 오렌지 주스가 들려 있었다. 그는 그대로 주지 않고 컵에 주스를 따라서 그녀에게 주었다.

"마셔요."

"제가 갈비찜만 전달하고 오기로 되어 있어서 바로 가야 해요."

"……."

현우는 테이블에 기대서 다리를 꼬았다.

"누가 잡아먹어요? 왜 맨날 내 앞에서 긴장해요?"

"제가요?"

그는 앉지도 못하고 서서 당황해하는 그녀에게로 갔다. 지수는 이로 입술을 질끈 물며 뒷걸음질 쳤다.

"그렇게 자꾸 긴장하면."

"……."

지수는 침을 꼴깍 삼켰다. 그의 말 한마디 한마디에 긴장을 하게 된다. 날것으로 보이는 시선에 온몸이 화끈거렸다. 아직 입고 있던 코트를 그가 벗자 탄탄한 근육이 도드라졌다. 다리를 휘감고 있는 바지와 팽팽하게 당겨진 셔츠는 자꾸 눈이 가게 했다. 5년 전 처음 봤을 때보다 지금이 더 몸이 좋다고 해도 과언이 아니었다.

"제가 오해하게 되잖아요."

"어떤 오해요?"

그는 그걸 몰라서 묻냐는 듯 살포시 미간을 찡그렸다. 그 표정조차 화보처럼 생동감 있게 다가왔다.

"김지수 씨가 나한테 관심 있나?"

"헙!"

"아니면 날 기억하고 있나? 뭐 그런 오해요."

그는 목을 조이던 넥타이를 끌렀다. 그러곤 의자에 걸어 둔 코트 위에 올려 두었다.

"아니면 말고."

이제라도 그날 밤을 기억한다고, 원나잇했던 상대라고 말해야하나? 우리 그때 원나잇을 했는데 그건 과거니까 앞으로 잘 지내보자. 회사에서도, 이웃으로도. 그건 과거 아니냐? 쿨하게 만나서 커피도 마시고, 맥주도 마시고 그러자고. 할리우드식으로 쿨한 척해야 하나?

기억에 대해 말하는 건 문제가 아니다. 그 이후 일이 어떻게 될지 몰라서 차마 입을 못 떼는 것일 뿐. 숨 막히는 순간을 멈춘 건, 현우에게로 온 전화였다. 그의 코트 주머니에서 진동이 계속 울리자 그는 지끈거리는 미간을 잡으며 전화를 받았다.

"어. 나 방금 들어왔어. 지금? 오늘은 좀 피곤한데. 해외에서 이제 왔다고. 내일 또 출국해야 할지도 몰라. 스탠바이하고 있어. 그래……."

현우는 그녀를 힐끗 보고는 거실로 자리를 옮겼다. 좀 더 은밀한 대화를 나누는 모양이었다. 여자 친구가 있나? 왜 없을 거라고 생각했지? 저렇게 잘난 남자 주변에 여자가 없을 리가 없는데 말이다.

전화를 끊은 후 그가 다시 그녀에게로 오고 있었다.

"그럼 가 보겠습니다."

그녀는 도망가는 사람처럼 그 집을 나왔다. 그제야 참았던 숨이 터져 나왔다.

3장. 비밀

　대학교를 졸업 후 지금껏 현우는 제 맘대로 시간을 써 본 적이 없었다. 박준호 회장의 하나밖에 없는 손자. 눈에 넣어도 아프지 않을 정도로 애지중지하던 현우를 회사로 밀어 넣어 쉴 틈 없이 밀어붙인 것도 회장의 뜻이었다. 앞으로 BH의 핵심이 되는 BH건설은 고모, 고모부가 아닌 그에게 준다고 해도 과언이 아니었다.

　현우는 물을 마셨다. 이대로 등을 붙이면 쥐도 새도 모르게 잠이 들 것 같았다. 하나의 일을 처리하기 전에 다른 일이 몰려오고, 겹친 상태에서 또 다른 업무를 디벨롭 해야 하고. 살인적인 스케줄에 체력이 고갈되어 머리가 지끈거렸지만 그걸 느끼는 것도 사치였다.

다른 기업보다 한발만 더 빠르게, 새로운 나라 사업을 포함한 주식 정보까지 더도 말고 덜도 말고 딱 남들보다 한발만 빠르게 알기 위해 그는 미친 듯이 발버둥을 쳤다. 곁에서 봤을 땐 황태자, 고고한 왕자님이었을지 몰라도 물 아래에서는 수없이 발길질을 하고 있었던 것이다.

현우는 피로한 얼굴을 쓸며 쌓여 있는 결재 서류 중 하나를 집었다. 서일 건설에 대해 떠들어 댈 기사도 그의 손을 거쳐 지나간다. 홍보부가 있더라도 모든 승인자는 그였기 때문에. 빽빽한 글자를 보는 그의 눈이 점점 어두워졌다. 그러나 손은 빠르게 오타와 바꿔야 할 문구를 체크하고, 부족한 정보를 보충하기 위해 자료를 찾는다. 그는 결재 서류 안에 리젝한 기사를 넣고, 더 첨부해야 할 자료 목록을 써 주었다. 그때, 인터폰이 울렸다.

– 대표님, 장 검사님 연락입니다. 핸드폰을 안 받으셔서 비서실로 연락이 왔습니다. 미친 너구리 관련 일이라고 합니다.

"고마워요. 미안한데, 얼음물 한 잔만 부탁할게요."

현우는 인터폰을 눌렀던 손을 떼고, 준원에게 전화를 걸었다. 미친 너구리라면……. 미쳐 날뛰는 부장 검사 한 명이 있다. 주호선. 재벌 총수 일가라면 이름만 들어도 벌벌 떠는 검사다. 그 남자가 있는 곳엔 항상 피비린내가 진동한다.

제법 예쁜 이름을 갖고 있는 남자. 기업 비리를 갖고 현우와 한판 했는데, 주호선 부장의 완벽한 패였다. 모든 이의 예상을 깨고 판도를 뒤엎는 판사의 판결에 주호선은 그 이후로 현우를 주시했다. 오히려 그게 현우에게는 좋은 일이었다. 제 사람으로 만들었으니.

"나야. 장 검사."

– 클럽 메이드. 미친 너구리 요새 물뿅에 꽂혔잖아. 다 잡아갈 기센데.

"그래?"

– 너희 사촌들 미꾸라지처럼 다 빠져나갔잖아. 이번엔 어렵지 싶다. 너구리 10분 뒤에 눈알 까뒤집고 활개 칠 예정이야. 너 예뻐하는 그 사촌 누구였더라. 박준겸인가?

무척 예뻐하는 놈이 있지. 어렸을 때부터 현우를 너무 예뻐해서 그를 볼 때마다 이죽거렸던 녀석이었다.

'큰아빠랑 큰엄마 너 때문에 죽었다며?'

'부모 잡아먹고 네가 할아버지까지 잡아먹을 거라는데. 나도 거기에 올인.'

기업 자제들끼리 모인 장소에서 항상 자신을 도발하던 녀석. 결혼을 앞두고 있던 와중에 터진 스캔들이면 작은집에서도 아마 난리가 날 것이다.

– 와서 구경할래? 너구리랑 오랜만에 인사도 하고.

"좋아. 마침 출판 기념회도 그쪽이라, 들렀다가 갈게."

잠이 확 달아난 현우는 관자놀이를 꾹 눌렀다. 구경보다는 너구리를 만나는 게 중요했다. 기업가, 정치인 누가 만나자고 해도 쉬이 움직이는 법이 없는 너구리를 만나기 위해 직접 나설 타이밍이었다.

　금요일 밤, 지수는 퇴근하자마자 지유의 원룸으로 갔다.

"오늘 무슨 날이야?"

"혜진이 생파."

　오랜만에 나들이를 할 예정이라 신이 난 지수는 샤워를 하고 나와 머리를 말린 후 고데기를 들었다.

"부모님께는 뭐라고 했어?"

"워크숍."

"하긴. 술 마신다고 하면 너 회사고 뭐고 머리 한 번 더 밀릴지도. 크큭. 예전에 너 500원짜리 동전만 하게 바리캉으로 밀렸잖아. 이쯤이었던 거 같은데."

　지유가 그녀의 머리카락 사이로 한 곳을 짚었다. 지금은 풍성하고 탐스러운 머리카락이 있지만 그때는 정말 휑했다. 거기다가 흑채를 뿌려 보기도 하고, 검은 물감을 발라 보기도 하고 용을 썼지만 결국 부분 가발을 쓸 수밖에 없었다. 바람 부는 날, 비 오는 날, 궂은 날씨엔 혹시라도 벗겨질 가발을 잡고 다녀야 했던 기억에 지수가 고개를 휘휘 저었다.

"올해 술 마시는 건 처음이라고."

"하긴. 김지수 요새 바빴지."

　방송 댄스 수업을 시작하면서 그곳에서 에너지를 다 소모하기 때문에 굳이 춤을 추기 위한 장소를 찾아다닐 필요는 없었다.

"내가 우리 부모님만 아니었으면, 무용과를 갔을 거야. 아니면 대학을 안 갔든지."

다른 자식들은 다 돼도, 지수 너만은 안 돼.

그녀에겐 부모를 거스를 힘이 없었다. 원래부터 복잡한 걸 싫어하는 탓에 좋은 게 좋은 거라고 순응하며 살았다. 부모님과 충돌하면서까지 춤을 추고 싶은가. 그 질문에 대한 대답은 'NO'였다. 아직까지는 부모님의 의견을 거스를 만큼 하고 싶은 게 딱히 없었다. 지금처럼 약간의 일탈이면 충분했다.

"오늘은 좀 가볍게 입어 볼까."

지수는 지유의 집에 숨겨 놓았던 옷을 꺼냈다. 원피스 여러 개를 보다가 머리를 긁적이며 바지와 티셔츠를 집었다.

"오늘은 복장이 양호, 아니구나. 포인트가 티셔츠였네."

"딩동댕."

다리를 감싼 검은색 스키니는 그녀의 아름다운 하체를 부각시켰다. 메인은 위에 입은 티셔츠였다. 연한 노란색의 티셔츠는 그녀를 귀엽게 보이게 했지만 상체에 딱 달라붙어 있어 여자가 봐도 숨이 막힐 만큼 섹시했다. 등의 일부를 노출하고 있지만, 중간중간 약간의 천이 가려 주는 디자인이었다. 그래서 살결이 보였다 안 보였다 하는 게 포인트였다.

"다 좋은데, 가서 남자만 조심해."

"알지. 내가 그쪽으로는 철벽 방어하잖아."

5년 전, 그날 이후로.

그녀는 술자리에서 친해진 사람과는 항상 일정한 거리를 두었다. 항상 자신의 상태가 술을 못 이길 정도가 될 듯하면 혜진에게 양해를 구하고 먼저 지유의 집으로 가기도 했다.

"내 유일한 일탈인데 이제 끝내려고."

"정말?"

"응. 혜진이도 결혼 준비한대."

"결혼? 벌써?"

지수가 화장을 하다가 지유를 보았다.

"응. 너도 결혼 생각 중이라며."

"아니, 나는 하게 된다면 하는 가정이고. 아직 확정은 아니야."

얼마 전 오빠 친구와 재회한 지유는 깨 볶는 연애 중이었다. 이미 도형의 마음을 눈치채고 있던 지수는 별로 놀랍지도 않았지만, 부럽긴 했다. 부모가 아닌 다른 이에게 너밖에 없다는 구애를 듣고, 서로에게 단 하나뿐인 사랑을 하는 것 말이다.

연애하고 싶다. 제일 친한 친구가 연애를 하니 더더욱.

"오랜만에 댄스 동아리 동기들 다 보겠네."

"응. 다 온다고 하더라. 다들 댄스 팀 들어가 있어서 시간 맞추기 어려웠는데, 이렇게 다 모이는 건 처음인 거 같아."

혜진의 생일 파티 겸 다들 시간을 맞춰 오랜만에 보기로 했다. 동아리 동기들은 대부분 댄스 팀에 들어가서 활동 중이었다. 종종 음악 방송을 보면 친구들 얼굴이 보여서 즐거웠는데. 그중 한 명은 경연 프로그램에서 댄스 선생님으로 활동하고 있어서 더더욱 바빠서 보질 못했다. 모두 모인다니 신기했다.

"가서 잘 놀고 와. 아침에 올 거야?"

"아니. 새벽 2, 3시쯤? 더 일찍 올 수도 있고."

"응. 나는 아마도 집에 있을 거 같긴 한데, 내가 없더라도 그냥 와서 씻고 자."

"불타는 연애 중인 네가 부럽다."

"아, 진짜. 김지수."

지유의 양 볼이 빨갛게 변했다. 불타는 연애라서 더 부럽네.

"너도 좋은 남자 만나. 내가 소개팅 해 줄까?"

"너 아니어도 부모님께서 교사 집안 아들들 주르륵 대기해 놓고 계셔."

국어 선생님, 수학 선생님, 영어 선생님…… 젊은 남자 교사 중에 괜찮은 사람이 있으면 눈독 들였다가 꼭 그녀에게 물어보곤 했다. 대대로 교사이자 공무원 집안을 유지하고 싶어 하시는 듯했다.

"그럼, 나 다녀올게."

"나도 같이 나가."

"그러고 가게?"

"응. 왜?"

"아, 정말…… 불타는 연애 중이라며. 이리 앉아 봐."

지수는 지유를 동그란 의자에 앉혀 놓고 메이크업 박스를 열었다. 붓을 든 그녀는 심각한 표정을 지으며 민낯인 지유의 얼굴에 색칠을 시작했다. 적어도 이 정도는 돼야지. 내친김에 입을 옷도 찾아 주자, 지유가 고개를 저으며 뒷걸음질을 쳤다. 너무 과했나.

클럽 안은 초대된 고객만 입장할 수 있도록 되어 있었다. 지수는 클럽 앞에서 댄스 동아리 대학 동기들을 만나 까르르 웃으며 수다를 떨었다. 그들 중 리더였던 재희가 혜진에게 받은 카톡을 가

드에게 보여 주었고, 가드는 일일이 사람을 확인한 후 안으로 입
장을 허락했다.

"진짜 얼마 만이야. 나 지수는 거의 3년 만에 보는 거 같은데?"

"그러게. 김지수. 너 정말…… 연락도 안 하고!"

"직장인 다 됐다. 김지수. 이렇게 입어도 직장인 같네."

"정말? 나 평소보다 많이 과하게 입은 건데? 나도 보고 싶었어!"

네 사람은 서로를 안고 동동 뛰었다. 점점 계단을 내려가 클럽
에 가까워지자 시끄러운 음악 소리 때문에 서로의 목소리가 묻혔
다. 오랜만에 신은 킬힐도 적응이 안 돼서 지수는 비틀거리는 중
이었다. 이러다가 술 먹고 삐끗하면 정형외과 단골 되는데. 그러
나 친구들은 저런 뾰족구두를 신은 상태로 춤을 추기 때문인지
제 발처럼 편해 보였다. 고생한 친구들의 발을 보며 지수는 괜스
레 짠해졌다.

"윤혜진 제대로 준비했는데?"

"그러게."

"쟤도 왔네."

"누구?"

재희는 손으로 얼굴을 가렸다. 경연 프로그램에서 제자였던 애
들이 거기에 와 있었다. 나이 차이는 크지 않지만 사제 관계로 만
났기에 불편한 모양이다. 재희가 아예 그쪽과는 최대한 멀리 떨어
진 곳으로 그들을 이끌었다. 먼저 와 있던 혜진이 그들을 보고 반
기며 다가왔고, 특별석으로 안내했다.

현우는 강력부 형사들과 인사를 나누었다. 그들은 클럽과 조금 떨어진 곳에서 잠복근무를 하고 있었다. 너구리 검사와 한 팀이 되어 움직이는 중인데, 얼굴들을 보니 왜 너구리가 직접 행차했는지 알 것 같았다. 한 팀이 되어 움직이지만 너구리는 지금 혼자 고군분투하고 있는 것이다. 하필 걸려도 제일 돈 많이 받아먹는 팀하고 같이 일하게 되다니. 얼굴이 낯이 익었다.

다른 기업도 마찬가지겠지만 각기 기업마다 정치계에 자기 사람을 꽂아 넣는다. 그건 BH도 마찬가지였다. 다음 기회를 노리며 발톱을 숨기고 있는 예비 의원들이 끊임없이 배출되었다. 또는 그의 할아버지 전전 세대부터 장학금 제도로 혜택을 받은 사람들이 법조계와 의료계에서 탄탄하게 자리를 잡으면서 좋은 관계를 유지하여 그들 중 정치인이 나오는 경우도 있었다. BH를 감싸고 있는 그들의 성이 견고할수록 회사는 성장하는 것이다. 결국엔 모두 정보력과 자금력 싸움일 테니.

"책 사인은 받았나?"

"그럼."

현우는 손에 든 책을 보여 주었다. 말이 출판 기념회지, 다음 국회의원 선거를 위한 만남의 장소이자 굳히기였다.

[아들아, 괜찮아. 네 길을 가렴.]

요새 젊은이의 마음을 녹일 문구들로 가득한 책은 유명 대필 작가의 손에서 탄생했다. 2~30대의 불확실한 미래를 격려하며 너의 길을 가라는 따스한 떨림.

"벌써 끝났어?"

"대충."

"너무 늦었나."

빨리 온다고 왔는데 이미 사건은 끝난 모양이었다.

"잔챙이들만 잡혔어. 그들 입에서 배후를 알아내는 건 너구리 몫이지. 뭐."

"장 검, 고생했다."

"고생은. 너 예뻐했던 그 새끼 잡으려고 했는데. 정보가 샜는지 오늘은 술만 마시고 있더라고. 미꾸라지처럼 빠져나갔어."

장준원 검사의 눈이 형사들에게 향했다. 그들은 딴청을 피우며 무전기를 괜히 켜 보면서 어색한 연기를 했다.

"내려가서 술 한잔할래?"

"마약 검출된 곳으로 가자고? 이 책 들고?"

"책에도 써 있네. 네 길을 가라고. 우리가 갈 길은 여기거든. 오늘 무슨 파티인지 분위기 후끈하던데."

"안 가."

현우는 몸을 돌렸다. 시끄러운 건 딱 질색이었다. 이번에 이사한 집 말고, 원래 그의 집엔 갖가지 술이 진열되어 있었다. 그를 위한 바도 따로 마련되어 있어서 그는 집에서 술을 마시는 편이었다.

젊은 대표 옆에는 항상 함께하고 싶어 하는 이가 많았다. 그 속에는 미인계를 통해 남자를 휘두르려는 스파이도 있었고, 때로는 그의 피지컬에 반해 덤비는 사람도 있었다. 오래전 그날 밤, 욕망을 참지 못해 여자를 제게 초대하고 밤새도록 씹어 누르던 그때의 일 덕분에 그는 술은 집에서 마시는 버릇이 생겼다. 한두 잔 가볍게 마시는 것 외에 잔뜩 취하고 싶은 날이면 특히 더 집을 선호했다.

"진짜 물 좋다니까?"

"그 좋은 물 너나 마셔."

"난 당연히 마실 거고."

준원이 음흉한 미소를 지었다. 현우는 고개를 절레절레 흔들었다.

"그럼 저희 가 보겠습니다."

그때 형사들이 일제히 준원에게 인사를 했다. 봉고차는 아직 열려 있었는데, 그 안에서 안쪽으로 잠입해서 촬영 중이던 화면이 보였다. 작은 화면, 수많은 사람들 틈에서 그의 눈에 한 사람이 잡혔다. 현우가 그쪽을 뚫어지게 보자 준원이 그의 어깨 너머로 같이 화면을 보았다.

여자는 작정한 사람처럼 옷차림이 평소와 달랐다. 다리와 엉덩이까지 착 달라붙는 검은 바지는 그녀의 긴 다리를 더 돋보이게 했다. 잘록한 허리와 넓은 골반, 노골적인 옷차림이지만 살을 모두 가리고 있으니 더 야했다. 그의 몸이 후끈하게 달아올랐다. 고작 저런 옷차림에. 그는 웃음이 나왔다.

"왜? 아는 사람 있어?"

"아니."

만나면 어떻게 구워삶을까. 나는 그 여자와 무엇이 하고 싶은 걸까. 그때처럼 그녀를 안고 싶은 걸까, 아니면 농담 따먹기를 하고 싶은 건가. 여자에 대한 정의를 내리지 못했다. 그의 일상을 여러 번 방해하는 그녀를 이대로 둬도 될까. 거센 소용돌이에 휩싸이기 전에 발을 빼는 게 맞는 것 같은데.

"박현우. 현우!"

글쎄, 난 너랑 무엇을 하고 싶은지 모르겠어. 그런데 지금 가 봐야 할 것 같은 기분이 들었다.

✳

입 안으로 독한 양주가 한 잔, 두 잔, 세 잔이 들어갔다. 친구들끼리의 만남이 반가워서 마시고, 혜진을 축하하면서 또 마시고, 모르는 사람과 반갑다며 마셨다.

"어, 이 노래! 우리 축제 때 들었던 노래잖아."

리더 재희의 말에 모두 일제히 자리에서 일어났다. 스테이지로 나간 그들은 한창 유행하는 춤 대신 그들이 대학교 축제 때 췄던 춤을 추며 즐거워했다. 그러나 그들은 모든 이의 주목을 받고 있다는 걸 알지 못했다.

한 곡이 끝나자 지수는 숨이 차서 더는 그곳에 있을 수가 없었다. 현직에 있는 친구들은 이제 몸을 풀었다며 하이힐을 신은 채로 방방 뛰었지만, 지수에겐 한계였다. 그녀는 자리로 돌아와 앉았다.

"공연 잘 봤습니다. 공연에 대한 제 답례."

지수는 주위를 둘러보았다. 이 테이블은 친구들과 앉아 있던 곳인데, 공연이라니? 처음 보는 남자가 자리에 앉아 술을 건네고 있었다.

"방금 친구분들과 춤추시는 거 보니 멋지더라고요."

"아아. 감, 감사합니다."

"한 잔 드세요."

남자는 술과 명함 한 장을 동시에 그녀에게 내밀었다. 아까부터 그녀를 보고 있었던 모양이다.

[BH 자동차 기획실장 박준겸.]

지수는 다시 고개를 들었다. 젠틀하게 생긴 남자는 부드러운 미소를 짓고 있었다. 현우만큼이나 훤칠하게 큰 키와 떡 벌어진 어깨, 호감형의 얼굴. 그녀는 다시 주변을 둘러보곤 검지로 자신을 가리켰다.

"저한테 주시는 거예요?"

"네."

"아…… 저는 명함이 없는데."

"차차 알아 가면 되죠."

남자는 지나가는 직원에게 새로운 안주와 술잔을 부탁했다. 준겸의 시선이 노골적이라 지수는 불편했다. 그래서 그녀는 그가 주는 술과 명함에는 손도 대지 않았다.

"준겸이 여기 있었구나. 오랜만?"

모르는 남자 한 명이 그의 옆에 와 앉았다.

"장 검?"

"장 검이 뭐야. 준원이 형이라고 해야지."

"형 좋아하시네. 방금 처넣으려고 했으면서."

"어이쿠. 아닌데? 미꾸라지처럼 도망갈 틈을 준 거지. 그 덕에 네가 여기 있잖아. 안 그래, 베이비?"

남자는 준겸의 옆자리에 앉더니 그를 베이비라고 불렀다. 무슨 사이야. 클럽이라 다양한 사람들이 있다지만……. 겉으로 보기에 여자가 한 트럭 따라다닐 것 같은 두 사람이 아웅다웅하며 바싹 붙어 앉은 걸 보니 보통 사이가 아닌 것 같았다. 적어도 애인 사이. 바람피우려는 애인을 잡으러 온 남자. 그녀는 그렇게 결론을 내렸다.

"이쪽."

준겸은 손을 들었다.

"저 자식도 여기 초대했어?"

"베이비, 저 자식이라니. 사촌 형한테. 떽!"

"기분 잡쳤어."

분명 방금 전까지 되게 커 보이던 남자였는데, 상대를 압도하는 분위기에 물먹은 솜처럼 멍하니 있었는데……. 준원이라는 남자가 나타난 후로는 준겸은 아이처럼 보였다. 그럼에도 그가 그녀를 볼 땐 눈매가 날카로워서 숨이 막혔지만 말이다.

휑한 등줄기가 뜨거웠다. 술기운이 오르는 건가. 이제 집에 가야겠다. 적당히 술도 마셨고, 춤도 췄고, 여한이 없다. 남은 건 우리 문화 센터 고객님들과 함께하면 될 테니.

"어디 갑니까?"

그녀가 일어나자 준겸이라는 남자가 그녀를 잡았다.

"시간이 늦어서 가 보려고요."

준겸은 시계를 보더니 고개를 갸웃했다. 그의 생각에 아직 시간이 늦지 않은 모양이다.

"모셔다드리죠."

준겸이 같이 일어났다. 그러자 준원이 묘한 표정으로 두 사람을 보았다.

"괜, 괜찮아요……."

나 너 부담스럽다고. 극구 사양하는 제스처를 취하는데 준겸은 이미 준원의 자리를 지나 테이블 앞에 서 있었다. 그녀를 에스코 트하려는 듯 손을 내민다. 지수는 그의 손을 보며 서 있던 곳에서 몸을 움직여 앞으로 나왔다. 오늘 뾰족구두가 굉장히 거슬렸는 데, 준겸을 피하려다가 발끝이 삐끗했다.

"아윽!"

발목에서 느껴지는 통증에 그녀가 눈을 질끈 감았다. 당분간 정형외과 단골이 되겠구나. 수업은 어쩌. 이거 왜 다쳤냐고 다들 물어볼 텐데, 회사에는 뭐라고 하지? 머릿속에 여러 생각이 스칠 때쯤, 이 모습을 모두 보고 있던 남자가 그녀에게 다가왔다.

"오랜만이네요. 김지수 씨."

"흐익."

지수는 너무 놀라 우스꽝스러운 소리를 내며 고개를 돌렸다. 도대체 왜 이 남자는 만나서는 안 될 곳에서 자꾸 마주치는 거지?

"잡아 줘요?"

현우였다. 이번에도 그가 손을 내밀었다.

'손 안 잡아요?'

지수는 엉덩방아를 찧었던 그때처럼 고개를 저었다. 그의 도움은 필요하지 않다. 걸을 수 있는 상태였다.

"아니면 들쳐 메고 갈까요?"

그가 방긋 웃으며 물었다. 어딘지 불편해 보이는 시선에 지수는 애써 당황스러움을 억누르며 입을 달싹였다. 지금 머리를 잘 굴려야 한다. 그는 이웃사촌이다. 지훈의 대학 선배이다. 회사 대표이다. 그녀가 쌓아 놓은 이미지를 말 한마디로 다 망가뜨릴 수 있는 인물이다. 물론, 그럴 정도로 그가 시간이 많진 않겠지만.

"김지수 씨."

그가 그녀의 이름을 불렀다. 무언가 참고 있는 듯했다. 이 남자와 더 가까워지면 안 될 거 같아.

"장 검, 나 먼저 가 볼게. 나 대신 같이 술 마실 친구 옆에 있네."

"누구? 베이비?"

준원의 질문에 현우가 준원과 준겸을 번갈아 보았다. 준겸은 불쾌하다는 듯 여자를 향한 손길을 거두었다.

"어차피 못 걸을 거 같으니 조금만 참아요."

"으아악!"

지수의 몸이 위로 붕 떴다. 그건 그 남자가 그녀를 들쳐 멨다는 뜻이기도 했다. 현우는 곧은 걸음으로 술 취한 사람들 틈을 가르며 클럽을 나왔다. 그녀가 발버둥을 치자 그가 그녀를 내려놓았다.

"코트 안에 두고 왔어요."

"그 발로 다시 저길 내려가겠다고요?"

"선물 받은 거라."

"기다려요."

남자는 누군가와 핸드폰으로 통화를 했다. 아마도 그녀의 코트에 대한 것 같았다. 달달 떨고 있는 그녀를 보며 그가 입고 있던 코트를 벗어 어깨에 걸쳐 주었다. 좋은 향기와 함께 어깨가 묵직해졌다.

잠시 기다리는 사이, 차 불빛이 반짝였다. 눈이 부셔 손등으로 가리자 현우가 그녀의 어깨를 감싸며 차로 데려갔다. 차 바로 앞에 다다르자 그는 기사가 내리는 것을 저지하고 뒷좌석 문을 직접 열어 주었다.

"타요."

"괜찮습니다."

집으로 갈 게 아니니, 여기서 따로 헤어지는 게 나을 것 같다. 이 남자가 혼자 가도록 보내야 하는데.

"그 꼴로 길가에 서 있으면 남자들 오해하기 딱 좋아요. 타요."

그는 다시 한번 문을 잡았다. 어딘지 모르게 신경을 긁는 그의 말에 지수의 미간이 찌푸려졌다.

"그래서 대표님도 오해하셨어요?"

"……"

"무슨 오해를, 어떻게 하셨는데요?"

클럽 안에서 그녀를 봤을 때부터 그는 이 눈을 하고 있었다. 야생마 같은 눈. 쉽게 꺼지지 않는 불꽃이 되어 그녀를 쏘아보고 있었다.

"그걸 알면."

"……"

"감당할 수 있겠어요?"

그는 차체를 짚고 그녀에게 가까워졌다.

"일단 타죠."

"……"

"내일 아침 포털 사이트에 박현우의 여자로 광고되기 싫으면."

그의 협박은 출중했다. 지수는 빠르게 차 안에 몸을 쏙 넣었다. 홍보 팀에서 그의 기사를 철저히 검열하고 있긴 하지만 가끔은 권력에 통제되지 않는 몇몇이 마음대로 자료를 올리곤 했다. 경제 지면에 할애되는 사람을 좇아다니는 기자들이 박현우라는 먹잇 감을 노리고 있을 수도 있었다. 누군가는 그를 알아볼지도 모른다. 그게 아니라면 지금처럼 '연예인인가?' 하며 주변의 시선을 받는다. 그게 그에겐 일상이었다.

차 안의 좁은 공간은 무척 더웠다. 숨 쉬는 소리까지 그의 귓가에 들릴 것 같아서 그녀는 숨을 작게 쉬었다.

"블루 아파트로 가죠."

"네. 알겠습니다."

기사는 군말 없이 차를 움직였다. 블루 아파트로 가는 동안 지수는 똥줄이 탔다. 지금 이런 모습으로 집 앞에서 누군가를 만난다면, 그 누군가가 엄마나 아빠라면, 아니 그녀를 아는 누군가라면…… 어느 쪽에다 가정을 둬도 끔찍했다.

지수는 본능적으로 머리를 매만졌다. 아까 전 지유가 만졌던 그 자리. 이제야 겨우 머리카락이 자라 촘촘해진, 예전엔 분명 횅했던 그곳. 여기가 다시 횅해지는 건 있어선 안 될 일이다. 그런데 만약 여기가 횅하지 않았다면, 가발을 쓰고 다니는 신세가 아니었다면, 이 남자와 한 번 더 만났을까? 다시 봐도 어떻게 안 반할 수 있을까. 심장이 주책맞게 뛰었다. 표정 하나 바뀌지 않은 남자는 그녀를 눈으로 탐색하듯 보았지만 함부로 대하진 않았다.

"잠시. 차 세워 주세요."

현우의 말에 기사는 갓길에 차를 세웠다. 그는 그녀에게 여기 있으라는 듯 눈빛을 보내곤 차에서 내렸다. 차 창문엔 선팅 필름이 붙여져 있어서 밖에서 안이 보이진 않을 테지만 안에선 밖이 잘 보였다. 현우는 편의점 안으로 들어갔다가 금세 원하는 걸 계산해서 나왔다. 지수는 그가 이쪽으로 오는 걸 보고 반대편 문으로 움직여 엉덩이를 붙였다. 차 문이 열리고, 그가 긴 다리를 집어넣으며 차에 탔다. 순간 적응되었던 그의 향기가 짙게 스며들었다. 다시 심장이 뛰었다.

"숙취 해소제예요."

"아, 감사해요."

"출발합시다."

현우는 그녀에게 숙취 해소제를 주고는 팔걸이에 팔을 대고 이마를 문질렀다. 잔뜩 찌푸려진 인상과 한숨은 그가 얼마나 피곤한지 옆에서도 느낄 수 있게 해 줬다. 왠지 이 숙취 해소제는 저 남자가 먹어야 할 것 같은 얼굴이었다.

"……."

무슨 말을 하지. 지수는 계속 옆을 힐끗 보았다. 가만히 있어도 그는 분위기로 이 공간을 압도했다. 어디에 갖다 놔도 존재감 하나는 갑인 남자였다.

지수는 손을 만지작거리다가 핸드폰을 꺼냈다. 오늘 함께했던 동기들에게 먼저 간다고 미안하다는 인사를 남기고, 혜진에게는 생일 축하한다고 문자를 보냈다. 재희는 오랜만에 뭉친 기념이라며 그룹 톡에 사진을 여러 장 보냈다. 그중, 그들이 춤을 췄던 영상도 있었다. 생각 없이 그걸 틀었던 그녀는 화들짝 놀라 핸드폰을 떨어뜨렸다. 하필 그 핸드폰은 그의 구두 앞코에 닿았다. 조용한 차 안에는 외국 힙합 노래, 그것도 클럽풍으로 EDM이 섞여서 리메이크된 음악이 흘렀다.

"흠. 콜록."

운전하던 기사가 기침을 하였다. 현우는 위에서 아래로 눈을 내려 그들의 영상을 보았다. 냉랭한 얼굴을 한 그가 옆으로 고개를 돌리더니 창문을 내렸다. 달리는 차 안으로 옅은 바람이 들어왔다. 그는 핸드폰을 주워서 그녀에게 넘겼다. 팝핀부터 여성 힙합 춤을 주로 췄는데 하필 저 곡만 대학교 축제용으로 웨이브가 많고 끈적한 춤이었다. 그녀 쪽으로 핸드폰 화면이 가까워지자 오랜만에 물 만난 고기처럼 그녀가 윙크를 하는 모습이 나왔다.

"앗!"

지수는 그의 손 위로 자신의 두 손을 펴서 화면을 덮었다. 이미 그는 다 본 모양이었다.

"눈, 눈에 뭐가 들어갔나."

"……."

"옛날부터 제가 눈을 좀 자주 깜빡였거든요."

그녀는 보란 듯이 눈을 깜빡이며 그의 손 안에 있는 핸드폰을 뺏어 와 영상을 껐다.

[김지수 안 죽었네. 표정 살아 있는 거 봐라.]

[옛날에도 베이비 페이스인데 섹시 터진다고 인기 많았잖아. 축제 때 지수가 제일 인기 많았을걸.]

특히 지수 학번이 인기가 높아서 댄스 동아리 팀 중에서 유일하게 축제 때 몸값이 높았다. 쟁쟁한 현직 댄스 그룹을 제치고 지방까지 순회공연을 다닐 정도였다. 물론, 지수는 지방 공연은 가지 못했지만 말이다.

그녀는 톡을 무음으로 바꿔 놓고 액정을 껐다. 그사이 집이 가까워졌다. 안 되는데.

"저어어는! 저기, 저기서 내려 주세요."

지수는 지나가다가 보이는 지하철역을 손으로 가리켰다. 저기서 택시를 타서 지유네 집으로 가면 될 것 같았다.

"왜요. 집까지 가죠."

"편의점에서 물도 사 먹고 술 좀 깨고 들어가려고요."

"그렇게 하죠."

현우는 기사에게 가까운 역에 내려 달라고 말했다. 지수는 한시름 마음을 놓았다.

"대표님, 그럼 바로 집으로 가십니까?"

"전 회사로."

그는 뒷좌석에 머리를 대고 지그시 눈을 감았다가 서서히 떴다. 하염없이 지나가는 야경 속에서 그녀의 얼굴이 또렷이 그의 눈에 각인됐다. 흐리멍덩한 배경 속에서 왜 그녀만 이리도 또렷할까.

주머니에 넣은 손이 간지러웠다. 그녀의 향기가 가득한 이곳, 조그마한 움직임에도 서로의 다리가 닿는다. 그녀의 숨소리가 바로 옆에서 들린다. 빠르게 뛰는 맥박까지도 느껴지는 듯했다. 그때와 같았다. 적당히 취해서 언제든지 그의 초대에 응할 수 있는 상태. 그래서 그는 더 고민이 되었다. 이 여자와 나는 무얼 하고 싶은가.

클럽에서 몸을 흔들며 춤을 추는 그녀를 봤을 땐 거슬렸다. 그녀의 복장을 확인하고선 화가 났다. 그리고 준겸과 노닥거리는 걸 봤을 땐 불쾌하다 못해 사촌의 목을 조르고 싶단 기분까지 들었다. 두렵다. 그녀로 인해 어디까지 나락으로 떨어질지 몰라서. 좋은 사람은 아니지만 적당히 좋은 사람인 척 살아왔던 그의 삶에서 본능을 끄집어내고, 인내심을 시험한다.

제 침대에 여자를 눕히고 마음껏 취하면 이 갈증이 사라질까. 오히려 더 빠지게 될 것 같다. 그래서 무서웠다. 그녀가 저의 약점이 될 수도 있는 상황인데, 그가 생각하는 미래에 그녀는 없는데. 과연 이 여자에게서 헤어날 수 있을까. 졸지 않으려고 조그마한 입술을 이로 질끈 물며 괴롭히는 그녀를 보는데, 욕망이 비집고 새어 나왔다. 저 여자가 손 하나만 까닥하면 넘어갈 것 같은 상황이었다.

"젠장."

"……!"

속으로 생각한 말이 입 밖으로 나왔다. 그러자 그녀가 완전히 잠에서 깼다. 눈망울은 건드리면 톡 눈물이 떨어질 것만 같다. 오물거리는 입술, 뾰족하지만 작은 코, 빠질 것 같은 눈동자. 남자를 미치게 하는 향기. 막상 저쪽에선 아무것도 한 게 없는데 혼자 몸이 달아오르는 꼴이라니. 욕설이 나왔지만 그는 옆으로 고개를 돌려 밖을 보았다.

"저, 대표님……."

"네."

"번거롭게 해서 죄송해요. 여기서 내릴게요."

"지금 여기서 내리겠다고요?"

"네."

"차 세우세요."

더는 꽉 막힌 공간에서 그녀와 있는 건 무리였다. 잠시 환기를 해야 했다. 기사가 차를 세우자 현우가 제일 먼저 내렸다. 그러자 그녀도 급히 문을 열고 내렸다. 도롯가에 선 두 사람은 잠시 서로를 보았다.

"저는 가 보겠습니다."

"여기서 어떻게 갑니까. 택시도 안 다니는데."

"아, 어플로 부르면 돼요."

"기다려요."

현우는 그녀를 보고 핸드폰으로 그녀의 동생 이름을 검색했다. 그러자 번호 하나가 떴다.

[김지훈 후배.]

"동생 부를게요. 같이 들어가요."

"네?"

현우는 통화 버튼을 누르지 않은 채로 핸드폰을 귀에 붙였다. 그러자 그녀가 빠른 걸음으로 코앞까지 와서 핸드폰을 가로챘다.

"잠, 잠시만요!"

현우가 왜 그러냐는 듯 쳐다보자 여자는 매우 당황한 듯 눈동자를 이리저리 굴렸다. 그는 뭐든 들어주겠노라 하는 표정으로 입꼬리를 말아 올리며 눈가를 휘어 부드럽게 웃었다.

"무슨 문제 있어요?"

"저, 그게……."

파들파들 떨며 어떻게 할지 고민하는 모습이 애처롭다. 아니, 귀여웠다. 꼭 그에게 목숨 줄을 내놓고 있는 사람 같았다.

'우리 누나 워크숍 갔어요. 선배님도 오늘 가시죠? 누나 술 못 마시니까 부탁 좀 해도 될까요?'

'워크숍?'

'네. 오늘 서일 건설 대표 취임 기념 평창으로 워크숍 간다고 하더라고요. 선배님, 제가 누나는 믿지만 주변 남자는 못 믿어서요. 선배님께 부탁드릴게요.'

'워크숍이라, 그렇단 말이지.'

그 선배는 왜 믿는지 물어보려다 말았다. 회사 앞에서 마주친 지훈이 그에게 워크숍에 대해 물었다.

"저 오늘 워크숍이라고 하고 술 마신 거거든요. 이해 못 하시겠지만 저희 집이 좀 엄해요. 좀이 아니라 많이요. 저…… 이런 거 알면 회사고 뭐고 부모님께 죽어요. 21세기에 믿기지 않으시겠지만 교장 선생님을 아버지로 두고, 국어 교사를 어머니로 둔 저는 그렇습니다. 오늘 있었던 일은 모두 비밀로 해 주시면 안 될까요?"

결국, 그녀는 사실을 실토했다. 이미 예상하고 있던 거지만 그는 놀라는 척 눈을 크게 떴다가 손으로 얼굴을 쓸었다. 웃음이 비집고 나올 것만 같았다.

"비밀로 해 주면, 김지수 씨는 나한테 뭘 해 줄 건가?"

지수는 이로 입술 안쪽을 물며 머리를 굴렸다. 그냥 지훈에게 지금이라도 정숙한 누나 이미지를 던져 버리고 다 솔직하게 털어놓을까. 그녀는 고개를 휘휘 저었다. 지훈이 엄마와 얼마나 긴밀하게 내통하고 있는지 그녀는 잘 알고 있었다. 지훈의 귀에 들어가면 바로 엄마의 귀로 들어간다고 해도 과언이 아니었다. 어릴 때부터 엄마를 잘 구워삶아서 용돈도 타고, 하고 싶은 것 다 했던 녀석인지라 잔머리가 장난이 아니었다.

"누가 물어보면 거짓말을 못 하는 성격인지라."

그가 골치 아프다는 표정을 지으며 얼굴을 쓸었다. 그의 말뜻은 그녀의 가족 중 누군가가 워크숍 관련하여 물어보면 솔직하게 답한다는 뜻이었다.

"혹시 제가 대표님께 도움 될 만한 일이 있을까요?"

그녀는 침을 꼴깍 삼켰다. 그녀보다 한참이나 큰 그가 의미를 알 수 없는 표정으로 그녀를 보고 있었다.

"도움이라……."

짙게 가라앉은 그의 음성이 온몸을 훑는 기분이 들었다. 그녀의 구두 안 발끝이 곱았다.

"김지수 씨가 날 도울 일이 뭔지 찬찬히 생각해 보죠."

"네. 제가 길도 잘 찾고 동네 분들과 사이도 좋답니다. 구석구석 맛집도 잘 알구요. 이웃으로서의 도움은 언제든지 웰컴입니다."

너무 말이 많았나? 현우의 표정이 점점 일그러졌다. 그는 그녀의 눈을 피하며 차 문을 다시 열었다.

"그럼 오늘 어디서 잡니까?"

"친구…… 집요."

"데려다줄게요."

지수는 잠시 멈칫했다. 일반 차보다 공간이 넓다고 하여도 뒷좌석에 두 사람이 타면 숨소리가 들린다. 긴장하고 있던 그녀는 맥박이 평소보다 빠르고 크게 뛰었다. 꼭 심장 뛰는 소리가 귓가에 들리는 듯했다. 에어컨이 가동되고 있음에도 시시때때로 붉어지는 볼을 가릴 수가 없었다. 특히 그의 시선이 느껴질 땐 창문으로 바깥 풍경을 보고 있는데도 침이 제대로 삼켜지지 않았다. 그만큼 그녀는 그를 의식하고 있었다.

"택시 타고 갈게요. 그게 편할 거 같아요. 대표님께서도 회사로 들어가 보셔야 하는 거 아니에요?"

"맞아요. 그러니 얼른 타요."

"원래도…… 이렇게 친절하신 편인가요?"

그녀의 질문에 현우는 피식 웃었다. 진지하게 한 질문에 웃음으로 답이 오니 골이 난 그녀가 볼에 바람을 넣고 미간을 좁혔다.

"어떨 거 같아요?"

"제가 먼저 물었잖아요."

"글쎄요. 사람이 네발로 기어가고 있다면 경찰에 연락은 했을 거 같네요."

그 말은, 지금 내가 네발로 기어가고 있다는 뜻인가? 술은 마셨지만 전혀 취하지 않았고, 지금은 오히려 완전 술이 깬 상태였다. 지수의 표정이 점점 뾰로통해졌다.

"근데 누가 네발로 기어가는지 신경 쓸 정도로 한가하진 않습니다."

"……."

얼굴에 점점 열이 오르는 기분이 든다. 이 남자 말 한마디에. 다른 사람이었다면 네발로 기든, 두 발로 걷든 신경 쓰지 않았을 거란 이야기 아닌가. 이것도 착각인 건가? 보통 그녀에게 관심이 있는 남자라면 응당 고백을 하거나, 또는 둘만 있는 기회를 놓치지 않고 열심히 대시를 하는데 박현우는 전혀 아니었다. 하는 행동과 눈빛은 분명 그녀에게 끌리고 있는데 더 이상 다가오진 않고 있었다.

"신경 써 줄 때 차에 타죠? 시간도 늦었는데."

그가 힐끔 시계를 보며 그녀에게 말했다. 어떻게든 집까지 데려다줄 생각인 듯했다. 그녀는 순순히 차에 타기로 마음을 바꿨다. 지금 택시를 부르면 언제 올지도 모르고, 집과 조금 떨어진 위치이긴 하나 그녀를 아는 주민들을 만날 수 있는 곳이었다. 여기서 더 실랑이를 하며 서 있기엔 위험했다.

"그럼 대표님, 한 번만 더 실례할게요."

현우는 그녀에게 그러라는 표정을 보이며 차 문을 잡고 섰다.

"……!"

발을 내딛자마자 앞으로 고꾸라져 차체에 박으려는 지수의 허리를 잡은 그가 품으로 당겼다. 졸지에 그에게 백 허그를 당한 그녀는 잠시 얼음이 된 것처럼 굳어 버렸다. 들이마신 숨을 뱉지 못한 채로, 차체에 닿은 손은 이러지도 저러지도 못해 멈춰 있었다. 인도와 도로에 높이 차이가 있다는 걸 잊었다. 지수는 바로 등 뒤에 닿는 그의 몸에 당황해서 눈동자를 이리저리 굴렸다. 아는 척을 해야 하나, 모르는 척을 해야 하나.

그는 태연하게 몸을 떼더니 차 문을 잡았다. 하아, 그녀는 숨을 몰아서 뱉어 내며 얼른 차 안으로 들어갔다. 방금 전 느꼈던 그의 품은 예상했던 것처럼 뜨거웠다. 그는 분명 호의를 베푸는 사람이기 전에, 남자였다. 5년 전, 그와의 첫 만남에서 우리가 무엇을 했는지 그제야 제대로 상기되었다. 그는 그 밤을 기억하고 있는 게 분명했고, 어쩌면 그런 밤을 다시 원하고 있는 걸 수도 있다. 아니, 이미 원하고 있었다. 분명 등 뒤로 단단한 그가 느껴졌으니까.

"……."

욕망을 들킨 채로 그는 그녀의 옆자리에 탔다.

"출발하죠. 주소가 어떻게 돼요?"

"아. 서울시……."

주소를 말하자 기사는 내비게이션에 입력했다. 기사는 분명 밖에서 일어나는 일들을 보았겠지만 티를 내지 않았다.

"발목은 괜찮아요?"

"발목요?"

지수는 고개를 내려 발목을 보았다. 클럽에서 삐끗했던 발목이 팅팅 부어 있었다. 반대편 발에 비해 유독 발등이 커 보여서 왕발 같았다. 이걸 보기 전까지만 해도 모든 신경이 박현우에게 가 있어서 못 느꼈는데, 지금은 아픔이 고스란히 전해졌다.

"걸어갈 수 있겠어요?"

"네, 뭐…… 내려 주시면 집이 바로 코앞이라."

"부축해 줄 사람은 있습니까?"

"아뇨. 친구가 남자 친구…… 있습니다."

혹시 부축해 줄 사람 없다고 하면 데려다준다고 할까 봐 그녀는 급히 말을 바꿨다. 그는 고개를 주억거린 후 손목시계를 보았다.

"저는 여기 세워 주시죠."

그러더니 그는 더는 지체할 수 없다는 듯 차를 세워 달라 요청했다.

"네. 알겠습니다."

"김지수 씨."

"네?"

여기다 나 버리고 가는 거야? 갑자기 차를 멈춘 의중을 몰라서 그녀는 불안한 표정으로 그를 보았다. 아까는 집까지 어떻게든 데려다준다고 하더니.

"들을 건 다 들었고, 차 타고 집 앞까지 가세요. 저는 사무실 들러야 해서 먼저 내립니다."

"네?"

여기 회사 아닌데? 그녀는 대로변을 보다가 차에서 내리려는 그의 팔을 잡았다.

"방향이 반대라 집 앞까지는 같이 못 가겠네요. 시간이 안 됩니다."

"그게 아니라, 내려도 제가 내려야 하는 거 아니에요?"

"발 아프잖아요. 타고 가요."

"아니…… 대표님!"

그는 그녀에게 인사를 하곤 차에서 내렸다. 쾅 하고 차 문이 닫히자 기사는 대표의 뜻대로 바로 차를 출발했다. 이게 무슨 상황인 거지? 당황해하던 그녀는 이내 그가 없다는 사실에 긴장이 풀렸다. 어깨와 목에 힘이 너무 들어가 있었던 모양이다. 어깨를 축 늘어뜨리고 편하게 앉은 그녀가 숨을 들이마시고 내쉬기를 반복했다. 그러자 이번엔 슬슬 잠이 몰려왔다.

현우는 도로에 서서 준원을 기다렸다. 클럽에서 술을 한 잔도 안 마신 준원은 집으로 가던 길에 그의 호출을 받고 이쪽으로 오고 있는 중이었다.

　역시 그녀의 몸이었던 걸까. 술 냄새가 나야 하는데 우연히 품 안에 안았을 때, 그녀에게선 좋은 향기가 났다. 뭐라 형용할 수 없는 향. 차 안에 둘만 탔을 때부터, 어쩌면 그 이전부터 그녀에게 반응하고 있던 몸이 그녀를 품에 안자 제멋대로 존재감을 드러냈다. 젠장. 어쩌면 오해할 수 있는 부분이지만 그는 해명하지 않았다. 안다고 우리가 붙어먹는 것도 아닌데. 그럼에도 그는 그녀가 오늘 어디서 잠을 잘 건지, 누가 그녀를 부축하러 나올 건지에 대해 궁금했다.

　'친구가 남자 친구……'

　거기까지 들은 그는 꺼림칙한 부분이 모두 해소되었고, 그대로 차에서 내릴 수 있었다.

　"박현우. 왜 여기 있어?"

　"집에 가는 길에 나 회사 앞에 내려 줘."

　"네 차는 어쩌고?"

　"사정이 있어."

　그는 준원의 차에 탔다. 방금 전까지 코끝을 맴돌던 좋은 향은 남자의 향수로 둔갑되었다. 그가 콧등을 찡그리자 준원이 그를 보았다.

　"왜? 차에서 냄새나?"

　"아니. 안 나."

　"표정은 그게 아닌데. 천연 방향제 놔둬서 향 좋을 텐데."

　"박준겸은 갔어?"

　준원은 차를 출발하며 고개를 주억거리는 걸로 대답을 대신했다. 그러곤 그에게 오늘 있었던 일을 보고하였다. 너구리는 못 봤지만 의외로 수확이 있었다. 흥청망청 놀던 준겸이 정신을 차렸다는 것. 클럽에 왔던 건 외국 바이어 접대 자리가 있기 때문이었고 작은집에선 그를 최대한 서포트해 주고 있다는 사실을 알 수 있었다. 그러나 그건 이미 현우의 정보력으로 알고 있는 사실이었다.

"걘 다른 것보다 네가 데리고 나간 여자한테 관심이 많던데?"

"왜?"

"먼저 찍은 건 본인이라나 뭐라나. 그 여자는 아는 사이야?"

"회사 직원."

"네가…… 직원한테 그렇게 친절했나?"

현우는 고개를 끄덕이며 눈을 감았다. 창문을 살짝 열자 찬 바람이 차 안을 가득 메웠다.

"그럼. 직원한테 친절하지."

"미친놈. 네가 친절? 그냥 꼴렸다고 해."

"검사가 말 참 예쁘게 한다."

현우는 혀를 차며 준원을 나무랐고, 준원은 친절한 척하는 현우가 어이없는지 피식 웃으며 핸들을 부드럽게 돌렸다.

"근데 그 여자 왜 집에 보냈어? 같이 안 있고?"

"우리 회사 직원이라니까."

"그게 너한테 걸림돌이 되냐고. 네가 찍은 여자, 오랜만이다?"

"그랬나."

"왜 예전에…… 5년 전쯤인가."

가물가물한 기억 속을 더듬으며 준원이 물었고, 현우는 대답하지 않았다. 마음이 맞으면, 몸이 동하면 취할 수 있는 상대는 주변에 널렸다. 손 하나만 까닥하면, 문자 한 통이면 그를 만나겠다고 하는 여자도 깔렸다. 그렇지만 그는 쉽게 제 곁을 내주지 않았다. 일을 방해받기 싫은 것도 있지만, 누군가에게 어떠한 빌미를 제공하고 싶지 않았기 때문이다. 그 여자를 제외하곤…….

아무도 없는 사무실에서 야경을 보는 건 짜릿하다. 어느덧 그의 집무실 옆엔 작은 와인 냉장고가 생겼고, 탕비실에는 곁들일 수 있는 치즈나 비스킷 종류가 즐비해 있었다. 집에 가는 날보다 회사에서 자는 날이 많은 그를 위해 대표실 안쪽에는 간이침대도 마련되었다. 그가 취임한 이후로 대표이사실은 꼭 집처럼 점점 가구들이 생겨났다.

현우는 넥타이를 끌러서 대표실 중간에 배치된 넓은 대리석 책상에 올려 두고 오프너로 마개를 열었다. 와인 병 속에 꽁꽁 숨겨졌던 마개에 오프너를 꽂아 돌려서 열 때, 특유의 소리와 함께 기분이 상쾌해진다. 특히 오늘 이 시간에는 아무도 출근을 하지 않을 테니 그는 편안하게 집에서처럼 와인 잔을 들고 집무실 책상으로 돌아왔다.

한 모금 마실 때마다 마우스 휠 소리가 울렸다. 성욕, 수면욕 등 욕망을 절제하고 살지만 그가 유일하게 사치를 부리는 것이 인테리어였다. 특히 조명을 활용해 분위기를 조성하는 걸 즐겼다. 멋진 인테리어는 하나의 작품이 된다. 바쁜 삶 속에서 그가 찾을 수 있는 힐링은 높은 곳에서 야경을 보는 것, 집에 비치된 바에서 술을 마시는 것, 그 정도였다.

취미로 시작한 것이 입소문을 타고 대기업 자제 모임까지 흘러들어 갔다. 그중, 사업에 관심 없는 몇몇은 카페, 공방, 미술관 등 예술 쪽으로 빠지는 경우가 있는데 그들에게서 종종 의뢰가 들어왔다. 감성 카페가 뜨기 전, 그는 지인에게 조명을 이용하여 향수를 불어 일으키는 인테리어와 사진이 잘 나올 만한 가구 배치를 제안하였다. 집에서 애물단지이던 몇몇은 부모님께 면이 설 정도로 손익 분기점을 넘겼다.

현우는 검정고시를 통해 남들보다 이른 나이로 대학교를 졸업하고, 와튼 MBA 과정을 수료하고 귀국했다. 박 회장이 말을 하기도 전에 그는 공군으로 자원입대하였다. 공군 특수 부대에서 지내며 온갖 고강도 훈련은 다 받았다고 해도 과언이 아니었다. 그뿐만 아니라 제대할 땐 특전사로 위험하지만 보람 있는 일을 같이 해 보지 않겠냐는 제의도 받았었다. 남들 수험 시절에 그는 대학 생활을 하고, 또래들이 대학교에 입학할 때 MBA 수료를 했다. 치열한 나날 속에서 그가 할 수 있는 건 순리에 적응하며 버티는 것이었다. 지금도 여전히.

그때, 그의 핸드폰이 울렸다.

"네. 박현우입니다."

– 대표님, 저…… 여성분께서 잠이 드셔서 집 주변을 계속 돌고 있는데 깰 기미가 안 보여 전화 드렸습니다. 번거롭게 하여 죄송합니다.

"그럼 아직 퇴근 못 하신 겁니까?"

– 네……. 밖에 두고 갈 순 없어서요.

그는 마른세수를 했다. 와인 잔을 내려놓고 손목에 있는 단추를 잠갔다. 다시 나가 봐야 할 것 같았다. 켜져 있는 데스크톱을 종료하고, 노트북도 껐다.

"제가 가겠습니다. 번거롭게 했네요."

– 아닙니다. 번거롭지 않습니다. 저는 대표님과 일하는 거 좋습니다.

"금방 갑니다."

그는 건물 주차장으로 내려갔다. 임원용 주차장에서 그의 차 중 하나를 골라서 올라탔다. 차는 주차장을 나와 도로로 진입했다.

누군가 온몸을 짓누르는 기분이 들었다. 관 안에 들어 있는 것처럼 움직임이 자유롭지 못해서 더 답답했다. 지수는 목이 말라서 입술을 빠끔거리며 손을 뻗었다. 아무 물병이나 잡혀라 하는 마음으로 더듬거리는데 생수병이 잡혔다. 그녀는 눈을 감은 채로 생수를 마셨다. 그러자 정신이 맑아지며 서서히 잠에서 깼다.

언제 어떻게 집으로 들어왔더라. 술 마셨지, 춤췄지, 오랜만에 대학 동기들 만나서 우리만의 공연도 했지, 하이힐을 신어서 걷는 것만 해도 체력 소모되지. 지칠 만도 했다.

맞다. 나 그 남자 차 타고 왔지. 집에 들어온 기억이 없는데……. 번쩍 눈을 뜬 그녀는 바로 앞에 보이는 남자의 얼굴에 당황해서 얼굴을 가렸다. 그녀는 그의 허벅지를 베고 누워 두 다리를 차의 창가로 쭉 뻗고 있었다. 이 상태로 잠을 잤다니 얼굴이 다 화끈거렸다. 그녀는 상체를 들고 일어나 그에게서 멀찍이 떨어졌다.

"아까 가신 거 아니었어요? 저 제가 왜……. 여기가 어디예요?"

그녀는 열 손가락을 폈다. 손가락 틈으로 시야가 열리자 그녀는 주변을 보았다. 어디 주차장인 것 같은데, 그녀의 집은 아니고 지유의 오피스텔도 아니었다.

"죄송해요. 제가 분명 창가에 머리를 기대고 잤던 거 같은데, 왜 대표님 허벅지를 베고 있을까요. 많이 무거우셨죠?"

"아뇨. 괜찮습니다. 그리고 여긴 회사 건물 주차장입니다. 집에 가라고 보냈더니 차에서 잠들었다고 연락이 왔네요."

"아."

그럼 어깨를 흔들어서라도 깨우시지.

"참고로 깨워도 안 일어나서 저한테 연락 온 겁니다."

아. 그랬구나. 그녀는 멋쩍은 미소를 지었다. 차 안의 창문은 모두 열린 상태였고, 시동은 꺼져 있었다. 가끔 택시에서 졸 때는 있지만 깊이 잠드는 편은 아니었다. 유독, 하필, 오늘, 왜. 민폐도 이런 민폐가 없다. 대표와 직원으로, 지나가다가 어쩌다 한 번 보는 이웃으로 그렇게 지내고 싶은데. 이 남자와 다시 엮일 생각은 없었는데, 왜 이렇게 꼬일까. 지수는 한숨을 푹 쉬었다.

"머리 안 아파요?"

"아파요."

"발목은요?"

"거기도……."

당연히 아프죠. 부었는데. 그녀는 손바닥으로 머리를 짚었다. 머리에서는 열이 나고 있었다. 감기는 아니니 술이 완전히 깨면서 나는 열인 것 같았다.

"일단 내리죠."

"네. 네!"

그는 차 문을 열고 긴 다리를 밖으로 빼며 차에서 내렸다. 어떻게 차에서 내리는 것조차 객관적으로 멋질 수 있는 거지? 꼭 저모습 그대로가 화보 같기도 하고, 자동차 CF 속 외국 모델 같기도 했다.

지수도 얼른 그를 따라 차에서 내렸다. 이 시간, 그것도 남들 노는 주말에 회사에 온 적이 없었던지라 그녀는 이 공간이 낯설었다. 거기다 임원 전용 엘리베이터를 타고 대표이사실까지 직속으로 올라가는 건 더더욱 처음 있는 일이었다.

"안쪽에 가면 간이침대 있어요."

현우는 서랍을 열어서 차 키를 넣었다. 그러고는 안쪽 공간을 손으로 가리켰다. 그러나 지수는 멈칫하며 움직이지 못했다. 매번 대표실은 어떻게 생겼을까 궁금했는데 실제는 상상보다 더 럭셔리했다. 책상 옆에 책상, 등 뒤에도 다른 직원의 책상, 빽빽하게 앉아서 일하는 업무 환경과 대표실은 하늘과 땅 차이였다. 직장인의 업무 환경은 겨울에는 건조해서 가습기를 틀어 놔야 하고, 여름에는 에어컨 바람이 쏠리는 자리는 추워서 감기에 걸리고, 다른 자리는 더워서 개인 선풍기를 책상에 올려 두고 써야 한다. 물론 이보다 더 열악한 환경의 회사가 많겠지만, 그래도 같은 회사를 다닌다고 했을 때 대표와 사원의 차이가 극렬하게 다가왔다.

"제가 이렇게까지 폐를 끼치는 건 아닌 것 같아요. 대표님. 신경써 주셔서 감사드려요."

"내가 그쪽 신경 쓰는 건 알아요?"

"네……?"

그는 피곤하다는 듯 관자놀이를 누르며 약하게 인상을 썼다. 업무 테이블에 몸을 기댄 그는 야경을 등지니 더 거대해 보였다.

부드럽고 정중해 보이나 고압적인 이미지 때문인지 이렇게 둘만 있는 환경이 무섭게 다가왔다. 그녀는 절로 두 손을 모아 잡았다. 우뚝한 콧날 아래 위치한 입술이 꾹 다물려 있으니 날카롭게 느껴지기도 했다. 넋이 빠질 정도로 잘생긴 남자가 그녀에게 서서히 다가왔다. 가까워질 때마다 그의 향이 폐부까지 깊숙이 스미는 것 같았다. 불규칙적으로 뛰는 심장 박동이 그에게도 전해질까 싶어 그녀는 손가락을 꽉 얽어 잡았다.

"앞으로 세 시간."

"네?"

"앞으로 세 시간 뒤에 내 비서가 출근합니다."

"……."

그는 점점 더 가까이 와서 상체를 낮췄다. 눈높이가 딱 맞은 상태로 그가 그녀의 어깨를 지그시 눌렀다.

"그전에 그쪽을 보낼 겁니다. 그러니 가서 씻고 잠시라도 눈 붙여요."

"아……."

"말 더 안 해도 되겠죠?"

그는 앞으로 일어날 상황을 부드럽게 설명하는 건데 왜 고압적으로 들릴까. 왜 나는 고개를 끄덕거리고 있는 걸까. 남을 부리면서 살았던 사람인 그는 젊은 나이에도 사람을 압도하는 힘이 있었다. 그런 그가 자신에게 끌리고 있다. 그녀는 방금 전 그의 눈빛에서 확신을 얻었다. 그래서 더는 그를 자극하고 싶지 않았다. 만약, 만약에 그가 온몸으로 뛰어들어 구애를 한다면……. 거절할수 없을 것 같았다. 그에게 주도권을 잡혀서 끌려가는 연애, 끝이보이는 연애를 하고 싶진 않았다.

지수는 그가 말한 대표실 안쪽 공간으로 들어갔다. 문을 열고안으로 들어갈 때까지 등 전체가 따끔거렸다.

✳

현우는 와인 냉장고에서 와인을 꺼내 잔에 따를 생각도 못 하고병째로 입 안으로 삼켰다. 이걸 이렇게 쥐고 마시는 날이 올 줄이야. 목이 탄 그는 와인을 물처럼 삼켰다. 그 뒤에 찾아오는 알싸함을 즐기며 가죽 의자에 앉았다.

몸이 터질 것 같았다. 머리를 창문에 대고 다리를 가슴 쪽으로말아서 자고 있던 그녀. 불편한지 몸을 꿈틀거리며 뒷좌석에 벌러덩 눕는다. 그렇게 그녀가 깰 동안까지 그는 정말 숨만 쉬었다.

자고 일어난 그녀는 화장이 반쯤 지워진 상태였다. 근데 그게 더그의 묘한 욕구를 자극했다. 한번 달아오른 몸은 식을 줄을 몰랐다. 미친놈. 문 하나를 경계로 제 공간에 침범해서 자고 있을 그녀가 자꾸 머릿속을 어지럽혔다.

'그래서 박현우, 그 여자랑 뭘 할 건데?'

준원이 그에게 던졌던 질문에 그는 답하지 못했다. 잠시 시선을아래로 내렸다. 비소를 던지며 그는 고개를 절레절레 저었다. 아무래도 몸은 그녀와 하고 싶은 걸 아는 것 같은데. 저 문을 넘으면, 저 문이 열리면……. 붉은 와인이 입술 안으로 스며들었다. 그때, 문이 열렸다.

"저…… 대표님?"

그는 와인 잔을 꽉 쥐었다. 그녀에게로 손을 뻗지 않기 위해 다른 손으론 테이블을 잡았다.

"혹시 핸드폰 충전기 있으세요? 배터리가 없어서 꺼졌거든요."

해맑은 웃음을 띤 그녀가 꺼진 핸드폰을 흔들고 있었다. 그녀의 손을 따라 그의 마음도 갈피를 잡지 못한 채 흔들렸다.

4장. 고백

"지수 씨, 이것 좀 출력해 줘요."

"네, 대리님! 몇 부씩 할까요?"

"넉넉히."

지수는 김서준 대리가 보낸 메일을 확인한 다음 모든 한글 파일을 저장하고 출력했다. 넉넉히라면 열 부 정도 뽑으면 되겠지? 그녀는 각 파일마다 열 부씩 프린트를 해서 서준의 자리 옆에 착착 정리를 해 두었다.

"서윤 씨, 회의실 기계 점검 좀 부탁해요."

"네. 알겠습니다."

지수보다 한 살 많은 서윤은 서준의 지시에 따라 회의실로 움직였다. 저번 회의 때 빔프로젝터가 고장 나서 준비한 자료들을 제대로 보여 주지 못하고 부장이 횡설수설하며 업무 보고를 했다. 원래도 말솜씨보다는 자료에 의존하는 편인 부장은 다른 부서 앞에서 망신을 당했고, 분양 팀은 그날 전원 혼이 났다. 그 이후부터 내부 회의를 진행하더라도 회의실 기계를 점검하는 습관이 생겼다.

"회의실 점검했습니다. 스피커도, 프로젝터도, 노트북도 다 잘 연결되어 있어요."

"고마워. 지수 씨는 끝나 가?"

"네. 메일만 확인하고 대회의실로 가겠습니다."

"그래? 그럼 서윤 씨가 우선 이거 들고 먼저 가고, 나랑 지수 씨랑 나머지 들고 갈게요. 부장님 회의실로 바로 오신답니다."

"알겠습니다."

서윤은 지수가 출력한 자료의 일부를 들고 회의실로 먼저 갔다. 서준은 지수의 옆 테이블에 기대서 그녀를 보았다.

"지수 씨, 오늘 저녁에 약속 있어요?"

"아뇨."

"잘됐네. 그럼 시간 되면 동생 선물 좀 같이 골라 줄래요? 혼자 여자 선물 고르려니 난감해서."

"아…… 네. 그럴게요. 동생분 나이가 어떻게 되세요? 선물 금액대는요? 화장품? 옷? 어느 쪽 보세요? 혹시 사진 볼 수 있을까요? 분위기를 봐야 선물도 잘 고를 거 같아서요."

"고마워요. 지수 씨, 이따 퇴근하면 백화점 앞에서 만나요."

"네. 그럴게요. 제가 도움이 될지 모르겠어요."

"충분히. 내 눈보단 낫겠죠."

서준은 그의 자리에 있는 자료들을 박스에 넣어 번쩍 들었다.

"대리님, 제가 할게요!"

지수는 모니터 화면을 끄고 서준의 자리로 갔다. 서준은 그녀가 들 몫까지 박스에 넣어서 들고 있었다.

"내 핸드폰하고 스케줄러 좀 챙겨 줘요."

"이거요?"

서준은 움직이지 못하는 손 대신 고개를 끄덕였다. 지수는 박스 안에 든 서류 뭉치가 너무 많아서 걱정스러운 눈길로 그를 봤다. 보통 무게가 아닐 텐데. 생각과는 달리 서준은 무거워하는 기색 없이 회의실까지 박스를 들고 갔다.

회의실에 들어서자마자 분양 1팀 직원들은 모두 긴장해서 침을 꼴깍 삼켰다. 상석에 현우가 앉아서 물을 마시고 있었다. 오늘 하루 종일 각각 회의실을 누비며 회의를 하고 있던 모양이다. 앞에 재무 팀 회의가 있었는지 화면에 숫자와 그래프가 켜져 있었다.

"5분만 쉬죠."

"네. 대표님. 자리 정리해 놓고 있겠습니다."

현우를 따라온 비서가 회의실에 그의 노트북을 연결해서 세팅하고 있었고, 그는 목을 만지며 회의실을 나갔다.

"유 실장, 대표님 오늘 기분 안 좋으셔?"

"그건 아니고요. 9시부터 계속 회의하느라 힘드셨나 봐요. 5분 쉬고 오면 다시 쌩쌩해지실 겁니다."

"재무 팀 김 부장 안색이 안 좋던데."

"아. 그러셨군요."

성우는 말을 아끼며 앞의 회의에서 있었던 일을 발설하지 않았다. 지수는 자리에 앉아서 수첩을 펼쳤다.

현우는 일주일에 한 번은 날을 잡아서 부서별 미팅을 하였다. 회사 내 부서가 많다 보니 분양 팀은 거의 2주에 한 번 꼴로 현우를 회의실에서 만났다. 회의를 통해 직원들은 혼이 나기도 하고, 때로는 칭찬을 받기도 하며 사내 기강이 잡혀 가고 있었다. 그때, 5분 쉬고 온 현우가 그녀의 의자 뒤로 지나갔다. 유성우 비서실장 말처럼 현우는 쉬고 오니 방금 출근한 사람처럼 생기가 넘쳐 보였다. 체력 하나는 회사에서 누구도 따라갈 수 없는 것 같다. 현우는 회의실에 앉은 직원들과 한 번씩 눈을 맞추었다.

"회의 시작하죠."

마지막으로 그의 눈길이 닿은 곳엔 지수가 있었다.

연달은 회의를 끝낸 후 현우는 대표실로 올라가 마른세수를 했다. 그때 성우가 얼음물이 담긴 잔을 가져왔다.

"오후 스케줄 말씀드려도 되겠습니까?"

"응. 부탁해."

현우는 단숨에 물을 마신 후 얼음을 입 안에 넣었다. 차갑지만 정신은 또렷해지고, 일에 집중하면서 났던 열기는 서서히 가라앉는다. 혀로 얼음을 굴리며 그는 성우의 브리핑을 들었다.

"5시에 초석 미술관 관장님과 미팅 있고, 7시에 BH 박준호 회장님 본가에서 저녁 식사가 있습니다. 10시까지 대표님 짐 싸서 본가로 가겠습니다. 내일 오전에 대학교에서 연설하시고, 전주 시청에서 미팅 있습니다. 연설문과 미팅 자료는 대표님 메일로 보내 놓았고요, 프린트해서 책상 두 번째 서랍에 두었습니다."

"고마워."

"그리고…… 윤혜진 씨께서 넥타이 선물을 보내오셨습니다."

"누구?"

현우의 입 안을 오가던 얼음이 금세 녹았다. 혀로 어르고 이로 깨물어 뭉개자 모두 액체가 되어 그의 목 안으로 흘러갔다.

"온리 뷰티 막내 따님이자 대표님과 맞선 보셨던 분이요."

"아아……. 넥타이는 왜? 돌려보내."

"돌려보냈는데 다시 보내셨습니다."

현우는 인상을 팍 쓰고 핸드폰을 꺼냈다.

"그 여자 번호 좀."

"네."

성우는 핸드폰에서 혜진의 번호를 찾아 현우에게 불러 주었다. 번호를 누르는 손길은 성급했고 온갖 짜증이 묻어 있었다. 5시에 있을 관장과의 미팅을 위해 현우는 자리에서 일어나 코트를 입었다. 몇 번의 신호음이 가자 상대가 전화를 받았다.

– 여보세요?

"박현우입니다."

– 현우 씨~ 넥타이는 봤어요? 잘 어울릴 거 같아서 하나 샀어요.

“선물 다신 보내지 마세요. 예의 갖춰 말하는 건 이번이 끝입니다. 적당히 알아서 좋은 남자 만나요.”

– 현우 씨! 현우……!

그는 성우를 보고 턱을 위아래로 끄덕이며 신호를 보냈다. 성우는 기사에게 전화를 하였고, 현우와 성우는 임원용 엘리베이터 앞에 섰다.

“회장님께서 계속 대표님 결혼에 대해 관심이 있으시더라고요. 저한테도 자꾸 연락 옵니다.”

“회장님도 참…….”

“대표님께서 연애도 안 하고, 통 여자를 멀리하시니까 더 그런 거 같습니다. 일만 하셔서 몸 상할까 봐 걱정되기도 하고요.”

“유성우 네가 볼 땐 내가 몸이 상할 거 같아?”

“아뇨. 건재하시죠.”

“그럼 됐네.”

두 사람을 태운 엘리베이터가 지하 주차장에 도착했다. 이미 기사가 시동을 걸고 있다가 그들을 발견하고 엘리베이터 앞까지 와서 차를 댔다.

“그래도 연애를 하시면 당분간 결혼에 대한 압박이 사라질 거 같습니다. 그게 아니면 계속 이렇게 압박이 올 테니까요. 그 여자분도 포기 못 하실 테고.”

“연애라…….”

“괜찮은 상대 제가 추천해 드릴까요? 저희 BH 브랜드 광고 모델이었던 서예나 씨 어떠세요? 아니면 저번에 카페 오픈한 주 사장님도 잘 어울리십니다.”

"고맙지만 패스."

현우는 고개를 절레절레 저었다. 혜진도, 서예나 씨도, 주 사장도 그에겐 연애 상대가 될 수 없었다. 이미 여러 번 만남을 통해 제 몸이 그들에게 반응하지 않는다는 걸, 연인이 될 상대로서의 매력을 느끼지 못한다는 걸 충분히 깨달았다. 그런 사람과의 만남은 시간 낭비일 뿐이다. 그에게 지금 끌리는 상대는, 오늘도 그의 신경이 곤두서게 만들었던 상대는, 김지수 그 여자였다.

지수는 칼같이 퇴근을 해서 용성 백화점 앞으로 갔다. 동생 선물을 골라 주면 저녁은 거하게 사 준다는 말에 맛집 검색도 해 두었다.

[김지훈, 누나 밥 먹고 들어갈게.]

[누구랑?]

[대리님이랑.]

[남자?]

[응.]

[뭐야? 설마 부모님 선물 산다고 골라 달라고 뭐 그런 고리타분한 거에 넘어간 거 아니지?]

애 신기 있나? 그녀는 뜨끔해서 바로 답장을 보냈다.

[동생 선물 같이 골라 달래. 그럼 저녁 사 준다고.]

[내가 우리 회사 주식 탈탈 다 건다. 백 퍼 작업이야.]

[너희 회사 주식 없잖아. 상장도 안 했으면서.]

[앞으로 생길 주식. 하여튼 내 직감으로 백 퍼라니까.]

[아니야. 얼마 전까지 여자 친구 있으셨어.]

[그러니까 지금 얼마나 허하고 외롭겠어. 누나, 음식에 넘어가면 안 된다. 남자는 내가 봐 줄게. 나한테 소개받고 만나.]

참나. 네가 아주 오빠 해라, 오빠. 누나한테 관심이 없는 거 같으면서 이럴 때 보면 아닌가 싶기도 하다. 알쏭달쏭한 녀석이다. 그녀는 대리가 가까워지는 걸 보곤 핸드폰의 액정 불빛을 끄고 가방 속에 넣었다. 그녀를 발견한 그가 빠른 걸음으로 걸어왔다.

"너무 늦게 왔죠?"

"아뇨. 저도 금방 왔어요."

"안으로 들어가죠. 밥부터 먹을까요?"

"백화점이 8시에는 문을 닫아서, 선물부터 사는 게 나을 거 같아요. 동생분께서 품목을 정해 주시면 좋은데……."

"아. 안 그래도 아까 품목을 보냈더라고요."

"어떤 건데요?"

지수의 물음에 서준이 톡을 켜서 사진 한 장을 보여 주었다. 서준 대리의 동생이 받고 싶어 하는 선물은 명품 가방이었다.

"직접 보고 산다기에 오는 길에 만나서 카드 주고 왔어요. 그래서 늦었습니다."

"아……."

"우린 밥부터 먹읍시다. 한식 어때요?"

"다 잘 먹어요."

"그럼 곤란한데. 지수 씨 먹고 싶은 거로 사 주려고 지갑 두둑이 채워 왔거든요."

서준이 그녀를 보며 웃었다. 동생 선물을 골라 주러 온 건데 머쓱해졌다. 그녀가 목을 긁적이는 사이, 서준이 누군가를 보고 90도로 깍듯하게 고개를 숙였다.

"안녕하십니까, 대표님."

"분양 1팀 대리 김……."

성우가 앞에 있는 남자의 이름을 말하려는 찰나, 현우가 선수쳐서 앞으로 왔다.

"김서준 씨, 또 보네요. 어디 가려던 길인가 봐요?"

"네. 사원 김지수 씨와 저녁 식사하러 가던 중이었습니다. 지수 씨?"

"아…… 안녕하세요. 대표님."

지수는 자신을 향한 질책하는 시선에 잠시 말문이 막혔다. 내가 저 남자의 무엇이 된 것도 아닌데 왜 이렇게 찝찝한 기분이 드는지.

"안녕 못 하겠는데요."

현우의 대답에 서준과 지수의 시선이 그에게로 집중되었다. 성우 또한 이게 무슨 상황인가 싶어 제 상사를 뚫어지게 보았다.

"농담입니다."

"아하하. 대표님, 농담도 참 서늘하게 하십니다."

서준이 어색한 분위기를 살리려 불편한 웃음을 지었다. 그러나 세 사람은 웃지 못했다. 현우는 지수를 빤히 보고 있었고, 그녀는 그 시선이 부담돼서 이로 입술을 잘근잘근 씹었다.

"대표님, 저희 시간이 돼서 바로 가야 할 거 같습니다."

"그러죠. 그럼 식사 맛있게 하세요."

“네. 대표님.”

“들어가세요.”

지수도 그제야 배꼽 인사를 했다.

서준을 따라 음식점으로 가는 내내 마음이 불편했다. 현우를 태운 차가 그들이 걷는 도로 옆을 지날 때, 창문 한 번을 내리지 않고 도로를 쌩하니 가로질렀다. 그게 왜 신경이 쓰이는 걸까. 창문 한 번 내려 주지 않음에, 모른 척 지나가 버리는 것에, 서운함을 느낀다.

“여기예요. 음식 깔끔하고 맛있거든요.”

“네. 맛있어 보이네요.”

“보는 것보다 맛은 더 좋아요.”

직원은 그들을 안쪽 자리로 안내했다. 음식점에 있는 테이블과 의자, 식기들은 모두 나무색을 띠고 있어서 전체적으로 따뜻한 분위기였다. 천장에 달린 조명이 각각 벽에 걸린 사진과 그림을 비추고 있어서 미술관 느낌이 나기도 했다.

“분위기가 참 좋은 곳이네요.”

“주문할까요?”

“네. 저는 갈빗살 반상이요.”

“음료는요? 에이드 괜찮아요?”

“네. 오렌지로요.”

서준은 지수에게 고개를 끄덕인 후 직원에게 메뉴판을 건넸다.

“저희 갈비상 반상 두 개 주시고요, 오렌지 에이드, 사이다 하나씩 주세요.”

“네. 알겠습니다. 샐러드 바는 가운데 있고 바로 이용하시면 됩니다. 계산은 선불입니다."

"아. 여기 있습니다."

서준이 카드를 직원에게 주었다.

"대리님, 제가 도와 드린 것도 없는데……."

"괜찮아요. 그럼 이따가 커피 쏴요."

"그럴게요. 비싼 거로 드세요."

"각오해요, 지수 씨. 엄청 비싼 커피 마실 거니까."

서준이 웃자 지수도 같이 웃었다. 서준은 회사에서 상사뿐만 아니라 후배들에게도 잘하기로 소문 난 선배였다. 호감형의 외모와 싹싹한 성격 덕에 그는 타 부서에서도 인기가 많았다. 회사 대리 치고 적당한 재력을 갖추고 있어서 사내에서는 회사는 취미로 다니는 것 아니냐는 소문이 돌기도 했다. 아침마다 직원들에게 커피를 돌렸고, 사내 카페에서 타 부서 직원들을 마주치면 그가 계산을 해 주었다. 지수는 그에게 여러모로 고마운 점이 많아서 오히려 저녁을 사야 할 것 같은데, 얻어먹으려니 미안했다. 음식이 나온 후 두 사람은 식사를 이어 갔다.

"점심에 보니까 지수 씨 고기 좋아하더라고요. 더 먹을래요?"

"아뇨. 이거면 충분해요."

"부족할 거 같은데?"

"아……."

조금? 동그란 철판 위에 고기는 4분의 1 정도의 면적을 차지하고 있었다. 간에 기별도 안 갈 정도였지만 같이 나온 밥과 된장찌개, 콩나물, 김치와 함께 먹으면 배가 찰 것 같았다.

"평소 주말에는 뭐 해요?"

"저…… 그냥 집에 있어요."

"독서?"

"독서도 하죠."

"그럴 거 같더라."

서준이 피식 웃었다. 회사 직원들은 부모님과 같은 시선으로 그녀를 보고 있었다. 독서, 피아노, 영화 감상 정도가 취미일 거라 확신하는 모양이다. 이래서 이미지가 무서운 거다. 팝핀, 방송 댄스, 스포츠 댄스 등 댄스란 댄스는 다 좋아한다고 하면 많이 놀라려나.

"다음 달 겨울 워크숍 때 지수 씨도 갈 거죠?"

"날짜 정해졌어요? 당연히 가야죠."

"우리 팀 장기자랑 뭐 할지 생각해 봐요. 아무래도 지수 씨랑 서윤 씨랑 나. 셋이서 분양 팀 에이스로 뽑힐 거 같거든."

"저희가 왜 에이스예요?"

"제일 어리고, 제일 늦게 입사해서요."

"아……."

장기자랑이라니. 지수는 머리를 헝클였다. 서윤과 자신은 제일 어리고 늦게 입사해서일 거고, 서준은 서일 건설 전 부서에서 주목받는 인기남이니 무조건 회사 행사에는 참여해야 한다.

"이번에도 전 부서 다 가죠?"

"대표님 취임하시고 처음으로 진행되는 거라, 다들 참여할 거예요. 장기자랑도 기를 쓰고 할 거고."

대표님을 앞에 두고 잘 보이겠다는 마음으로 부서별로 전쟁이려나. 문득 현우의 얼굴이 떠올랐다. 무감한 표정으로 무대를 감상

하다가 끝나면 박수를 치겠지. 그러고 나면 비서가 무언가를 보고할 테고, 그는 값비싸 보이는 시계를 계속 흘깃거리며 시간을 재다가 더는 안 될 것 같은 상황에 일어날 것이다. 그리고 어느 순간에 그가 앉아 있던 자리는 공석이 되어 있겠지.

"장기자랑 서윤 씨랑 같이 고민해 볼게요. 대리님은 뭐가 좋으세요?"

"저는 두 사람 의견에 뭐든 따를게요."

지수는 알겠다는 듯 고개를 주억거렸다. 장기자랑이라…….

갈빗살 반상을 다 먹은 그들은 자연스레 2차로 맥주 바로 갔다. 커피 대신 맥주를 사 달라는 그의 말에 그녀는 고민하는 표정을 짓다가 흔쾌히 결정해 주었다. 이왕이면 비싼 맥주를 고르라는 그녀의 말에 그는 생맥주를 골랐다. 그들 옆 테이블에선 요새 유명한 아이돌 이야기가 한창이었다. 피가 섞이지 않은 오빠들을 응원하는 소리가 너무 커서 두 사람은 동시에 그쪽으로 시선을 주며 피식 웃었다. 시끄럽다기보다는 아이돌을 좋아하는 저 아이들이 순박하고 귀여워 보였다.

"지수 씨도 연예인 좋아해요?"

"아뇨. 딱히. 그래도 잘생긴 사람은 좋아해요."

서준은 그녀가 웃자 저절로 입꼬리가 위로 올라갔다. 그녀는 웃을 땐 특히 더 예쁘다. 눈 모양이 반달처럼 변하면서 입술이 열린다. 그 속에 있다 드러나는 선홍빛 잇몸과 가지런한 이는 보는 이로 하여금 같이 웃게 만든다. 언제부터였더라. 부하 직원을 보고 웃기 시작했던 때가. 서준은 미간을 슬며시 좁혔다.

분양 1팀에 발령받았다면서 인사하던 그녀의 모습이 아직도 기억에 생생한 걸 보면, 아마도 그날부터였던 것 같다. 적당한 거리에서 일을 가르쳐 주고, 도와주고, 가까워지려 부단히도 애썼지만 상대는 아예 곁에 시선을 두지 않는 타입이었다. 그런데 얼마 전부터 그녀는 종종 멍해지기도 하고, 혼자서 볼을 붉히기도 했다. 입사 후 그런 모습을 본 적이 없어서 그랬을까. 서준은 초조해졌다.

"이상형이 잘생긴 남자예요?"

"음…… 아뇨. 그런데 잘생긴 남자 싫어하는 여자가 있나요? 제 이상형은 너무 구속하지 않는 사람? 그 사람 옆에 있을 때 제가 자유롭게 느껴지면 좋겠어요. 뭔가에 얽매이지 않고, 그 사람 눈치를 보지 않고. 아! 고지식한 건 딱 싫어요."

"그렇군요."

만약 남자라면, 누가 봐도 눈 돌아가게 예쁜 그녀를 두고 구속하지 않기란 힘들 것이다.

"주변에 썸 타는 남자는 없어요?"

서준은 침을 꼴깍 삼켰다. 썸 타는 남자가 있냐는 질문에 지수는 손으로 입가를 가리고 반대편 손으로 손사래를 치며 웃었다.

"아뇨. 좋은 사람 있으면 대리님께서 소개해 주세요."

"한 명 있긴 한데."

지수는 시원한 맥주를 마시고 감자튀김을 오물오물 씹었다. 감자튀김 위에 뿌려진 소금과 설탕과 치즈 가루로 인해 입 안이 황홀했다.

"이렇게 바로요? 대리님께서 절 좋게 봐 주셨나 봐요. 주변 분 소개해 주시려는 거 보면요."

"네. 지수 씨 착하고, 예의 바르고, 제 할 일 잘하잖아요. 그리고…… 예쁘……."

"네?"

그녀는 서준이 하는 마지막 말은 듣지 못했다. 맥줏집 음악이 아이돌 노래로 바뀌면서 옆 테이블에 있던 친구들이 다시 꺄꺄 소리를 지르기 시작했다. 적당히 취한 그들은 아까보다 더 열과 성을 내어 노래를 따라 부르며 좋아했다.

"방금 못 들었어요. 다시 얘기해 주세요."

"아녜요. 다음에요. 너무 늦었죠?"

서준은 시계를 보았다. 몇 번의 연애를 해 본 결과 상대가 제 마음을 어느 정도 눈치챘을 때, 남자로 느끼기 시작할 때, 그때가 타이밍이었다. 지금은 그녀가 제 마음을 느끼도록 방심한 틈을 타서 마음을 훔칠 단계였다.

"데려다줄게요."

"아녜요. 저 택시 타고 가면 돼요."

"여자 혼자 어떻게 보내요."

"회식 땐 잘만 다들 보내시던데."

지수의 말을 들은 서준이 기분 좋게 웃었다. 이번에도 계산서를 집고 일어나려는데 그녀가 먼저 선수 쳤다.

"이번 건 제가 계산할게요. 그동안 일 많이 가르쳐 주셔서 감사했습니다. 선배님."

그녀는 그가 뭐라고 하기 전에 빠른 걸음으로 계산대 앞까지 갔다. 눈이 마주치자 아까처럼 그를 미치게 하는 미소를 보여 주더니 손으로 다가오지 못하게 막는 것이 아닌가. 그는 그녀에게 가려다 말고 멈췄다. 계산을 끝내고 영수증을 받은 그녀가 이제 나와도 된다는 듯 손짓했다. 그 모습이 꼭 그림처럼 예뻤다.

"유 실장. 내일 새벽에 출발하면 우리 늦어?"
"그렇진 않습니다. 내일 새벽에 데리러 오겠습니다."
"고마워. 오늘은 집에서 쉬고 싶어서."
현우는 넥타이를 풀고 편안하게 머리를 기댔다. 차의 움직임은 부드러웠으나 머릿속은 복잡하게 엉켜 있었다.
'내가 언제까지 네 방패막이 될 수 있을 것 같냐. 현우야. 할아비 나이 좀 생각해. BH 패밀리로 다시 와야지. 네가 굳건히 내 자리 차지해야 하지 않겠나. 할아비 부탁이다.'
박 회장이 아직 그의 방패가 되어 줄 때, 그때 BH로 돌아오라는 말이었다. 그러려면, 그의 곁을 든든하게 받쳐 줄 다른 기업의 여식과 결혼하라는 것.
박준호 회장의 아래로는 아들 두 명과 딸 하나가 있었다. 그의 뒤를 이으려던 첫째 아들, 현우의 아버지가 교통사고로 죽은 후 후계자는 당연히 둘째가 되었어야 했다. 그러나 박 회장이 다신 일선으로 들어왔고 아직까지 가타부타 말이 없었다. 작은집에선 현우를 눈엣가시로 여겼다. 부모도 없이 큰 그에게 박 회장의 사랑이 모두 가고 있으니 아마 불안했을 것이다. 그들은 그가 좋은 성과를 낼 때마다 탐탁지 않아 했다.

"대표님, 개포동으로 갈까요?"

그의 상념을 깬 건 조수석에 앉은 성우의 질문이었다. 기사가 차를 출발했지만 목적지를 찾지 못해 곤란해 한 모양이다.

"미안합니다. 평소처럼……."

그는 오늘 본가로 가기 전에 봤던 여자의 얼굴을 떠올렸다. 남자 앞에서 부끄러운 듯 미소 짓던 그 얼굴. 그의 짓궂은 장난에 당황하던 표정이 자꾸 시선을 잡는다.

"오늘은 블루 아파트로 가죠."

집에 들어오자마자 보인 건, 지훈이 엄마의 곁에서 애교를 떨며 과일을 먹고 있는 모습이었다. 엄마는 다 커서 뭘 붙어 있냐고 아들을 밀어내면서도 좋아 보였고, 아빠는 서재에 있는지 서재 문이 닫혀 있었다.

"다녀왔습니다."

"일찍 좀 다녀. 시간이 몇 신데."

"누나, 늦었네?"

"오늘 회사 상사하고 저녁 먹느라고 늦어졌어."

지수는 부엌으로 가서 물컵을 들고 거실로 왔다.

"워크숍은 잘 다녀왔어?"

"어?"

"누나 워크숍 가는 날 우리 선배 우연히 만났거든. 그래서 누나 술 못 마시니까 부탁 좀 했는데. 말 안 하셔?"

"아랫집 총각 얘기하는 거야?"

"응. 엄마."

지훈은 포크로 딸기를 찍어 입 안으로 넣어서 오물거리며 말했다.

'비밀로 해 주면, 김지수 씨는 나한테 뭘 해 줄 건가?'

피곤하다는 듯 마른세수를 하며 현우가 그녀에게 물었다. 그녀가 워크숍이라고 하고 술 마신 거라고 제발 비밀로 해 달라고 했을 때 말이다. 그때 이미 알고 있었던 거라면, 자신이 집으로 가면 안 되는 상황을 알았을 것이다. 알면서 자신을 놀린 거라는 결론이 나자 지수의 얼굴이 붉으락푸르락해졌다.

"누나?"

"어, 미안. 방금 뭐라고 했어?"

"나 출근한다고."

"이 시간에?"

"응. 울 회사 직원들 지금 다 출근한대. 나도 가 보려고."

동기들과 스타트업 운영을 하는 지훈은 전과 달리 일에 대한 책임감이 강해졌다. 최근엔 투자받기 위해 브리핑을 다니고, 상대 측에서 제시한 선을 직원들과 고민하며 회의를 거치고 있는 걸로 안다. 투자를 많이 받으면 회사 결정권이 그 회사에 넘어간다나 뭐라나. 그런데 거절하기 어려운 제안이라 고민이 큰 모양이었다. 지훈은 엄마의 어깨를 몇 번 더 주물러 준 후 방으로 들어가더니 겨울 야상 코트 하나만 걸치고 나왔다. 이 시간에 출근하는 동생을 보고 있으니 안쓰러웠다. 그녀는 잘 다녀오라며 가볍게 배웅의 말을 건네었다.

"지수 엄마, 집에 소화제 있나?"

지훈이 집을 떠나고 얼마 지나지 않아 서재에서 아빠가 걸어 나왔다. 속이 부대끼는지 가슴을 쓸어내리는 얼굴이 살짝 불편해 보였다.

"저번에 마지막 남은 거 먹고 안 사 놓은 거 같아요."

"아빠! 제가 사 올게요."

"그래. 그럼 부탁한다."

지수는 핸드폰과 카드만 챙겨서 집을 나갔다. 이미 사실을 다 알고 있으면서 클럽에서 집까지 데려다주는 시늉을 하고, 회사 대표이사실의 지극히 사적인 공간에 그녀를 끌어들이는 그의 의도가 궁금해졌다.

혹시, 설마.

그의 눈에는 분명 지수를 향한 욕망이 담겨 있었다. 언뜻 닿은 그의 체온과 몸에서도 그 욕망을 느낄 수 있었다. 그러나 그는 거기서 끝이었다. 더 다가오진 않는다. 같은 회사를 다녀도 거의 볼 수 없는 남자지만 혹시나 하는 마음에 그녀는 아래층으로 내려왔다. 초인종을 누르는 손길이 다급했다.

딩동, 딩동.

안에서는 아무 소리가 나지 않았다. 역시 아무도 없는 건가. 박현우 그 남자가 이곳으로 이사를 왔지만 공사가 끝난 이후 그를 봤다는 주민들은 없었다. 아파트 정문으로 가려면 꼭 지나야 하는 과일 가게가 있다. 얼마 전 그곳의 아주머니가 대표에 대한 안

부를 그녀에게 물었었다. 그 정도면 인테리어 공사 이후 집에 안 왔다고 봐도 무방하다. 그녀는 한 번 더 노크를 해 볼까 하다가 고개를 저었다. 다시 생각해 보니 이렇게 할 이유가 없었다. 만나서 왜 그때 알면서 나 놀렸냐고 윽박지를 상황도 아니었다. 그녀는 엘리베이터를 타고 내려와 24시간 운영하는 약국으로 걸었다.

"아, 추워……."

코끝이 빨개질 정도로 날씨가 찼다. 겨울엔 꼭 크게 열병을 앓는 그녀는 벌써 겨울이 왔단 사실에 놀랐다. 하늘에서 하얀 눈이 내리고 발밑에 쌓일 때쯤, 그녀는 꼭 크게 앓았다. 이유는 없었다. 언제부터 그랬는지도 기억에 없었다.

약국으로 간 그녀는 소화제와 해열제 등 비상 상비약을 넉넉히 사서 봉지를 흔들며 집으로 올라갔다. 그때, 아파트 입구로 들어서는 남자가 보였다. 그녀는 죄를 지은 것도 아닌데 옆에 있는 큰 나무 뒤로 숨었다. 방금 전 저 남자 집 앞에서 쾅쾅 문을 두드릴 땐 무슨 자신감이었나 싶게. 그런데 박현우는 자신을 본 것 같았다. 이쪽으로 점점 가까워지고 있었다.

차에서 내린 현우는 그를 따라 내리는 성우에게 내일 아침에 다시 보자는 인사를 건넸다.

"그리고 기사님 추가 수당 처리 좀 부탁해."

"추가 수당이요?"

"응. 넉넉히."

제 상사가 아닌, 상사와 관계된 누군가 때문에 무척 늦게 퇴근했던 그날에 대한 보상이었다. 야근 수당이든 무슨 명목이든 붙여서 넉넉히 주었으면 하는 바람이었다.

"먼저 퇴근하겠습니다. 대표님. 내일 새벽 5시에 집 앞으로 오겠습니다."

현우는 고개를 주억거렸다. 성우가 가는 걸 보고는 주변을 한 번 둘러보았다. 위를 보자 그녀의 집에 불이 켜져 있었다. 김서준 대리와 데이트는 끝났나? 뒤에 박준호 회장과 약속이 없었다면 여자를 잡았을까.

201동 앞에 서자 불이 깜빡였다. 노란 불빛이 위에 비쳤다. 무심코 둘러본 그의 눈에 검은 봉지를 들고 빠른 속도로 나무 뒤로 숨는 여자가 보였다. 실루엣이 익숙하다. 점점 다가갈수록 그는 웃음이 났다. 김지수, 그 여자였다. 너를 보기 위해 일부러 이곳에 왔는데. 그래, 나는 네가 보고 싶었던 것 같다. 현우가 나무 앞까지 가기도 전에 그녀가 돌을 발로 차며 숨은 게 아닌 척 그의 앞에 와서 섰다.

"대표님, 또 뵙네요."

"그러네요."

"그럼 조심히 들어가세요."

"잠깐만요."

현우는 그를 지나쳐 가려는 그녀를 잡았다. 묻고 싶은 게 있었다. 그랬던 그의 눈에 약국 로고가 적힌 봉지가 보였다.

"발 다친 덴 괜찮아요?"

"언제요? 아아…… 네. 한 달 열심히 정형외과 단골 됐더니 다

나앉어요. 혹시 쩔뚝거려요?"

"아닙니다."

그녀는 무슨 말을 할지 고민하는 듯했다. 어색해하면서도 지금 상황이 싫지 않은 듯 양 볼이 붉었다. 쥐고 있는 봉지 여기저기를 만지다 보니 사박사박 소리가 계속 났다.

"하실 말씀이……."

"데이트는 잘했습니까?"

"데이트요? 누구……. 아, 김 대리님하고 저 그런 사이 아니에요."

"그래요?"

"네! 전혀요. 회사 선후배 사이예요."

상대는 아닌 거 같은데. 다만 그는 그 사실을 알려 주고 싶지 않아 입을 꾹 다물었다. 그러니까 너는, 그 남자한테 관심이 없는 거지.

자신과 둘이 말 한마디 없이 눈이 마주칠 때 짓던 표정과 그 남자를 떠올렸을 때 표정이 현저히 달랐다. 그녀에게 김서준 대리가 어디쯤인지 충분히 알 것 같았다. 그럼에도 그녀가 방금 전 그 자식을 떠올렸단 생각만으로 손에 땀이 뱄다.

"그럼 지수 씨랑 나는 어떤 사이예요?"

"네?"

당황한 그녀가 눈을 크게 떴다. 아랫입술이 귀엽게 파르르 떨리고 있었다. 앙증맞아서 한번 물어보고 싶었다. 서로의 입술이 닿으면 건조했던 그녀의 입술 색이 짙어지고 생기가 도는 걸 보며 계속 입을 맞추고 싶어 했었다.

"대, 대표님과 사원이요, 이웃사촌?"

"그리고요."

"그리고…… 지훈이 선배?"

원하는 답을 찾지 못한 그의 표정을 발견한 그녀는 침을 꼴깍 삼켰다.

"알겠어요! 저 대표님 기억하고 있어요. 알아요! 잊을 수가 없죠. 모른 척한 건 볼 때마다 어색할 거 같아서였어요. 그것 때문에 저한테 자꾸 이러시는 거죠?"

너는 왜 이렇게 귀여운 짓만 골라 할까. 당장에 입술을 훔치고 싶게. 현우는 매력적인 미소를 보이며 그녀에게 더 가까이 다가갔다.

"기억하고 있는 건 이미 예전에 눈치챘고, 지수 씨가 나랑 어떤 사이가 좀 돼 줬으면 하는데."

"어, 어떤 사이요?"

"남자와 여자. 혹은 애인."

"네……?"

눈을 깜빡이는 지수의 속눈썹이 팔랑거린다. 가로등 불빛이 닿은 속눈썹 아래로는 그늘이 져 그녀의 눈동자가 더 깊게 느껴졌다. 그가 생각하는 미래에, 그가 운영할 BH 패밀리 안에 그녀는 없었다. 할아버지가 들이미는 그 여자도 없고.

정계, 재계 곳곳에 필요한 지인과 결혼으로 맺어져 더욱 견고한 성이 된다. BH의 명성을 이어받아 사업을 키운 누군가는 그 전통을 지켜야 한다. 그 성에서 한 줌의 생기조차 없어져서 말라비틀어지는 사람을 직접 보았다. 그래서 그는 누구도 성안에 가두고 싶지 않았다. 그렇다면 이 여자는 놔줘야 하는데. 그런데 다른 남자 옆에 서 있는 그녀를 떠올리니 상상하고 싶지 않다.

"연애요?"

"지수 씨도 알지 않나. 내가 그쪽한테 얼마나 몸이 달아 있는지."

이미 내 몸 상태, 당신은 확인했잖아. 클럽에 가서 그녀를 들쳐 메고 나왔던 날, 우연히 넘어질 뻔한 그녀를 안았을 때 분명 눈치 챘을 것이다.

"아, 알지만 이렇게 갑작스럽게 고백을 하시면 너무 당, 당황스러워요."

"그럼 좀 더 생각해 봐요."

"그래도 돼요?"

현우는 고개를 끄덕였다. 싫다는 여자 잡고 사귀어 달라고 할 정도로 바보는 아니었다. 그럴 시간도 없고 말이다. 만나고 싶다. 입 맞추고 싶다. 저 볼을 만져 보고 싶다. 품에 안고 싶다. 앞에 그녀를 두고 생각나는 장면은 수도 없이 많았으나 그는 주먹을 쥐는 것으로 행위를 멈췄다. 더는 위험 수위였다.

"저 심부름 나온 거라 들어가 봐야 해요."

"그래요."

"10, 10분만 늦게 들어와 주시면 안 될까요?"

"그럴게요."

현우의 대답에 그녀는 쪼르르 아파트 안으로 들어갔다. 센서가 켜졌다가 꺼졌다. 위를 올려다보고 있자 그녀가 엘리베이터에서 내렸는지 9층 센서 불이 켜졌다. 현우는 그제야 아파트 안으로 들어갔다. 집 안에 들어간 그는 리모컨을 눌러 음악을 켰다. 적막한 집 안에 웅장한 음악 소리가 들렸다.

"나 차인 건가."

털썩 소파에 앉은 그가 피식 웃으며 발을 올렸다. 그래. 열심히 밀어내 봐. 그럼 이 마음이 네게서 떨어져 나갈지도 모르지. 아직도 타오를 듯 화끈거리는 마음과 몸이 그 정도 반응에 식을 리는 없지만.

심장이 터질 것 같았다. 집 안으로 들어온 지수는 아빠에게 약을 전해 주면서 본인이 무슨 말을 했는지 기억이 나질 않았다.

'남자와 여자. 혹은 애인.'

어떤 사이가 돼 줬으면 한다는 그 말. 고백이 분명했다. 박현우 그 남자가 진정…… 나한테? 현실감이 없어서 그녀는 손바닥으로 허벅지를 때려 보았다. 발갛게 색이 변하며 아픈 것이 꿈은 아니었다. 눈빛에서, 닿았던 몸에서 그의 의도는 알 수 있었지만 이렇게 정말로 고백을 해 올 거라곤 생각하지 못했다. 그래도 그의 고백 덕분에 그녀는 현우에 대해 진지하게 생각을 해 보게 되었다.

나이는 30대 초중반. BH 그룹의 일원, 재벌. 몸매는 모델이라고 해도 손색이 없음. 외모는 말할 것도 없이 잘생김. 주변에 여자는 많음. 무척 많다고 들음. 그에 대한 정보를 머릿속에 떠올려 보니 더더욱 현실감이 없어졌다. 그 남자가 도대체 왜 나한테? 아무래도 오래전 원나잇을 했던 인연 때문일까. 그러자 시무룩해졌다.

"앗, 깜짝이야."

핸드폰이 울리자 그녀는 심호흡을 하고 전화를 받았다.

"어, 혜진아."

– 쑤~ 바빠?

"아니. 안 바빠. 이제 씻고 자려고. 왜?"

– 지금 못 나오겠지?

"아마도? 오늘은 어려워."

처리해야 할 학교 일이 있는지 아빠가 아직 서재에 계신 듯했다. 서재 문이 닫혀 있었다.

– 나 내일부터 신부 수업 받기로 했어. 결혼 준비하려고.

"정말?"

– 응. 조신하게 살려고. 나한테 아예 관심 없는 줄 알았는데, 내 생일 파티 때도 왔더라고. 표현에 인색하고 무뚝뚝한 사람인 건 알았지만, 인사도 안 하고 갈 줄 몰랐어. 내가 친구들하고 노는 모습 보고 질렸을까?

아니라고 해명을 해 줘야 하는데, 그럴 수도 있겠단 생각에 거짓말은 못 했다. 지수가 답이 없자 혜진의 입에서 한숨이 나왔다.

– 너마저도 내 편을 안 들다니.

"너 술 마시면 너도 나도 우리 모두 친구가 되잖아. 그 모습 보면 결혼할 상대가 좋아하진 않았겠지?"

– 김지수 이 꼰대! 네가 우리 아빠 다음으로 꼰대야.

"참나. 나 정도면 신세대지."

어디서 많이 들어 본 말인데. 그녀가 엄마와 아빠한테 도대체 어느 세상에 살고 계시냐고 한마디 할 때면, 신세대라고 반박하셨던 것 같다. 그 부모에 그 딸인가.

　- 우리 쑤는 신세대는 아니지. 너 그날도 춤만 추고 갔잖아. 코빼기도 안 보이고 말이야. 내가 얼마나 찾았는데?

　"날 왜 찾아?"

　- 너 소개해 달라는 사람이 한둘이어야지! 하긴 남자를 물어다 줘도 우리 꼰대 쑤는 다 놓치겠다. 이 언니가 연애 스킬 좀 전수해 줘?

　"됐거든!"

　그 스킬 없이도 고백 받았거든! 그렇게 외치려다가 그녀는 숨을 훅 들이마셨다.

　- 당분간 나 연락 안 될지도 몰라. 지수야.

　"응. 연락은 왜 안 돼?"

　- 외국에 있을 거 같아. 보고 싶어도 참아.

　"응. 건강히 다녀와."

　- 술 마시고 싶어도 참고. 이 언니랑 같이 마셔야 한다? 응?

　"알지. 너 아니면 마실 사람도 없다."

　지수는 혜진과 이후로도 30분 넘게 통화를 한 다음 전화를 끊었다. 아, 모르겠다. 내일 생각해야지. 박현우와의 연애. 상상이 안 간다. 그나저나 그 남자 연애할 시간은 있으면서 하는 말인가? 연락처를 묻고, 밥을 먹고, 차를 마시고, 영화를 보고. 일련의 서로를 알아 가는 과정은 모두 생략한 채 연애부터 하자고 들이대다니. 그녀는 눈썹을 삐죽 모았다.

　쉬운 여자로 보였나? 그와의 첫 만남, 그리고 이후에도 클럽에서 춤을 추는 모습을 봤으니 오해할 순 있었을 것이다. 억울하다.

첫 키스도, 첫 경험도 그였는데. 이후로도 남자란 스쳐만 갔지 깊게 연애한 적이 없었다. 연애하기도 전에 부모님께 들켜 헤어지기 일쑤였다. 그녀는 씻고 나서 현우 생각을 하며 잠에 들었다.

✳

　다음 날 출근한 지수는 1층 카페에서 서윤과 워크숍 장기자랑을 두고 대화를 나눴다.

"지수 씨, 무슨 마술이에요. 어느 시대에서 온 거예요!"

"그럼 개그맨 프로 흉내 낼까요?"

"음. 그건 이미 다른 부서에서 할 거예요. 알잖아요. 우리 회사 재무 팀에 개그맨 많은 거."

　이상하게 재무 팀에 개그맨을 닮은 사람이 많았다. 그래서 회사 내에 재무 팀은 개그 팀으로 불리기도 했다. 아마도 그들이 개그맨 프로 흉내 내는 걸 할 것이다.

"도대체 왜 학창 시절부터 항상 장기자랑이 있는 걸까요? 회사 들어가면 없을 줄 알았는데."

"그죠, 지수 씨. 나도 그렇게 생각해요."

"하아……. 일만 잘하면 되는 거 아닌가요."

"일도 잘하고, 상사한테도 잘 보여야 하고, 게임도 잘해서 우리 부서에서 두각을 나타내야 하고, 장기자랑 같은 거 빼면 안 되고. 다들 빼는 척하면서 무대 올라가면 준비해 온 거 할 거란 말이에요. 작년에 우리가 졌잖아요."

"맞네요. 졌죠."

그때 조만식 부장에게 은근히 눈초리를 받았다. 질 수도 있지! 부장과 입사 동기인 임만철 본부장 소속 비서들이 인기를 휩쓸었었다.

"안 되겠다. 지수 씨, 우리도 미인계로 가면 어때요?"

"미인계요?"

"혹시 춤 잘 춰요?"

"아뇨……."

"큰일이네. 나는 좀 추는데. 웨이브도 아예 안 돼요?"

"그건 돼요."

"뭐, 어려운 건 아니고. 사실 그때 우리가 더 잘했는데. 이번에 아주 대표님께 눈도장을 콱 찍자고요. 우리 부서가 서일 건설의 꽃인 걸 알려 줘야죠."

"그럼 김 대리님도 춤추시나요?"

"김 대리님하고 분양 2팀에 내 입사 동기 정혁이 꼬셔서 같이 하자고요. 그림이 잘 나올 거 같은데요?"

서윤이 아이돌들 뮤직비디오를 몇 개 보여 주며 그녀의 반응을 끌어냈다. 지수는 서윤이 골라 준 것마다 모두 좋다고 하였다. 그러더니 서윤은 몇 개의 노래를 골라서 종이에 적었다.

"회의 끝! 우리는 그럼 이번엔 댄스로! 100m 달리기, 줄다리기다 정해야 하는데. 지수 씨가 닭싸움 잘했었나요?"

"아뇨. 저 달리기요."

"그럼, 지수 씨가 달리기 나가면 되겠네요."

그때, 오전에 새로 분양할 아파트 중도금 대출 은행을 정하기 위해 인근 은행과의 미팅을 마치고 돌아온 김서준 대리가 피곤한 얼굴로 그들 사이로 끼어들었다.

"대리님 저희가 다 정했습니다! 정혁 씨랑 같이 넷이서 댄스나 함 추시죠."

"춤? 지수 씨, 괜찮겠어요?"

서준의 물음에 지수가 고개를 끄덕이며 미소를 띠었다. 그러자 서윤이 주먹으로 테이블을 탕탕 쳤다.

"대리님, 저도 있거든요? 저는 괜찮냐고 왜 안 물어봐요?"

"이 아이디어가 서윤 씨 머리에서 나왔을 게 뻔해서. 점심시간이 네요. 셋이서 점심이나 먹으러 가요. 제가 살게요."

"좋아요!"

지수와 서윤은 테이블에 올려 둔 핸드폰을 들고 직원 카드를 목에 맸다. 이 정직원 목걸이가 꼭 개의 목줄같이 느껴졌다.

"참, 아까 지나가다가 들었는데. 대표님 약혼하신대요!"

"정말?"

"네. 대리님. 제가 똑똑히 들었어요."

약혼? 재벌가끼리의 결혼? 그런데 왜 나한테 고백을? 어떤 사이가 돼 줬으면 한다고 했으면서, 하루도 안 돼서 약혼이라는 소식이 들려오다니. 역시 나랑 잠깐 짧게 연애를 하고 싶었던 걸까? 그 연애가 호텔 방 안에서 하는 연애일까. 시무룩해진 지수는 밥을 먹는 동안 밥이 코로 들어가는지, 입으로 들어가는지 몰랐다.

오전 11시. 현우의 강의를 듣기 위해 많은 학생들이 대강의실에

모였다. 생각보다 많은 인원에 걱정했던 것도 잠시, 홍보 팀에서 작성해 준 연설문을 확인하곤 그의 식대로 고쳐서 성공리에 마무리했다. 그가 무대를 내려왔을 땐 뜨거운 박수갈채를 받았다. 그는 학생들의 질문에도 성실히 답해 주었다. 가는 길에 악수를 청하는 학생들에게도 빠짐없이 손을 내밀었다. 그때 학생 하나가 그의 앞길을 막았다.

"안녕하세요. 서선미입니다."

"네. 선미 학생."

"개인적인 질문입니다. 여자 친구 있으세요?"

학생의 당돌한 질문에 그녀의 친구들로 추정되는 학생들이 옆에서 말도 못 하고 입을 벌린 채 멍하니 두 사람을 보고 있었다. 대학 강의에도 서 보고, 이렇게 취업 관련 행사에도 여러 번 왔지만 그의 여자 친구 유무에 대해 질문을 받은 건 처음이었다.

"학생, 사적인 질문은 받지 않겠습니다."

성우가 현우의 옆에서 학생의 질문을 막아 주었다. 그러곤 옆의 가드들에게 눈짓을 했다. 그들은 현우의 주변을 에웠다.

"대표님, 저 쪽 서일 건설로 갈게요. 여자 친구…… 아저씨, 잠깐만요! 저한테는 이게 세상에 없을 기회란 말이에요. 한 번만요. 네?"

학생은 검지를 올려서 딱 한 번만 봐 달라며 성우에게 애교를 부렸다. 성우가 표정 하나 바꾸지 않고 고개를 저었다.

"유 실장, 괜찮아요."

현우는 이쪽을 주시하는 기자들의 시선을 확인하곤 웃으며 유성우 실장을 말렸다. 그는 그에게 남자로서 관심이 있는 상대에게 인색한 면이 있었다. 혹시라도 독설이 나올까 싶어 성우가 그의 앞을 저지한 것이다. 현우는 괜찮다는 듯 고개를 다시 한번 끄덕였다.

"선미 학생."

"네. 대표님!"

"서일 건설로 오면 그 답 해 줄게요. 여자 친구가 있는지 없는지. 꼭 입사해요. 알았죠?"

현우가 아이를 달래듯 다정한 말투로 답하자 학생은 고개를 끄덕였다. 저 눈은 동경을 담은 눈이다. 자신을 남자로 보는 눈은 아니었다. 아직 동경과 관심을 착각할 만한 나이긴 했다.

다음 미팅을 위해 움직이는데 문득 지수의 얼굴이 생각났다.

스물한 살 때의 그녀와 지금의 그녀. 그때 표정이 어땠더라. 동경이었나, 관심이었나. 스물한 살 때의 그녀는 오히려 생각을 읽기 쉬웠다. 그때는 관심이었다. 그런데 지금은······.

갑작스러운 고백에 당황스럽다고 말했던 그녀의 표정이 어땠더라. 눈빛은 흔들렸고 당황으로 인해 허둥지둥거렸으나 두 볼은 붉어졌고, 속눈썹은 팔랑거렸다. 집으로 들어갈 때 그녀의 입은 웃고 있었다. 이번에도 그녀의 눈은 '관심'에 있는 듯했다.

5장. 밀당

워크숍을 한 달 남겨 두고 분양 1팀은 분양 사무소들을 관리하는 데 여념이 없었다. 워크숍 장기자랑을 준비할 시간도 없이 다들 외근과 야근으로 녹초가 되어 가고 있었다. 시행사와 분양 대행사가 각각 있는 경우도 있지만, 서일 건설은 두 가지를 같이 하고 있었다. 분양 사무소가 있더라도 고객들이 본사로 전화를 하면 고객 상담실에서 분양 팀 쪽으로 전화를 돌려주기 때문에 진상 고객도 상대해야 한다. 여기저기 치이다 보면 퇴근할 때는 해골이 된 기분이 든다.

현우는 시행사로서의 일보다는 서일 건설을 하나의 모태로 새로운 사업들을 포함시키려 애쓰고 있었다. 시행사가 시공사에 발주를 넣어 일이 진행될 때 문제가 생기면 시행사에게 떠넘기기 식으로 운영하는 경우가 태반이었다. 시행사는 일을 받아서 해야 하므로 악덕 업체에게 한마디도 못 하는 게 현실이었다. 그는 시공사인 BH의 하청처럼 일을 하고 싶어 하지 않았다. 최근에는 사업 자금을 투자하여 이익을 취할 수 있는 핵심 전략을 세우고 실행하는 팀이 생겼다. 전략 기획 본부 TF 팀은 현우의 사람들로만 꾸려진 곳으로 서일 건설의 두뇌라고 봐도 될 정도였다.

'남자와 여자, 혹은 애인.'

그런 사이가 되자던 현우는 그 후로 연락이 없었다. 서울에 있다가 지방에서 저녁을 먹고, 또 다른 날은 해외에 있고. 주마다 열리는 회의 때 부장의 입을 통해 그의 소식을 전해 듣고 있었다. 좀 더 생각해 보라더니 답이 궁금하지도 않나. 역시 충동적으로 했던 말인가.

"지수 씨, 오늘 업무 7시까지 끝내 줘요. 우리 장기자랑 연습해야죠."

"네. 알겠습니다."

지수는 고개를 끄덕인 후 마우스로 광속 클릭을 했다. 온갖 엑셀 자료들을 띄워 놓고 무섭도록 집중을 하기 시작했다. 거의 10일 만에 회사에 온 현우가 그들 팀을 스쳐 지나서 회의실로 들어가는데도 모를 정도로 말이다. 그때, 그녀의 자리에 놓인 전화가 울렸다.

"분양 1팀 김지수입니다."

– 대표이사 비서실 소속 정아윤입니다. 5분 뒤에 대표이사실로 와 주시기 바랍니다.

"네?"

지수는 전화기를 들고 일어났다. 그러자 서윤과 김서준 대리가 왜 그러냐는 듯 그녀를 쳐다보았다. 그녀는 고개를 좌우로 흔들며 도로 자리에 앉았다.

"네. 5분 뒤에 가겠습니다."

지수의 심장이 불규칙적으로 뛰기 시작했다. 이 남자는 개인 핸드폰으로 하지, 사무실 전화로 하면 어떡하라고. 그녀는 머그컵을 들고 일어나 탕비실 쪽으로 갔다. 아무도 없는 틈에 엘리베이터를 타고 대표이사실로 올라갔다. 그녀가 도착하자 비서실 직원은 안쪽에 그녀가 왔다는 것을 밝혔다. 비서실 직원이 그녀에게 눈짓을 주며 대표이사실 문을 열어 주었다.

서일 건설로 온 다음 돈이 새는 구멍을 막고 그는 TF 팀을 만들었다. 그 팀은 그의 최측근을 심어 놓기 위함이고 또 다른 목적은 비밀리에 진행해 온 사업들을 외부가 아닌 이 안에서 진행하기 위함이었다.

'김지수 경영학과 학사.'

그녀가 쓴 논문을 우연히 보게 되었는데 생각보다 흥미로웠다. 분양 1팀에 있지만 그녀는 경영학과 졸업생이며 이쪽 과를 지원을 했었다. 왜 분양 팀으로 가게 되었는지는 의문이지만.

"이것 좀 봐 봐. 이 회사 그래프. 여기 먹어 볼 만하지 않냐?"

현우는 영후가 띄워 놓은 그래프와 기업 가치 평가를 눈여겨 보았다. 의류 회사 본부장을 맡고 있는 영후는 이름만 본부장이지 실상은 그쪽에 관심이 전혀 없었다. 우연히 각자 M&A 전문가로서 국내가 아닌 해외 시장을 상대로 자산을 불리고 있다는 걸 알게 된 이후 서로 손을 잡았다. 영후는 본가에서 천덕꾸러기 취급을 받으니 그의 밑으로 오겠다며 퇴사를 하였다. 언젠간 다시 제 것을 찾기 위해 본가로 돌아갈 테지만 그때까지는 손을 잡기로 했다.

그때, 대표이사실 문이 열리고 지수가 안으로 들어왔다. 그녀는 손님이 있는 걸 보더니 멈칫했다. 아무래도 혼자 불렀다고 생각한 모양이다.

"앉아요, 지수 씨."

"네."

그녀는 영후 바로 앞자리에 앉았다. 현우는 가장 상석에 앉은 후 영후에게 고개를 끄덕였다.

"채영후입니다."

"네, 분양 1팀 김지수 사원입니다."

그녀는 영후가 왜 자기소개를 하는지도 모르고 벌떡 일어나 고개부터 숙였다.

"갑작스러운 호출에 놀라셨죠? 다름이 아니라 지수 씨 경영학과 졸업 논문을 보게 됐는데 적어도 월급만 받아 가며 앉아 있는 사람들보다는 깨어 있고, 말이 통할 거 같더라고요. 혹시 M&A 쪽으로 관심 있어요?"

"네. 대학생 때 그쪽 관련 사례들 보는 걸 좋아했어요. 저는 기업들 재무 자료를 보고 상황 판단을 하고 기업 가치를 매기는 일. 그리고 분석하는 걸 좋아합니다. 결단력이 없는 편이라 그쪽으로 지원하진 못했지만요. 제가 보는 눈이 있는지 그것도 모르겠고요. 하고 싶었던 일이긴 합니다만…… 지금 일도 좋습니다."

그녀는 눈빛을 반짝이며 영후에게 대답하면서도 현우를 힐끗 봤다. 지금 일도 좋다는 걸 강조하는 걸 보니 귀여워서 웃음이 났다. 현우는 옆으로 고개를 돌리고 크흠 하고 기침을 했다.

"서일 건설에 TF 팀 생긴 건 알죠?"

"네. 대표님."

현우의 질문에 그녀는 꼿꼿하게 어깨를 편 상태로 대답했다.

"앞으로 일하는 데 있어서 중추 역할을 해 줄 팀이에요. 녹초 될 정도로 바쁘겠지만 재밌을 거예요."

"아……."

"어때요, TF 팀으로 올래요?"

그녀는 선뜻 결정을 내리지 못하다가 영후가 켜 둔 자료들을 보더니 눈을 빛냈다.

현우는 회사 직원들이 입사한 후 업무 평가를 어떻게 받고 있는지, 졸업한 과와 지금 하는 업무가 잘 매치되는지 이력서를 볼 때 이미 한번 정리를 했다.

"다음 주부터 TF 팀 팀장으로 출근하게 될 채영후입니다. 다시 소개할게요. 제가 서일 건설 직원들 중 괜찮은 분 대표님께 추천해 달라고 했는데, 지수 씨가 잘할 거 같아요. 저랑 같이 일해 볼 생각 없어요?"

영후가 자기가 M&A를 담당했던 기업들을 말하기 시작하자 그녀는 홀린 듯이 그를 보았다. 그 속에 자신도 속해 있었다는 걸 말해 줘야 하나. 최종 결정권자가 누구인지. 현우는 문득 그런 생각을 했다.

"하겠습니다. 팀장님, 잘 부탁드립니다."

지수는 아예 자리에서 일어나 영후의 손을 덥석 잡았다. 현우는 그를 두고 가운데서 눈웃음을 치며 인사를 주고받는 둘을 불편한 얼굴로 보았다.

"내 제안은 별로고, 채 팀장 제안은 좋았나 봅니다. 지수 씨."

"네?"

"그럼 다음 주부터 TF 팀으로 이동하는 걸로 합시다. 인사 발령은 오늘 중에 내겠습니다."

"그렇게 빨리요?"

"처리해야 할 업무 있습니까?"

"아니요. 정리하겠습니다."

"왜 이렇게 직원을 잡아. 지수 씨 놀라겠다. 업무 마무리해야 할 거 있으면 당분간 병행해도 좋아요."

영후가 갑작스럽게 그에게 말을 놓으며 편안하게 대하자 현우의 미간이 좁혀졌다.

"사실 지수 씨에게만 공개하자면, 현우랑 저 어릴 때부터 친구예요."

"채영후."

현우의 목소리가 점점 톤이 낮아졌다. 뭔가를 눈치챈 건지 영후는 노트북을 그대로 둔 채 담뱃갑을 집은 후 손을 흔들며 대표이

사실을 나갔다. 둘만 남겨진 상황에서 그는 손으로 머리를 짚었다. 사실 그녀와 둘만 있고 싶었다. 그녀에게 물어볼 말이 있었기에 어떻게든 둘만의 시간을 내기 위해 스케줄 표를 보고 또 보았다. 같이 저녁을 함께 할 수 있는 시간이 있는지를.

"생각은 좀 해 봤어요?"

"네. 저는 전략 기획 본부 TF 팀에 오고 싶습니다. 채영후 팀장님과 얘기 나눠 보니까 일이 재밌을 거 같아요. 좋은 기회 주셔서 감사합니다."

"그 생각 말고."

현우는 긴 다리를 꼬며 그녀를 꽤 오래 응시했다.

"나에 대해 좀 더 생각해 보라고 시간을 준 거 같은데. 충분하지 않나요?"

"그쪽으로도 생각을 마쳤습니다."

"그래서 지수 씨 마음은?"

"대표님과 연애하고 싶지 않습니다."

어딘지 뿔이 난 그녀의 볼에 바람이 빵빵하게 들어 있는 착각이 들었다. 뭐 때문에 토라진 거지? 그날만 해도 부끄러움으로 볼이 붉어졌었는데 말이다.

"그게 지수 씨 진심이에요?"

"네. 그거 때문에 저 자르신다고 해도 어쩔 수 없어요. 저는 임자 있는 남자랑 연애하고 싶은 마음 절대 없고요, 혹시라도 저와 감정적인 교류 없이 육체적인 연애를 원하셨다면 더더욱 사절이구요."

그녀의 단호한 얼굴을 보며 현우는 턱을 쓸었다. 그러자 그녀가 더 말을 하려다 말고 멈춘 채로 숨을 훅 들이마셨다.

"그러니까 지수 씨 말은."

"……."

"임자 있는 남자가 섹스하고 싶어서 연애하자고 했다, 이 말이네요?"

"그렇게 직설적으로!"

그녀의 얼굴이 붉으락푸르락해졌다. 그녀는 두 손으로 볼을 감싸며 숨을 쉬었다. 그 모습이 귀여웠다. 이 회사에 아쉬운 입장이었다면 그녀는 분명 제 앞에서 이렇게 당당하지 못했으리라. 일련의 압박 속에서 그녀가 하는 행동을 보니 부모님께 사랑받고 자란 티가 났다. 그래서 머리부터 발끝까지 사랑스럽나?

"나는 임자 없어요."

"정말요?"

"그리고 지수 씨가 원하지 않으면 섹스는 안 해도 좋아요."

그 말을 하자 그녀는 의외라는 듯 눈을 동그랗게 떴다. 어떻게 하는 생각들이 모두 얼굴에 드러나는 걸까. 귀여워 죽겠네.

"자연스럽게 손이 가는 건 참지 못하겠지만 끝까진 안 가요. 지수 씨가 원할 때, 그때 하죠."

"아니, 잠깐만요……. 저 아직 사귄다고 결정 안 했거든요?"

현우는 꼬고 있던 다리를 내리고 그녀에게 다가갔다. 시선이 맞도록 몸을 낮춘 후 그는 아까부터 만지고 싶었던 그녀의 볼로 손을 가져갔다. 큰 손으로 감싸자 얼굴 전체가 손바닥 안에 들어왔다.

"자꾸 귀엽게 굴지 마요."

"……."

"원하지 않는다는 그 입에서 해 달라고 하게 만들고 싶어지니까."

이미 붉어진 얼굴이 더욱 화르르 달아올랐다. 어디까지 빨개지려나. 이 입술만큼일까.

"그래서 연애해, 말아?"

그가 그녀의 볼에서 손을 떼며 물었다.

업무를 마무리한 후 지수는 회사 앞 건물 지하로 내려갔다. 이곳은 녹음실, 연습실 대여를 해 주는 곳이었다. 원래는 직장인 연극팀이 사용하는데, 매일 이곳에 오는 게 아니다 보니 그 외 시간은 주변에 필요한 분들을 위해 시간별로 대여를 해 준다.

지수는 손을 비비며 안으로 들어갔다. 겨울이라 그런지 지하실은 유독 추운 것 같았다. 혜진을 포함하여 대학 동기들과 학생회관 동아리실에서 춤 연습을 했던 때가 떠올랐다. 그녀는 먼저 와서 발목을 돌리고 손목을 털며 스트레칭을 했다.

"지수 씨, 먼저 왔네요."

"네. 대리님. 불 올려놨어요. 금방 따뜻해질 거예요. 많이 추우시죠?"

"괜찮아요. 근데 지수 씨가 더 추워 보이는데."

우당탕탕 소리가 나면서 서윤이 연습실로 들어왔다. 정혁도 그녀를 따라왔다. 서윤은 이 팀의 리더처럼 모두 모이라는 제스처를 취했다. 그들은 거울 앞에 머리를 맞댔다.

"자, 남녀가 섞여서 출 수 있는 춤이 몇 개 없더라고요. 향수를 불러일으키는 음악 귀여운 거랑, 조금 끈적한 거 하나랑 두 개를 리믹스 하려고요. 제 친구가 작곡가라서 편집 잘하거든요. 맡길게요. 문제는 댄스인데……."

서윤이 난처한 표정을 지었다.

"이 귀여운 곡은 제가 아이돌 팬클럽 생활을 해서 춤 자신 있는데, 이 끈적거리는 건 배워야 하거든요?"

서윤은 남녀가 호흡을 맞추는 영상을 틀며 몸을 꿈틀거렸다.

"자자, 우리 한번 동작을 배워 봅시다. 요새 잘 가르쳐 주는 영상 많더라고요."

서윤은 화면이 잘 나오는지 확인한 다음 음악을 같이 틀었다. 네 사람은 영상 속 선생님이 하는 대로 춤을 따라 췄다. 그러던 서윤의 눈에 지수가 포착되었다.

"지수 씨? 보는 대로 다 따라 하네요?"

서윤은 영상과 음악을 껐다. 꼭 이미 이 곡의 안무를 다 외우고 있는 사람처럼 지수는 춤을 추었다. 마치 선생님과 하나의 마주 보는 거울 같았다. 춤 선을 보니 제대로 배운 태가 났다. 서윤이 의외라는 듯 쳐다보자 지수는 결국 입을 열었다.

"사실 제가 좀…… 유연해요."

"오! 그럼 이 곡도 출 줄 알아요?"

서윤은 영상을 휙휙 넘겨 리믹스 하려는 곡을 틀었다. 지수는 고개를 끄덕였다. 남녀 나뉘어서 어느 파트를 하더라도 다 소화할 수 있었다. 어느덧 그들의 대형은 지수를 가운데로, 뒤에 세 사람이 서서 그녀를 따라 추는 식으로 바뀌어 있었다. 절도 있는 동작으로 엣지 있는 춤사위를 보이는 지수는 여자가 봐도 예뻤다. 어쩜 동작들이 저렇게 가볍고 예쁜지.

"대리님, 침 떨어지시겠어요."

"서윤 씨도 참. 열심히 하는 대리님께 왜 그래요."

"정혁 씨도 침 좀 흘리셨거든요."

그들은 바닥에 털썩 앉아 손수건으로 이마에 흐른 땀을 닦았다. 지수는 몸을 풀어서 오히려 더 가벼워진 상태였다.

"지수 씨 체력 좋네요."

"그러게요. 우리 지수 씨 TF 팀 간다더니 체력은 걱정 안 해도 되겠어요. 거기 야근 없는 날이 없대요."

"벌써 소문이 났어요?"

고작 몇 시간 전에 들었던 내용인데.

지수는 그들 앞에 앉았다. 처음부터 대표가 찍은 거면 부서 이동은 당연한 거였다. 하필 그 이동되는 부서가 서일 건설의 핵심 부서여서 그렇지.

"축하해요. 거기 가서도 저희 잊으면 안 돼요."

"당연하죠. 워크숍 때도 분양 팀 대표로 나갈 건데요!"

"그럼 오늘은 이만할까요? 가볍게 치맥 어때요?"

"전 좋습니다."

정혁이 좋다며 손을 들었다. 서윤과 지수도 동의했다. 팀워크를 위해 회식은 필수였다. 체력 좋은 지수가 주변의 음식점을 찾아보겠다며 먼저 일어났다. 그러자 서준과 정혁도 몸을 일으켰다. 서윤은 못 일어나겠다며 바닥에 반쯤 뻗어 있다가 정혁이 일으켜 주자 그제야 일어났다.

　지수는 가방을 들고 빠른 걸음으로 지하실을 나왔다. 한참 지하실에서 땀을 빼고 1층 공기를 맡으면 온몸이 탁 트인 기분이 들었다. 오랜만에 느끼는 기분에 싱긋 미소를 지을 때쯤, 바로 앞 건널목에 서서 이쪽을 지켜보고 있는 현우가 눈에 들어왔다.

　신호등의 색이 바뀌자 그는 이쪽으로 왔다. 점점 가까워지는 현우를 보며 지수의 눈동자가 흔들렸다. 뒤에선 서윤과 정혁, 김서준 대리가 올라오고 있을 터였다. 그녀는 좌우로 팔을 저었다. 오지 마. 지금은 아니야. 그러나 그는 반갑다는 뜻으로 알았는지 입술 끝이 말려 올라갔다. 현우가 건널목을 건너 가까이 올 때쯤, 그녀의 옆엔 서준과 정혁이 서 있었다.

“대표님, 맛있게 먹겠습니다.”
“저도 맛있게 먹겠습니다! 감사합니다.”
　다들 김이 모락모락 나는 방금 튀긴 치킨을 들었다.
“맛있게 드세요, 모두. 힘내시고요.”
　현우는 마른세수를 하며 다리를 꼬았다. 꼭 운명처럼 건널목에서 그녀를 만났다. 담배 생각이 절실한데 금연 중이라 바깥바람을 쐬러 내려온 건데, 어떻게 그녀를 딱 마주쳤다.
‘그래서 연애해. 말아?’
　그의 질문에 대한 대답을 또다시 듣지 못했다. 눈치 없이 대표이 사실로 들어온 영후가 지수를 데리고 나갔기 때문이다. 다음번엔

TF 팀 사무실에서 보자며 말이다. 그런데 그녀가 활짝 웃으며 그에게 손을 흔들고 있었다. 살갑게 변한 그녀를 보니 발걸음이 가벼웠다. 그러다 그녀의 좌우를 차지하고 있는 남자 두 명을 본 순간 얼마나 허탈했던가. 마지막으로 나온 직원이 던진 치맥 하러 갈 건데 대표님도 가실 거냐는 질문에 그는 홀린 것처럼 그들을 따라왔다. 현우는 손목시계를 힐끗 보았다. 바지 주머니 속에선 핸드폰이 연신 울리고 있었다. 그는 핸드폰을 꺼냈다.

"잠시만요."

밖으로 나와 성우에게 치맥을 먹으러 왔다고 상황을 설명하자 상대는 당황해서 무슨 말을 할지 한참을 고민하는 듯했다.

"30분 내로 갈게."

그는 다시 음식점 안으로 들어갔다.

"워크숍 아직 한 달이나 남았는데, 벌써 준비해요?"

"그럼요. 저희가 은근히 부서별로 장기자랑 경쟁하거든요. 재작년엔 개그맨 팀이 이겼고, 작년엔 비서실 소속 애들이 완승을 거뒀고! 그러니까 올해는 저희죠. 우리에겐 다크호스가 있거든요."

서윤이 지수의 어깨를 주물렀다.

"다크호스요?"

"워크숍 때 보시면 됩니다. 무엇을 상상하든 그 이상이에요."

그 말을 하며 서준과 정혁이 시원스레 웃었다. 그러면서 그들만 아는 이야기를 했다. 현우는 맥주를 마시던 서준의 시선이 자꾸 지수에게 향하자 가슴에 돌이 걸린 듯 불편해졌다.

"그럼 댄스 커플을 짜야 하는데, 치킨하고 맥주 중에 좋아하는 거 동시에 말해서 정해요. 하나, 둘, 셋! 맥주!"

"맥주!"

"치킨!"

"치킨!"

정혁과 서윤은 맥주를 골랐고, 서준과 지수는 치킨을 골랐다. 그러더니 서로 눈을 보며 피식 웃는 게 아닌가. 현우의 속에선 불이 났다. 꿔다 놓은 보릿자루처럼 앉아 있는 것도 기분이 더러운데, 지들끼리 아주 소개팅 나온 모양이다.

"그럼 저랑 정혁 씨가 한 팀 하고, 대리님하고 지수 씨가 한 팀이네요. 연습실 계속 빌려 둘 테니까 시간 날 때마다 가서 연습하시면 돼요."

서윤의 말에 현우는 테이블 앞으로 몸을 가까이 했다.

"연습실요? 분양 팀은 뭐 하는데요?"

"노……코멘트입니다."

"왜요, 미리 알면 제가 점수 더 줄지 어떻게 알아요."

현우는 농담처럼 가볍게 말했다. 니들이 알고 있는 그걸 모르고는 이대로 사무실로 못 돌아가겠다. 왜 저 둘이 저렇게 은근히 눈길을 주고받으며 좋아 죽는지.

"저희는 이번에 커플 댄스 하기로 했거든요."

커플 댄스라며 서윤이 핸드폰에서 영상을 틀었다. 그러자 옆에서 얼른 저지하며 핸드폰을 막았다.

"여기까지만. 나머지는 워크숍 때 확인하세요. 그런데 대표님, 지금 전화 계속 와요."

"압니다."

김서준 대리의 말에 현우는 느긋하게 미소를 지었다. 핸드폰이 미친 듯이 울리며 자신을 찾고 있지만 나는 지금 느긋하다. 느긋하다. 느긋해……. 젠장.

"맛있게 먹고 가요. 계산하고 갑니다."

"감사합니다, 대표님!"

세 사람이 일제히 일어나서 그에게 깍듯이 고개를 숙였다. 그러자 치킨집 안에 있는 사람들이 저건 뭐냐는 듯 그들을 보았다. 멋쩍게 머리를 긁적이며 현우는 음식점 밖으로 나왔다. 그 앞에는 성우와 영후가 기다리고 있었다.

"유 실장님이 너 여기 있다길래 저녁 먹으러 나왔어. 여기 주변에 뭐가 맛있어?"

"방금 가려던 참인데."

"바람 쐬러 간 녀석이 늦어지니까 그렇지. 마침 배도 고팠는데 잘됐어. 나 첫 끼다, 현우야. 맛있는 거로 대접해라."

현우는 고개를 절레절레 저으며 치맥집을 스쳐 지나갔다. 각종 술집이 즐비한 골목을 지나다가 그의 걸음이 멈춰졌다. 술집 안에서 아까 전 서윤의 핸드폰에서 나오던 음악이 흘러나왔다. 분명 같은 곡이었다.

"왜? 아는 사람 있어?"

"아니. 이 음악."

"음악?"

"혹시 이 음악 아는 사람 있어?"

현우의 질문에 영후와 유 실장이 황당한 표정을 지었다. 대표이 사실과 집, 차 안에서 주로 웅장한 클래식을 들으며 생각을 정리하는 그를 잘 알기에 더욱 놀란 것이다.

"저…… 압니다."

성우가 오른손을 들었다.

"대표님은 이 곡 어떻게 아세요?"

"누가 듣고 있더라고."

성우는 말로 설명하지 않고 핸드폰으로 음악 제목을 검색해서 건네주었다. 현우는 말없이 찬찬히 살폈다.

"이딴 걸 하겠다고."

그의 눈빛이 번뜩였다. 그 곡 공연이나 뮤직비디오와 관련한 이미지가 포털 사이트에 도배되어 있었다. 어느 것 하나도 멀쩡한 게 없었다. 남자가 여자를 백 허그 하고 있거나, 여자가 남자 허리를 안고 옆으로 서 있거나, 서로 등을 맞대고 있거나…… 남자 손이 여자 허벅지를 만지고 있거…….

"미친 거 아니야."

워크숍 때 이따위 것을 하겠다고. 이럴 바엔 워크숍 장기자랑을 없애는 게 낫지. 그의 미간이 와락 구겨졌다. 애들도 아니고 워크숍에 장기자랑이 있을 필요가 뭐가 있겠나. 21세기에.

"유 실장."

"네, 대표님."

"워크숍 행사 식순 관련해서 기획서 제출 부탁해."

그따위 거 못 하게 할 테니.

김서준 대리와 지수가 눈앞에서 붙어먹는 꼴은 절대 못 본다. 고작 춤일 뿐인데. 그걸 연습하는 동안 가까워질 두 사람이 마음에 들지 않는다. 특히 지수에게 관심을 두고 있는 서준의 눈빛을 생각하면 더욱 말이다.

*

    강남 경제인 포럼 송년회 참석을 위해 현우는 평소보다 일찍 움직였다. 한 해가 다 가고 있었다. 서일 건설 대표로 취임한 지도 3개월이 훌쩍 지났다.

    가죽 장갑을 검은 코트 주머니에 넣고 잠시 길에 선 그는 손바닥을 앞으로 내밀었다. 하늘에선 눈이 내리고 있었다. 유 실장이 차 문을 열자 그는 코트를 벗어 팔에 걸친 후 차에 탔다. 아쉽게도 그는 송년회를 겸한 서일 건설 워크숍을 잠깐밖에 참여하지 못했다. 첫날 가서 올해도 수고했고 당신들이 있기에 서일이 있다는 인사말을 하고 내려온 게 다였다. 날이 추워지니 서로 체온을 맞댄 커플들이 그의 눈앞을 지나다녔다.

    “워크숍 사진 보시겠습니까? 저희 홈페이지에 올라와 있습니다.”

    “고마워.”

    그는 옆자리에 앉은 유 실장이 건넨 태블릿을 받았다. 현우는 홈페이지를 꼼꼼하게 살폈다. 처음 그가 취임했을 때, 시행사 중 탄탄한 회사치고 홈페이지가 주먹구구식 운영하는 싸구려 회사 같았다. 그는 홈페이지 UI 관련 부서를 정비하고 전부 뜯어고쳤다. 남은 거라곤 ‘서일 건설’ 회사명뿐이었다. 훨씬 보기 좋게 변한 서일 건설 홈페이지는 상반기 하반기 공채 소식부터 인재 채용란도 잘 정비되어 한눈에 잘 들어왔다. 그는 로그인을 한 다음 하반기 윈터 워크숍 사진을 보았다.

    “장기자랑은 자유에 맡겼음에도 했나 봅니다.”

"그러네."

대표, 임원진이 참석할 수 없으니 장기자랑은 굳이 준비하지 않아도 된다고 공문을 내렸거늘 직원들은 그럼에도 준비를 한 모양이다. 박을 머리로 깨며 아픈 표정을 짓는 남자 직원, 노래를 부르는 직원, 마술을 보여 주는 팀. 다양했다. 사진을 넘기는 속도가 빨라졌다. 분양 팀은 정말 그걸 했나.

첫 사진에선 동물 탈을 쓴 그들이 율동을 하고 있었다. 뽀얀 토끼 인형 안에 들어간 김지수 그녀를 보니 단전이 뻐근해졌다. 이러고 있는데도. 현우는 그의 입가에 미소가 번지고 있다는 걸 인지하지 못했다. 조명이 바뀌고 탈에서 나오는 장면이 포착되었고, 그다음은 그가 우려했던 남녀 커플 댄스였다. 다행히 그가 염려한 것처럼 옷차림이 과하진 않았다.

네 사람 중 유독 지수가 사진 속에서 빛났다. 손짓 한 번을 해도, 몸을 숙였다가 들어도 원래 춤을 잘 추는 사람답게 후광이 빛났다. 땀에 젖은 머릿결, 그 안에 붉어진 얼굴로 색색 숨을 쉬고 있는 사진은 숨이 막혔다.

"안 그래도 분양 팀이 우승했다고 하네요. 공사 현장까지 영상이 번져서 지수 씨 인기가 높아진 모양이에요."

현우는 화면을 껐다. 그러곤 태블릿을 성우에게 내밀었다. 있는 듯 없는 듯 조용히 회사를 다니던 그녀는 워크숍 이후로 인기가 좋아졌다. TF 팀끼리 점심 식사를 하러 갈 때도 모르는 직원들이 그녀에게 인사를 하고, 다른 부서에서 회식 때 같이 하자고 사내 메신저를 보내기도 했다.

"이번 주 주말은 유 실장도 좀 쉬어."

"네. 알겠습니다."

"나도 좀 쉴 테니."

안락한 그 집에 갈 생각을 하니 괜히 설레고 기대가 된다. 현우는 경제 포럼이 열리는 호텔로 가는 동안 잠시 눈을 붙였다.

"하아……"

괜히 부서를 옮겼어. 영후는 모르는 게 있으면 잘 알려 주는 친절한 팀장이지만, 업무를 끊임없이 시켰다. 화장실 갈 틈도 없이.

영후가 시키는 일은 주로 자료 조사였는데, 서일 건설과 현우가 해 온 사업들을 알아 가는 재미가 있는 반면 물량이 쏟아져서 벽찰 지경이었다. 처음엔 핵심 부서로 간 그녀를 부러워하던 전 부서 직원들도 그녀가 아침까지 집에 못 가고 유령처럼 회사를 돌아다니는 걸 본 후로는 빛 좋은 개살구라며 요샌 그녀를 놀리곤 했다.

현우는 보고를 받을 때 잠시 회사에 들를 뿐, 대부분은 밖에서 시간을 보냈다. 국내에 있기도 하고, 해외에 있기도 하고. 그래서 물리적으로 만날 시간이 없다 보니 그의 고백이 현실이 아닌, 꿈처럼 느껴졌다.

"지수 씨, 힘들어요?"

"네. 팀장님 같으면 안 힘들겠습니까! 저 이틀 집에 못 갔어요."

"워낙 아침마다 눈이 부셔서 몰랐어요. 걱정 마요. 이번 주 주말은 푹 쉬게 해 줄 테니까."

"정말요? 그럼 이번 주 주말은 미팅 참석 안 해도 돼요? 대성 개발하고 약속 있던데."

"이젠 스케줄도 외우고 다니네요. 그건 제가 갈 예정이고, 지수 씨는 좀 쉬어요. 근데 나 뭐 하나만 물어봐도 돼요?"

"네. 말씀하세요."

그녀는 생글생글 웃고 있는 영후를 보며 고개를 갸웃했다. 업무적인 것 말고 하고 싶은 말이 따로 있는 걸까?

"박현우하고 무슨 사이예요?"

"네……?"

갑작스러운 질문에 그녀가 눈을 크게 떴다.

"지수 씨한테 관심 간다니까 대표님이 팔짝 뛰던데. 둘이 뭐 있어요?"

"아뇨?"

"그럼 박 대표 혼자 짝사랑하는 건가."

"남의 마음을 이렇게 함부로 얘기해도 되는 건가요."

"이미 지수 씨도 눈치챈 거 같아서요."

그는 눈썹을 찡긋했다.

"걔가 일 말고는 별 미련이 없는 놈이거든. 요새 악착같이 회사 나오려고 기를 쓰고, 어떻게든 집에서 잠을 자 보려고 귀국 당기는 거 보고 수상하다 했죠. 지수 씨랑 이웃사촌이죠?"

"네……."

"멀쩡한 집 놔두고 거기 계약한 것도 이상하고. BH에 있을 때도 휴가 타령 없던 놈인데, 주말에 연락 안 받는다고 공지까지 하지 뭐예요?"

현우와 어려서부터 친한 영후가 하는 말을 듣고 있으니, 그의 고백이 다시 현실감 있게 다가왔다. 나름대로 없는 시간 속에서 그녀를 만나려고 노력하고 있다는 것. 그건 확실히 알 것 같았다.

"그걸 저한테 얘기해 주시는 건 대표님과 잘되길 바라는 마음에서죠?"

"아뇨. 전 사내 연애 반댑니다."

그가 의뭉스러운 웃음을 보였다.

"그럼?"

"공과 사 분별 못 하는 놈이니 지금처럼 계속 안달 나게 하면 좋겠어요. 친구로서 걔 그런 모습 보는 게 처음이라 재밌거든요."

"친구 맞아요?"

지수는 콧잔등을 찌푸리며 인상을 썼다. 제일 친한 친구라면서 도움을 주지 못할망정 재밌다며 더 받아 주지 말라고 하고 있었다.

"이런 구경 다신 못 할 거 같아서 그래요. 지수 씨, 미안해요."

그는 키득거리며 웃었다. 일을 할 땐 차갑고 냉철한 사람이 농담을 할 땐 서슴없다. 거기다 마음을 연 상대에게는 사적인 이야기도 꽤 자주 하며, 수더분한 모습을 보이기도 했다. 말은 이렇게 해도 현우를 살뜰히 챙기는 마음을 그녀는 옆에서 수십 번도 더 느꼈다. 피곤한 현우에게 잠 깨라고 세상에서 제일 쓴 보약을 갖다 주기도 하고, 그의 스케줄을 덜어 주기 위해 종종 미팅도 대신 참여한다.

"현우 괜찮은 놈이에요. 제가 더러운 사생아라고 손가락질 받으면서 컸거든요."

지수는 오히려 덤덤하게 말하는 영후를 보며 숙연해졌다. 밤이 깊은 시간, 회사에는 둘만 남아 있어서 그런지 그는 술을 마셨을 때보다 더 많은 걸 그녀에게 공유했다.

"지금도 보다시피 재벌 아들이 남의 회사에 기어들어 와 있잖아요. 나를 못 잡아먹어 안달인 첫째 형이 있고, 둘째 누나가 있고, 아예 서울에서 내쫓고 싶어 하는 셋째 형이 있죠. 언제 어느 시점에 해외로 쫓겨날지 모르거든요. 그런 날 매번 서울로 부르는 게 현우예요. 믿어 주는 사람이 있으니까 한번 제대로 칼 좀 휘두를까 요새 고민하거든요. 칼춤 추기 시작하면 박 대표 곁에 못 있어요. 그러니까 나 있는 동안 일 전부 흡수해요. 뒤에서 현우를 받쳐 줄 수 있을 정도로."

"네……."

"괜히 연애한다고 일 대충 하면 가만 안 있을 거예요."

"연애, 안 하는데요."

"만약에 하면요. 괜찮은 놈이지만 그놈, 집요하거든."

왠지 그 집요함을 알 것 같다. 아직까지 그녀를 포기하지 않고 시시때때로 탐을 내는 걸 보면 말이다.

"오늘은 이만 퇴근해요. 불금 잘 보내요."

"팀장님도요! 오늘 해 주신 말씀 잘 들었어요."

지수는 입 앞에 지퍼를 채우듯 가로로 쭉 그었다. 모두 비밀로 하겠다는 뜻이었다.

집으로 가는 길, 영후가 했던 말이 머릿속에 맴돌았다. 악착같이 회사에 나오려고 하고, 일부러 그녀의 아래층을 계약했다는 말. 설마, 설마, 그의 마음이 그 정도일까 하면서도 기대감이 들었다. 버스를 타고 내린 그녀는 눈길을 걸었다. 추운 날씨 탓에 잠깐 내린 눈이 얼어서 바닥은 평소보다 미끄러웠다. 구두를 신은 지수는 조심스럽게 걸었다.

[누나, 어디쯤? 나 아파트 앞인데. 아직 집에 오기 전이면 같이 올라가자.]

[나 거의 다 와 가.]

그녀는 조금 더 빠른 걸음으로 아파트 앞까지 걸었다. 빠르게 걷던 그녀가 미끄러지려는 찰나 남자다운 향이 온몸을 감쌌다. 허리를 감싼 현우는 그녀를 일으켜 세웠다.

"조심."

"안녕하세요?"

"눈 오는데 구두가 뭡니까."

"오늘 회사에 손님 오셔서 정장 입다 보니까……."

"들어가죠."

현우와 같이 들어가자 아파트 입구에 서 있던 지훈이 그들을 마중 나왔다.

"누나, 선배님? 같이 오시네요!"

"이 앞에서 만났어."

"아하…… 누나. 나 오늘 아침에 회사에서 컵 깨져서 손 베였어. 낮에는 상한 우유 먹어서 내내 설사하고, 하아……. 저녁엔 주희한테 차였어. 나 진짜 오늘 최악이야. 최악."

"저리 가. 오늘 마가 낀 너와 같이 가면 안 좋은 일이 생기겠어."

"내 불운 다 가져가라!"

지훈이 지수에게 팔을 뻗으며 귀신처럼 다가와 들러붙었다. 지수는 고개를 저으며 엘리베이터 앞에 섰다.

[수리 완료.]

두 번 연속으로 고장 나서 수리를 마친 엘리베이터가 운영 중이었다. 9층까지 걸어서 올라갔다가 내려오느라 며칠 얼마나 고생을 했던지. 오래된 아파트라 엘리베이터가 하나뿐이라 이게 고장나면 아파트 전 주민이 계단을 이용해야만 한다.

"나 아무래도 안 되겠어. 주희 만나고 들어갈게. 먼저 올라가."

"늦었는데 내일 만나지."

"아냐. 보고 갈래. 선배님, 조심히 올라가십시오!"

지훈은 현우와 지수가 엘리베이터에 타는 걸 보고 손을 흔들었다. 엘리베이터 위에 뜬 빨간색의 글씨가 하나둘씩 늘어나는 걸 보던 중, 치지직 소리가 들렸다.

"……!"

그러더니 엘리베이터 안을 밝히던 불이 꺼졌다. 엘리베이터 안의 불이 꺼지고 멈춘 순간 미친 듯한 공포가 몰려왔다. 지진이 난 것처럼 안이 흔들릴 때마다 지수는 두 손을 꼭 쥐고 파들파들 떨었다.

"어떡해. 언제 불 들어오나. 저기요? 저기요!"

지수는 문을 쿵쿵 두드렸다. 허둥지둥하면서도 그녀는 두 발을 떼지 못했다. 혹시라도 다른 바닥을 짚었을 때 무게감이 달라지면 밑바닥까지 추락할 수도 있으니까. 김지훈 이 새끼! 불운을 여기다 옮겨 났어. 계단으로 갈걸. 수리 완료라며! 혼잣말을 중얼거리는 그녀의 뒤로 현우가 성큼 다가왔다.

"거기 잠깐! 움직이지 마세요!"

뒤를 돈 그녀가 현우를 제지했다. 그러자 그는 비상 버튼을 눌러 경비실과 연결이 끊긴 것을 확인한 후 핸드폰으로 119에 전화해서 상황을 알렸다. 어두운 공간을 밝히는 건 그의 핸드폰 불빛뿐이었다. 전화를 끊은 후 그는 벽에 등을 기대고 팔짱을 끼었다. 아무 일도 없는 사람처럼 고요한 모습에 그녀 또한 절로 숙연해졌다. 나만 너무 호들갑을 떨었나. 그렇지만 이건 평범한 상황이아니라고. 저렇게 태연한 게 이상한 거다.

"대표님, 오늘은 집에 오셨네요. 하필 집에 오신 날 이런 일이 생겨서 어떡해요. 피곤하실 텐데."

"괜찮아요."

"걱정 마세요. 밖에서 금방 저희 구해 줄 거예요."

"걱정은 지수 씨가 하고 있는 거 같은데. 많이 갇혀 봐서 난 정말 괜찮아요."

네? 많이 갇혀 봤다고요? 지수는 눈을 껌뻑이며 침을 꼴깍 삼켰다. 핸드폰 불빛이 꺼진 이곳에선 그의 목소리만 들려왔다. 숨소리, 목소리, 그의 향, 온기. 그것만으로도 상대가 어떤 표정을 짓는지 알 것 같았다.

"업무는 적응할 만해요?"

"네……."

"오프 더 레코드로 다시 물을게요. 할 만해요?"

"네. 힘든데 배우는 점도 있고, 뿌듯하기도 해서 좋아요. 대표님은요?”

밥은 잘 먹는지, 잠은 잘 시간은 있는지 궁금할 정도로 현우의 스케줄은 최악이었다. 직원들이 그를 인정하기 시작한 건, 쉴 새 없이 몰아치는 일들을 감당하고 해결하고 제 것으로 만들기 때문이다. 우리 회사에서 가장 일 많이 하는 사람을 꼽으면 단연코 박현우 대표였다.

“많이 힘드시죠? 그럴 거 같아요.”

“글쎄요. 딱히 힘들다는 생각은 해 본 적 없는 거 같네요.”

그러면서 그는 마른세수를 하고 숨을 뱉어 냈다. 그가 움직이면서 옅은 향기가 그녀에게 스몄다.

“힘들다고 투정 부릴 위치도 아니고.”

“그러네요. 최고 책임자시니까요.”

대화는 술자리처럼 끊이지 않고 이어졌다. 둘밖에 없는 공간이자 도망갈 수도 없는 상황, 의도치 않게 캄캄한 어둠은 사람을 솔직하게 만드는 것 같았다.

“저, 뭐 하나만 더 물어봐도 돼요?”

“네.”

지수는 영후에게 들었던 말들을 기억해 냈다. 멀쩡한 집 놔두고 일부러 블루 아파트를 계약하고, 바쁘면서도 어떻게든 회사로 얼굴도장 찍으려고 한다고, BH에 있을 때부터 휴일 한 번 없던 그가 휴가를 신청했다는 것. 그게 모두 저와 관련된 건지 궁금해졌다.

“얘기해요. 듣고 있으니까.”

그는 차분했다. 감정의 동요 없이. 좋아하는 여자와 있다면 이렇게 평화로울 수 있을까 싶을 정도로, 그는 고요한 남자였다. 짐승

같던 5년 전의 그와 지금은 무척 달랐다. 이미 그녀에게 몸이 달아 있는 걸 아는데도, 그는 다가오는 법이 없었다.

"이런 질문 웃길 수 있는데, 아니면 그냥 제 착각인 거니까 웃으시면 돼요. 혹시 저 여기 사는 거 알고 일부러 아래층으로 이사 오신 거예요?"

팔짱을 끼고 있던 그가 팔을 풀고 똑바로 섰다. 기대고 있을 때보다 실루엣이 더 커진 느낌이다.

"착각 아니에요."

"일부러 집에 오려고 귀국도 당기고, 미팅 중간중간에 회사에 눈도장 찍으시는 것도 혹시 저와 관련이 있나요?"

"없다고 할 순 없죠."

누가 보면 제삼자와 질의응답 시간을 갖는 줄 알겠네. 마음을 들켰는데도 그는 부끄러움이 없었다. 너무 당당하고 차분해서 질문을 하는 쪽의 얼굴이 점점 붉어진다. 그녀는 얼굴에 손부채질을 했다.

"근데 왜 이렇게 차분하세요?"

"내가 그랬습니까?"

"네. 그래서…… 장난 같기도 하고."

그 말에 현우는 그녀에게 성큼 다가왔다. 바로 앞에서 그의 온기가 느껴졌다. 그녀는 빠르게 뛰는 가슴 위에 주먹을 올렸다. 꼭 그에게 들릴 것만 같았다.

"장난이면 나한테 관심 없는 여자를 기다리는 짓은 안 하죠. 지수 씨가 김서준 대리랑 붙어서 춤을 추건, 밥을 먹건 아예 신경도 안 쓰겠죠. 내가 두 사람 같이 있는 거 보면서 무슨 생각 했을까요?"

"음⋯⋯. 모르겠어요."

"두 사람 다 죽여 버릴까."

"네? 농, 농담이죠?"

"지수 씨 생각에 맡길게요."

지수는 그가 피식 웃는 걸 보며 잠시 안도했다.

"난 그쪽 앞에서 한순간도 차분한 적 없습니다. 물론, 지금도."

"아닌 거 같은데요."

이렇게 차분할 수가 없는데? 목소리에도 떨림이 없었고, 숨소리도 변함이 없었다. 얼굴도 조각처럼 그가 평소에 짓던 무심한 표정인 것 같았다. 눈동자는⋯⋯. 오직 그 눈동자만 타오를지도.

"일주일 중 편히 누워 자는 날이 잘 없어요. 옷 코디하는 시간도 아까워서 스타일리스트를 따로 고용하는 편입니다. 청소는 물론이고 일적인 거 외에 부수적인 건 시간 소모 없도록 차라리 사람을 쓰죠. 그런 내가 지금 여기, 이 자리에, 지수 씨 앞에 있는데 차분한 겁니까?"

"⋯⋯."

"갖고 싶어서 미치겠으니까 여기 있는 거죠."

"⋯⋯."

"김지수 씨는."

그는 대답을 듣기 전 큰 손으로 그녀의 볼을 감쌌다. 분명 얼굴에 손바닥이 닿은 건데, 그의 품속에 있는 듯한 착각이 들었다.

"왜 내가 차분하다고 생각했는지 정말 의문이네요."

"지금도, 지금도 그렇잖아요. 둘만 있는데."

둘만 있는데 미동이 없으니까. 연락을 하지 않으니까. 같이 밥을 먹지 않고, 커피를 마시지 않으니까. 소소한 것들을 나눌 시간이 없으니까. 그가 차분하다고 느껴진 것들을 속으로 생각하던 그녀는 순간 멈칫했다. 나는 그의 연락을 기다렸던 걸까. 그와 소소한 것들을 나누고 싶었던 걸까. TF 팀으로 옮기고 바쁜 시간 속에서도 현우가 언제 회사에 출근하는지 기다린 걸까? 오늘은 집에 온 건지, 약혼자는 진짜 있는 건지, 왜 먼저 좋다고 표현한 사람이 나한테 안달 내지 않는지.

어둠 속에서 그의 입술 새로 한숨이 나왔다. 탁한 숨에 그녀는 본능적으로 뒷걸음질 쳤다. 벽에 등이 닿자 그가 다가왔고, 무릎이 그녀의 다리 사이로 들어왔다. 몸을 지그시 붙인 그가 상체를 숙여 그녀와 눈을 마주했다. 흠칫. 그가 풍기는 수컷의 향이 짙어서 그녀는 어깨를 말아 움츠렸다. 자신을 갖고 싶어 하는 눈. 탐하고 싶어서 미칠 것 같은 열기. 선이 굵은 그의 얼굴에서 미간이 좁혀지고 입술이 열렸다. 서 있는 그녀의 다리 사이로 들어온 그의 다리와 바싹 붙은 몸. 그의 몸 상태가 어떤지 여실히 느껴졌다.

"섹스하고 싶어서 연애하잔 거 아닙니다."

"……."

"나 지금 그거 증명하고 있는 거니까. 차분하다는 오해는 말죠."

그, 그래. 당신 지금 차분하지 않아. 조금이라도 건드리면 폭발할 것 같은 상태네. 적어도 몸은.

지수는 꼼짝없이 얼어붙었다. 그를 밀면 되는데 그러고 싶진 않았다. 그의 숨결이 얼굴에 내려앉았다. 그럴 정도로 가까운 거리였다.

"밀당 이제 좀 끝냅시다."

"네?"

"연애합시다."

"……."

쿵. 심장이 떨어졌다. 꼭 멈춰 있던 엘리베이터가 떨어진 것 같았다. 아니, 롤러코스터가 바닥으로 하강할 때 느껴지는 기분이 들었다. 어딘가 붕 떠 있는 것 같다가도 갑작스러운 심장 박동에 놀라서 가슴 부근에 아픔이 느껴졌다.

"그, 그래요."

나도 당신이 신경 쓰이니까. 당신에게 관심이 가니까. 나는 당신을 좋아하는 게 분명하니까. 그녀의 대답에 그는 거리낄 것 없이 두 손으로 그녀의 볼을 감싸며 입술을 맞댔다. 부드럽게 닿은 입술은 달짝지근한 맛이 나는 듯했다. 순식간에 열린 입술 새로 그의 혀가 비집고 들어와 활개 쳤다. 안쪽 살점 구석구석을 훑으며 여린 점막을 자극하자 지수는 두 다리에 힘이 풀렸다. 그러나 그의 허벅지가 다리 사이를 받치고 있어서 쓰러지지 못했다.

"하아……. 대, 대표……!"

숨을 쉴 틈을 주지 않는 그는 그녀의 숨결까지 앗아 갔다. 지수가 그의 넓고 탄탄한 가슴을 주먹으로 쾅쾅 치자 잠시 입술을 뗐다. 고개를 숙인 채로 숨을 쉬는 그녀의 입술은 또다시 그의 입술에 먹혀 들어갔다. 윗입술 아랫입술을 동시에 빨았다. 숙이고 있던 고개가 뒤로 젖혀질 때까지 그의 입술이 다가왔다. 집요한 키스였다. 허리를 붙잡은 손의 악력이 점점 세졌다.

"아……. 하아."

거친 운동을 하는 것처럼 그는 열정적으로 키스를 퍼부었다. 입술이 떨어지면 무섭도록 다시 입술을 부딪치고, 부드럽게 어르고 달래서 그녀의 안으로 혀를 밀어 넣어 정신을 쏙 빼놓는다. 그녀의 얼굴이 빨갛게 달아오르고, 손은 그를 만지고 싶어서 간지러웠다. 어떤 감각인지도 모른 채 그녀는 그의 목에 두 팔을 감았다. 그에게 몸을 기대고 싶고, 이 미칠 것 같은 감정을 그가 해갈시켜 주길 바랐다. 그러나 그는 그녀를 부서질 듯이 와락 안은 채로 입술만 맞춰 올 뿐이었다.

"경비 아저씨 왜 안 옵니까."

"하아, 하아. 네?"

"누구든 지금 와야 하는데."

쿠쿵! 그 순간 엘리베이터가 흔들렸다. 치이익, 치직 소리와 함께 불이 반짝이더니 서서히 엘리베이터 안에 불이 켜졌다. 언뜻 그의 얼굴이 보였다. 참을 수 없어서 이로 문 입술, 목 언저리를 누르고 있는 손, 평소보다 상기된 얼굴, 날것 같은 눈빛. 차분하지 않은 상태임을 알 수 있었다. 불빛이 반짝거리던 엘리베이터 안에 다시 어둠이 찾아왔다. 그 순간 짐승처럼 그가 입술로 달려들었다.

다행히 두 사람은 한 시간도 안 돼서 구출이 되었다. 요새 고장이 잦았던 엘리베이터가 아파트 전체가 정전이 되면서 문제가 생겼던 모양이다. 지수는 엘리베이터 밖으로 나오자마자 다리에 힘이 빠져 주저앉을 뻔했다. 옆에 선 현우가 그녀의 팔을 잡고 부축해서 일으켜 주었다.

"안에서 고생 많았죠? 30년 된 아파트라 잔 고장이 많아서 그렇습니다. 재개발이 얼른 들어가야 하는데 뭐 저리 튼튼하게 지어서, 이게 중요한 게 아니고. 오늘 당직 중에 얼마나 놀랐는지 몰라요."

119 구조대 옆에 선 경비 아저씨가 지수를 보며 말을 이어 갔다.

"무서울 만하지. 어두워서 앞도 안 보여, 엘리베이터는 흔들리고, 언제 꺼내 줄지 모르는 밤인데. 지수 학생 놀랄 만해. 괜찮은 거야?"

어려서부터 블루 아파트 경비를 맡아 온 아저씨는 그녀를 볼 때마다 아직도 '지수 학생'이라고 불렀다. 어느 땐 지수 씨, 어느 땐 지수야, 또 다른 날은 지수 학생. 그럼에도 무의식중엔 입에 밴 지수 학생이 먼저 나오는 것 같다.

"네. 괜찮아요. 걱정해 주셔서 감사합니다. 아저씨. 주무시던 중에 놀라셨죠?"

지수는 현우의 팔을 잡은 채로 다리에 힘을 줘서 일어났다.

"놀랐다마다. 잠깐 졸려다가 잠이 다 달아났네. 지수 학생 얼마나 놀랐으면 다리 힘도 풀리고, 얼굴이 다 시뻘게졌어."

"아…… 안에 산소가 조금……."

지수는 손부채질을 하며 얼굴에 오른 열을 식혔다. 다리에 힘이 풀리고 얼굴이 붉었던 건, 엘리베이터에 갇힌 두려움 때문이 아니었다. 바로 옆에 태연하게 서서 119 구조대와 얘기를 나누고 있는 박현우 때문이었다. 불이 꺼진 후에도 그는 열렬하게 그녀의 입술을 빨아들였다. 손이 옷 속으로 들어와 허리의 맨 살결을 만질 때쯤, 안에 사람 있냐는 경비 아저씨의 목소리가 들렸다.

"입술도 다 부르텄네. 그렇게 무서웠어? 못 올라갈 거 같으면 우리 교장 선생님께 내 연락해 보고.”

“아니에요!”

지수는 손사래를 치며 아버지에게 전화하려는 경비 아저씨를 말렸다.

“편의점 들렀다가 올라갈게요. 놀랐더니 청심환 좀 먹어야 할 거 같아요.”

경비 아저씨가 눈치가 없어서 참 다행이다. 그녀는 손등으로 입술을 슥슥 비벼 보았다. 얼마나 현우가 빨아 댔던지 입술이 부어 있었다. 혀로 하도 비벼서 입술 전체가 맨질맨질했다. 다만, 현우가 이로 짓씹었던 곳은 손등이 닿기만 해도 아렸다.

“새로 이사 온 총각이죠? 총각도 놀랐을 텐데 어서 들어가서 쉬어요.”

“네. 감사합니다. 고생하십시오.”

현우는 경비에게 인사를 한 후 지수를 부축한 채로 1층 밖으로 나왔다.

BH 기업이 건설로 뛰어들면서 지금껏 성장하는 데 40년이 걸렸다. 블루 아파트는 BH의 첫 브랜드였다. 건설에 들어가는 모든 자재들을 최고로 써서 튼튼한 반면, 장마철에는 빗물이 베란다를 적셔서 방수 작업을 해야 할 때도 있고, 세탁기를 베란다에 두는 구조라 겨울에는 동파 문제로 세탁기를 돌리지 못하는 세대도 있었다. BH에 있을 때 보고서로만 봤던 문제들 중 하나를 직접 겪은 기분이었다. 고장이란 게 한 번 나기 시작하면 연달아 터지기 마련이다. 엘리베이터에서 내리기 전 외부 업체가 어디인지 눈여겨보았다. 지금의 BH도, 서일도 거래하지 않는 업체였다. 그는 지수를 부축해서 인근 편의점 앞까지 왔다.

"지수 씨, 따뜻한 거 먹을래요?"

"음. 커피 같은 종류요? 그거 말고 지금 딱 먹기 좋은 메뉴가 있는데."

"뭔데요?"

"저 따라오시면 알게 될 거예요!"

그녀는 그보다 한 걸음 더 앞서 걸었다. 현우는 그녀의 등을 보며 따라 걸었다. 구두를 신고 눈길을 걷는 그녀를 보니 사랑스럽다는 생각이 들었다. 입고 있는 코트가 꼭 그녀를 위해 만들어진 옷처럼 잘 맞았다.

"이쪽이요."

그녀는 잠시 멈춰서 옆을 가리키며 손짓했다. 그녀가 가고 싶은 곳은 오래된 포장마차였다. 현우는 고개를 숙여 안으로 들어갔다.

"눈 오는 날엔 어묵이죠. 대표님도 드실래요?"

"네. 같이 먹죠."

"그럼 이모, 여기 어묵 네 개랑 소주 한 병 주세요!"

지수가 검지를 들어 올리며 명랑하게 외쳤다. 그러자 포장마차 주인은 대접에 어묵 국물과 어묵 네 개를 넣은 후 김 가루를 뿌려서 그들 앞에 놓아 주었다.

"술도 마시게?"

"대표님은 안 드시게요?"

그녀는 소주병을 따서 소주 종이컵에 따랐다. 현우는 얼떨결에 그녀가 건넨 소주 컵을 받았고, 짠을 하고 술을 마셨다. 외부에

서 술을 즐기진 않지만 오늘따라 술이 달았다. 알코올이 닿자 아
픈지 찡그리는 얼굴이 귀여워서 그는 턱을 괴고 그녀를 보았다.

"입술 아파요?"

"그럼 안 아프겠어요. 요기, 요기. 이로 무셨잖아요."

"내가 그랬나."

기억이 잘 나지 않는데. 그의 머릿속엔 언제든지 사람이 올 수
있으니 적정선을 지켜야 한다는 일념뿐이었다.

"왜, 왜 그렇게 봐요. 민망하게."

그녀는 앞으로 쏟아진 머리카락을 넘기며 그에게 물었다. 그러
고는 숟가락을 들고 김 가루가 뿌려진 어묵 국물을 먹더니 캬아,
하고 감탄사를 뱉는다. 뜨거운 국물이 닿자 또 아픈지 그녀가 인
상을 찌푸렸다가 다시 국물을 떠먹었다. 이상하게 그녀는 보고만
있어도 세상 무엇보다 그에게 흥미로운 화면이 되어 주었다. 그래
서 그의 시선은 계속해서 그녀를 좇고 그걸 의식한 그녀는 어묵
꼬치를 먹으려다 말고 도로 내려놓았다.

"그렇게 보면 신경 쓰인다고요. 먼저 먹어요."

그녀는 어묵 꼬치를 그에게 주었다. 그는 고개를 저으며 사양
했다.

"그럼 제가 먹죠, 뭐. 이 맛있는 거 왜 안 먹지."

그녀는 간장에 콕 찍어서 입 안에 넣고 오물오물 어묵을 씹어 먹
었다. 꿀꺽 삼키고 국물을 마시고, 그러다가 술로 시선을 두고, 현
우를 보고. 일련의 동작을 반복했다.

"나 궁금한 게 있는데."

"뭔데요?"

"5년 전에 나랑 자고 왜 도망갔어요?"

"푸흡!"

그녀는 손으로 입술을 가리고 기침을 했다. 놀랐는지 눈이 왕방울만 해졌다가 사레가 들려 계속 기침이 나자 눈가에 눈물이 고였다. 저런. 현우는 손수건을 꺼내서 그녀에게 주었다.

"갑자기 왜 그런 걸 물어서는."

말도 다 잇지 못하고 캑캑거리는 그녀를 보니 짓궂은 마음이 들었다.

"그때 그렇게 도망가고 며칠 클럽에 출석 도장 찍었거든."

"아……."

"다시 보고 싶단 생각, 안 했어요?"

생각이 안 날 정도로 부족한 밤은 아니었을 텐데. 아니면 너무 괴롭혀서 질렸나? 그녀는 볼에 빵빵하게 바람을 넣더니 작정한 듯 소주를 컵에 따른 후 단숨에 삼켰다.

"그런 상황이 처음이라 놀라서, 그러니까 나 자신한테 놀라서 간거고. 다시 볼 수 없는 상황이 있었어요."

"예를 들어 남자 친구 같은?"

나랑 밤새 몸을 섞고 다른 남자와 눈이 맞았나. 그래서 날 싹 잊었던 건가? 당신, 그래? 현우도 소주를 단숨에 들이켰다. 그러곤 종이컵을 구겼다. 생각만 해도 기분이 더러워지네. 과거의 얼굴도 모르는 남자까지 질투하는 꼴이라니. 그는 제 모습이 어이가 없어서 웃음이 났다. 실없는 웃음을 그녀는 오해한 건지 긴장을 풀고 입을 열었다.

"아뇨. 그런 쪽은 아니고……."

"그럼요?"

"머리가 밀려서."

"응?"

현우는 고개를 갸웃했다. 지수의 목소리가 점점 작아져서 잘 들리지 않았다. 그래서 그는 의자를 당겨 옆에 바싹 붙어서 귀를 그녀의 입술 주변에 가져갔다.

"다시 말해 봐요. 못 들었어."

"바리캉으로 머리 한쪽이 밀려서 어디도 못 나갔어요."

"……."

"정말 엄마가 밀어 버릴 줄 몰랐거든요. 장난치는 줄 알았지."

현우는 잠시 반대편 천장을 멀뚱히 보았다. 지금 웃으면 안 될 것 같은데. 그는 심호흡을 하고 그녀를 보았다.

"웃으셔도 돼요. 더 웃긴 이야기 해 드릴까요? 바람이 불면 날아갈까 봐, 비가 오면 머리카락 젖을까 봐, 여름엔 땀띠 날까 봐 얼마나 고생했는데요. 울고불고 성인인데 왜 이러냐고 난리 쳤는데 변하는 게 없더라고요. 주위 사람들한테 부끄럽지 않도록 행실 바르게 하라는 얘기만 수도 없이 들었어요."

"그랬군."

"안 웃으시네요?"

"당신이 대머리였어도 아마 난 흥분했을 거야. 확실해."

현우는 개구진 미소를 지으며 웃었다. 조금 과하지만 엄한 부모님을 둔 덕분에 그녀는 지금껏 열심히 공부를 하고 일만 하며 달려온 것 같다.

"참 착하네."

"무슨…… 의미죠?"

"그냥, 잘 큰 거 같아서 보기 좋네요."

"이미 대표님 만났을 때도 다 컸을 때거든요. 그리고 우리 나이 차이…… 몇 살이세요?"

지수의 질문에 그는 유쾌하게 웃었다. 그는 그녀의 나이를 잘 알고 있었다. 이미 이력에서 봤으니. 스물여섯. 해가 지났으니, 스물일곱. 그의 남동생은 스물넷.

"나한테 너무 관심 없는 거 아니에요?"

"음. 30대인 건 알아요."

"서른."

"네……?"

"해가 지났으니 서른하나네요."

겨울이 되고, 한동안 길거리에는 크리스마스 분위기의 조명이 화려하게 달려 있었다. 그 안에 속하지 못한 채 서른이 그냥 지나갔다. 정신을 차려 보니 새해였다.

"되게 동안이시네요."

"그런 말 많이 들어요."

"아……. 아니라고 반박하고 싶은데, 못 하겠네요. 대표님, 동안인 거는 맞으니까. 잘생기셨고…… 몸도 좋으시고."

"알면서 그렇게 튕겼어?"

그의 질문에 그녀는 콧잔등을 찌푸렸다.

"튕긴 게 아니라 신중하게 고민한 거죠!"

"귀엽긴."

"……"

"그렇게 귀엽게 굴지 말라니까. 잡아먹고 싶게."

화르르 달아오른 볼을 보니 건드리고 싶은 충동이 인다. 현우는 바로 실행에 옮겨 검지로 그녀의 볼을 쿡 찔렀다. 부드러운 살결이 손 안에 감겨 기분이 좋아진다.

"말 편히 해도 되죠?"

"이미 그러신 거 같은데……."

"귀엽게 굴지 말랬는데 예쁘기까지 하네."

현우의 말에 지수의 눈이 점점 커졌다. 허둥지둥거리며 숟가락을 들고 어묵 국물을 다시 떠먹기 시작하는 그녀는 정말로 너무 귀여워서 밤새 눕혀 놓고 입을 맞추고 싶은 충동이 들었다.

6장. 연애 (1)

　지하철을 타고 가는 동안 하늘에선 눈이 내렸다. 코끝이 찡할 정도로 추운 겨울, 지수는 목도리에 얼굴을 파묻고 숨을 들이마셨다. 포장마차를 나오면서 현우가 준 목도리였다.

　'내일 목도리 반납해요. 나 월요일 날 이 목도리 매야 해.'

　그렇게 오늘 저녁도 그와 만나기로 정해졌다. 아침에 댄스 수업만 없었어도 약속을 당기는데. 아쉬움에 그녀는 목도리 안에 코를 파묻고 비볐다. 문화 센터 댄스 수업에 들어간 그녀는 옷을 갈아입고 수강생을 맞이했다.

"어서 오세요~ 잘 지내셨죠?"

"쌤! 오랜만이에요. 저번 주에 휴강이라 얼마나 아쉬웠는지~ 쌤 더 예뻐지셨네요."

"감사해요. 춥진 않으시죠? 온도 올려놨는데."

"네. 딱 좋아요."

"어머님~ 저저번 주에 근육통으로 고생하셨잖아요. 지금은 괜찮으세요?"

지수는 수강생 한 명 한 명이 강의실로 올 때마다 인사말을 건 넸다. 처음에 강의를 맡았을 땐 쭈뼛거렸는데, 이제는 제법 다 친해져서 누구 엄마의 지인, 누구의 친구 등 수강생이 점점 늘어나고 있었다. 문화 센터에서 주말 외에 평일에도 강의를 개설할 수 있는지 제안이 올 정도였다.

"그럼 수업 시작하겠습니다!"

지수는 거울 앞에 서서 스트레칭을 시작했다. 그녀의 동작에 맞춰서 수강생들도 몸을 움직여 자세를 잡았다. 처음엔 스트레칭조차 어려워하던 회원들이 이제는 순서를 외워서 그녀보다 더 잘한다. 점점 자세가 나오고 아예 못 하던 춤들을 추게 되는 걸 보면 뿌듯하다. 그녀는 대대로 교사 집안의 피가 흐른다는 걸 여기서 느끼곤 했다. 점점 나아지는 모습을 보면 얼마나 뿌듯한지.

"자, 목 스트레칭 갑니다!"

온몸을 한 번씩 스트레칭으로 풀어 준 후, 지수는 음악을 껐다.

"오늘은 새로운 작품을 배워 볼 거예요~"

너무 어렵지 않으면서 신나는 곡으로 미리 찾아온 그녀는 음악을 틀었다. 회원들은 음악에 맞춰 고개를 위아래로 끄덕이며 박자를 탔다.

"이번엔 트로트입니다!"

아주머니 회원들은 환호를 했고, 그녀 또래의 학생들은 조금 실망한 눈치였다.

"이게 다이어트로는 최고예요. 제가 직접 댄스 팀에서 배워 온 겁니다. 윤수 씨랑 호진 씨는 이거 잘 배워서 회사 워크숍 때 추면 돼요. 아니면 회식 때. 분명 상사에게 사랑받으실 거예요."

지수는 강의실 불을 끄고 다시 음악을 틀었다. 트로트에 맞춰서 출 때마다 수강생들의 입에선 환호와 웃음이 연속으로 터졌다. 포인트가 되는 안무들을 과장하여 재미있게 춤을 추자 벌써부터 따라 하는 분도 계셨다. 음악이 끝날 때쯤엔 수강생들이 모두 박수를 쳤다.

"어렵진 않아요. 그럼 다들 일어나 보실까요?"

"네!"

나이를 막론하고 수강생들은 그녀의 말을 잘 따랐다. 학생이 아니라서, 그녀보다 나이가 많아서 오히려 통제가 안 될 것 같아 걱정했는데 전혀 아니었다.

40분을 다이렉트로 춤을 추자 온몸에 땀이 흘렀다. 살아 있는 것 같았다. 하고 싶은 일을 업으로 두지 않아 오히려 행운인 걸까. 댄스 동아리 팀 친구들은 점점 춤에 싫증을 내고 지겨워했다. 곡에 맞춰 춤을 창작하고 매번 기획사와 가수들에게 평가를 받아야 하는 게 숨이 막힌다고 했다.

"수고하셨습니다!"

"수고했어요."

수강생들의 옷에도 모두 땀이 배어 있었다. 누구 하나라도 땀에 젖지 않은 채 나가면 괜히 공돈을 버는 듯한 기분이 든다. 그래서 그녀는 수강생 전원이 머리카락이 젖든, 옷이 젖든 젖을 때까지 쉬지 않았다.

"후아. 지수 쌤, 숨차서 죽을 거 같네. 바로 다음 수업 있어요?"

"없습니다. 좀 쉬다 가셔도 돼요."

그녀의 대답에 몇몇 수강생들은 바닥에 누웠다.

"경서 엄마, 살 좀 빠졌어?"

"응. 언니는?"

"나도."

"난 왜 그대로지?"

같은 모임 엄마들은 대자로 뻗어서 서로 대화를 나누셨다. 살이 빠졌다는 분도 있고 그대로라는 분도 있었다. 그녀는 그 목소리를 들으며 물병을 들고 문화 센터 밖으로 나갔다. 정수기에서 물을 받고 있는데, 누군가 그녀의 어깨를 두드렸다.

"깜짝이야……. 대리님?"

그녀는 눈을 크게 떴다. 김서준 대리가 그녀의 뒤에 서 있었다. 지수는 주위를 둘러보며 고개를 갸웃했다. 왜 여기서 나오시지?

"지수 씨, 맞네요. 긴가민가했는데."

"여, 여긴 어쩐 일이세요?"

"저 여기서 흠흠, 요리 특강 듣습니다."

"이 동네 사셨어요?"

그녀의 말에 그는 웃음으로 답했다. 요리 특강이라니…….

주말마다 문화 센터에서는 요리 특강이 활발하게 열린다. 갈비찜, 삼계탕, 안주 세트 3종 등등. 가끔 남자분들도 수강을 한다고 들었는데, 실제로 본 건 처음이었다. 더군다나 김서준 대리라니…….

"지수 씨도 강좌 들어요? 뭐 들어요?"

"아, 저……."

머리부터 발끝까지 땀에 젖어서 지금 꼴이 말이 아닐 텐데.

"쌤! 저희 갑니다."

"다음 주에 봬요, 쌤~"

그때 다 씻고 옷을 갈아입고 나온 수강생들이 그녀에게 인사를 했다. 그러다가 옆에 있는 남자를 보고 음흉한 미소를 지으며 손가락 하트를 만들어 그녀에게 보냈다.

"다음 주에 봬요~"

그녀는 수강생들에게 인사를 하고 서준을 보았다.

"친구 대신 제가 잠깐 대타로 강사 하고 있어요."

"댄스요?"

"네, 어쩌다 보니."

"역시 워크숍 때 보통 실력이 아니라고 생각했는데, 완전 반전이네요."

지수는 멋쩍게 웃었다.

"회사에서는 비밀로 해 주세요."

겸업 금지 조항도 걱정이지만, 사람들이 생각하는 자신의 이미지를 깨뜨리고 싶지 않았다. 깔끔하게 일을 마무리하는 직원이자, 말썽 없이 무난한 사람. 없는 듯하면서도 자기 일은 잘 처리하는 사람. 부모님께서 그녀에게 원했던 거였다. 말썽 없이 무난하게 크면서도 그녀의 행동과 성적은 무난한 걸 원치 않으셨다. 회사 생활도 마찬가지였다. 눈에 띄진 않지만 제 역할은 충실히 하길 바라셨다. 교사 생활을 오래 하다 보니 부모님의 제자, 후배들이 곳곳에 많아서 그녀의 소식을 전달받고 계셨다. 그러다 보니 그녀는 회사에도 눈이 있다고 생각해서 흠 잡힐 일을 안 하는 편이었다.

"이렇게 만난 것도 신기한데, 저녁 같이 먹을까요?"

"제가 오늘은 약속이 있어서요."

"그렇군요."

"근데 요리 수업 들으면서 뭐 안 드셨어요?"

"먹었죠."

근데 또 저녁을 먹겠다고요? 보기보다 식사량이 많으신가? 지수는 옆으로 몸을 돌려 물을 마셨다. 그때 센터장이 그녀를 발견하곤 불렀다.

"지수 씨, 나 잠시 보고 가요~"

"네! 지금 가겠습니다. 대리님, 그럼 회사에서 뵙겠습니다. 오늘 저 본 건 비밀로 해 주세요! 꼭요!"

"네. 회사에서 봐요."

그녀는 서준에게 깍듯이 인사를 하고 센터장실로 들어갔다. 씻고 옷 갈아입고 올걸. 혹시 냄새가 날까 싶어 그녀는 창문이 열린 곳 바로 앞 의자에 앉았다.

"요새 수강생이 많이 늘었어요. 지수 씨 오기 전에 비해 두 배로. 회원들에게 인기가 좋아요, 지수 씨."

"감사합니다."

"그래서 말인데……. 주말에 저녁 수업도 늘리면 어떨까요?"

"저녁 수업이요?"

"평일 저녁도 좋고."

"저도 수강생 더 받지 못해서 아쉽긴 한데요. 우선 조금 고민해 볼게요. 제가 지금 재희 씨 대신해서 하는 거니까 같이 얘기 나눠 볼게요."

"재희 씨 오더라도 지수 씨도 계속해 줬으면 좋겠어요."

센터장은 그녀 앞으로 얼그레이 차를 내밀었다. 그녀는 차를 마시며 싱긋 웃었다. 그러던 그녀의 눈에 시계가 보였다. 좀 있으면 현우가 올 시간이었다. 어제 술 마시면서 그녀는 주말 일과를 현우에게 말하게 되었고, 그는 끝나는 시간에 맞춰 온다고 하였다. 얼른 씻고, 머리도 말리고, 화장도 해야 하는데…… 어른이 말하는데 일어서지 못하는 성격 탓에 그녀는 발을 동동 굴렀다.

"재희 씨랑 내가 통화해 볼게요."

센터장의 말에 그녀는 위아래로 고개를 끄덕였다. 자칫했다간 씻지도 못하고 내려가야 할 것 같았다.

'청소년 문화 센터.'

현우는 팸플릿 하나를 꺼냈다. 청소년 문화 센터라고 되어 있는데 막상 건물을 나오는 사람들은 청소년이 아니었다. 프로그램도 하나같이 성인을 위한 강좌투성이였다.

[방송 댄스 - 김지수.]

댄스 수업을 맡고 있다더니. 그는 그녀의 이름이 적힌 곳을 손으로 톡 두드렸다. 유연한 데는 다 이유가 있었나. 건물 지하 주차장에 주차를 해 두고 센터 앞에서 그녀를 기다리는데, 반갑지 않은 손님이 눈에 보였다. 그 남자도 그를 발견했는지 계단을 뛰어 내려왔다.

"안녕하십니까, 대표님!"

"네. 김서준 대리. 여기 다닙니까?"

"네. 오늘부터 요리 수강 듣습니다. 대표님께서는 어쩐 일이세요?"

"나도 뭐 들어 볼 거 있나 둘러봤습니다."

"아…… 네."

당황한 서준을 보며 현우는 눈썹을 삐죽 올렸다.

"여긴 뭐가 유명해요?"

"수영도 유명하고, 만들기 종류도 유명합니다. 대표님께서 어떤 쪽 좋아하시는지 몰라서요."

"여자 좋아합니다."

"네……?"

"농담이에요."

현우는 팸플릿을 제자리에 꽂아 두었다. 뒤에 꽂혀 있던 종이와 합체되도록 각을 맞춰 둔 후, 그는 잠시 구부렸던 상체를 일으켰다.

"아까 댄스 수업이 재미있다고 수강생들이 입을 모아 칭찬하며 나가더라고요."

"아……."

"그 수업 괜찮나요?"

"방송 댄스 그게 남자 수강생은 한 명도 없습니다. 대표님께서 들으면 민망하실 거예요."

"아하. 그게 뭐 대순가요. 재미보다는 선생님 보고 듣는 건데요."

현우는 서준의 어깨에 손을 올리고 지그시 눌렀다.

"내가 여기 온 건 비밀입니다. 김서준 대리."

"네! 알겠습니다."

"고마워요."

현우는 서준의 어깨를 힘을 북돋아 준다는 명목으로 두어 번 두드렸다. 그러자 흠칫 몸이 굳어진 서준이 어색하게 웃었다. 이번엔 그가 여기 왜 왔는지 눈치를 챈 모양이었다. 지수를 따라 여기까지 온 거면 서준의 마음도 작진 않은 모양이다. 그게 그의 신경을 묘하게 긁었다.

문화 센터 앞 도로에는 도시 재생 사업으로 큰 나무가 군데군데 심어져 있었다. 봄, 여름이면 싱그럽고 생기 있어 보이던 나무도 겨울만 되면 앙상하게 마른다. 그래서 겨울밤이면 큰 나무들이 흉흉한 분위기를 자아내는 것 같았다.

지수는 현우가 어제 준 목도리를 잘 개서 쇼핑백에 넣은 후 문화 센터 계단을 내려왔다. 멀리서 통화를 하는 그의 모습이 꼭 한 폭의 그림 같았다. 가지 위에 쌓인 눈과 언뜻 보이는 흙바닥을 덮은 눈, 그리고 코트를 입고 선 남자. 추운 겨울이 꼭 봄처럼 생기 있어 보였다. 추워서 몸을 웅크리고 지나다니는 사람들 틈에서 그는 패딩 없이도 굳건히 서서 바람을 맞고 있었다. 현우와 눈이 마주치자 그가 지하 주차장을 손으로 가리켰다. 지수는 고개를 끄덕인 후 주차장으로 내려갔다.

"추웠죠? 차에서 기다리지 왜 나와 있어요?"

"조금 더 빨리 보고 싶어서."

"대표님, 진짜 말 편하게 하네요?"

"어제 합의된 거 아니었나."

그는 조수석 문을 열어 주며 안으로 턱짓했다. 지수는 쇼핑백과 가방을 품에 안으며 차에 탔다.

"기사님은요?"

"휴무. 유 실장도 휴무. 주말 특근 수당 없어서 아쉽다고들 하네. 나만큼이나 다들 일중독이야."

"대표님께서 그들을 그리 만든 걸 수도 있어요."

"그런가?"

현우의 차가 건물을 빠져나갔다. 국내에 몇 대 없다는 차는 승차감이 좋았다. 다만, 차가 신호에 걸려 설 때마다, 번화가를 지나갈 때마다 사람들의 시선이 끊이지 않았다.

"우리, 어디 가요?"

"밥부터 먹어야죠."

"좋아요. 안 그래도 허기지던 참인데."

차는 유려하게 차선 변경을 하며 목적지를 향해 달렸다. 차 안에 있어서인지 속도감을 알 수 없었지만 그녀의 바로 옆을 달리던 차들이 점점 뒤로 멀어지는 걸 보면 분명 시내에서 낼 수 있는 속도는 아닐 것이다.

"문화 센터 앞에서 김서준 대리 마주쳤어."

"헉. 왜 왔냐고 안 물어봐요?"

"응. 수강 들으러 왔다고 했는데."

"제발…… 비밀로 해 주세요. 대표님과 연애하는 거 회사에 소문나면 전 끝장이라고요."

"그럼 철저히 비밀 연애를 해야겠네?"

"그렇죠! 철저히!"

현우는 알겠다는 듯 고개를 주억거렸다.

"그 남자랑 친해?"

"같은 부서이고 제 상사이기도 했으니까 적당히요."

"얼마나 친한데?"

"적……당히."

지수는 그제야 이상한 기운을 감지하고 현우를 보았다. 운전하는 사람이 앞을 안 보고 그녀를 빤히 주시하고 있었다.

"앞, 앞을 봐야죠!"

"곧 신호 걸려."

그의 말대로 곧 신호에 걸렸다. 선 앞에 정차한 차 안, 음악도 없이 달리고 있어선지 고요가 숨 막힐 듯 조여 왔다.

"안 친해요. 그냥 선배죠, 선배."

"아."

"진짜 저랑 아무 사이 아니니 걱정 마세요. 제 주변에 남자가 오면 계속 이럴 거예요?"

"당연한 거 아닌가."

"연애 시작하기 전엔 어떻게 참았대."

지수는 옆자리에서 툴툴거리며 혼잣말을 했다.

"이러다가 지훈이랑 둘이 팔짱 끼고 다니는 것도 뭐라고 할 기세야. 이제 연애 시작했는데 질투가 왜 이렇게 심해? 의외야, 의외."

그걸 듣고 있는 현우는 딱히 부정하지 않고 미소를 머금고 있었다.

"지금껏 참은 게 용하지. 내가 저번에도 말했지. 김서준 대리랑 너 둘 다 죽여 버릴까 생각했다고."

"그거…… 농담이잖아요."

"반은 진담인데."

지수의 눈동자가 흔들렸다. 되게 무서운 남자한테 잘못 걸린 것 같다. 그런 그가 운전대에서 손을 떼서 그녀의 손을 덥석 잡았다. 지수는 손바닥을 천장이 보이는 방향으로 돌린 후 그의 손을 깍지 껴서 잡았다.

"생각만 했어. 왜 겁내고 그래."

"아니, 죽여 버린다니까."

"내 위치에서 사람 죽이는 게 쉬울 거 같아?"

"네."

"잃는 게 얼마나 많은데."

"죽이는 게 목숨 끊는 거 말고 피 말려서 죽이는 법도 있잖아요. 직장 상사의 횡포."

"그게 너는 아니니 안심해."

현우는 호텔 앞에 멈췄다. 그의 창문 방향으로 직원이 오자 그는 반쯤 창문을 내렸다.

"주차는 제가 합니다."

"네. 알겠습니다."

왜 호텔에 온 거지? 밥 먹으러 간다며? 그게 룸서비스였어?

'긴장 풀어. 죽일 생각은 없으니까.'

"벨트 풀어."

"제가 할게요."

지수는 벨트를 풀고 차에서 먼저 내렸다. 심장 박동이 기하급수적으로 빨라지고 있었다. 여기저기 호텔 주차장을 보던 그녀가 뾰족한 눈으로 현우를 쏘아보았다.

"가자. 밥 먹으러."

"어, 어디로 가는데요?"

"왜, 룸으로 갈까 봐?"

속마음을 들킨 그녀가 입을 꾹 다물었다. 그러자 그가 그녀의 머리카락을 헝클이며 어깨를 감쌌다.

"……!"

갑작스럽게 볼에 닿은 입술 때문에 놀라서 지수가 멈칫 몸을 굳혔다. 그러자 그가 잡은 어깨에 힘을 줘서 그녀를 품으로 당겼다.

"내가 귀엽게 굴지 말랬지?"

"……."

"여기 호텔이야. 자칫하면……."

"알겠어요. 알겠어. 얼른 가요!"

왜 이 남자 앞에만 서면 작아지는 걸까. 애가 되는 것 같고. 그의 품 안에 쏙 안착한 지수는 보조를 맞춰 걸으며 엘리베이터에 탔다.

"레스토랑 예약했어. 여기가 프라이빗하게 잘되어 있어서."

"아하."

연예인만큼은 아니어도 BH 그룹의 후계자 행보가 연일 매스컴을 타고 있다 보니 현우도 되도록은 언론에 노출되지 않도록 조심하는 편이었다. 그의 사진과 루머를 함부로 언론에 노출하는 멍청한 기자는 없겠지만, 가끔 뜨내기 기자들이 그의 심기를 어지럽히는 경우가 있었다.

레스토랑 안은 그가 말했던 것처럼 공간이 모두 분리되어 있어서 옆 테이블, 앞 테이블, 동 시간대 함께 레스토랑 안에 있는 손님의 얼굴을 알 수도 없고 대화하는 소리도 잘 들리지 않았다. 지수는 앞에 놓인 메뉴판을 보며 눈을 비볐다. 부모님에 의해 검소하게 살아온 그녀로서는 밥 한 끼에 덥석 내기엔 금액이 매우 컸다. 얼굴을 박고 있던 그녀가 메뉴판을 콧방울까지 내렸다.

"왜?"

"대표님 유학 생활 오래 하셨다고 들었는데."

"그런데?"

"혹시, 더치페이하세요? 그럼 식사 장소도 앞으로는 저와 협의를 좀."

그녀의 말에 그가 소리를 내어 웃었다. 앞으로 연애를 하면서 서로에게 맞춰 가야 할 부분이 있는데 매번 데이트 때마다 이런 곳에 올 순 없었다. 한두 번은 얻어먹어도 그 이후에는 그녀도 일정 부분을 내야 하는 것 아닌가.

"걱정 말고, 먹고 싶은 거 다 주문해."

"그럼 사양 않고 고를게요. 다음부터는 저와 협의를……"

"내가 지수 씨 밥 굶길 정도로 능력 없진 않은데. 그럼 이렇게 하죠. 밥은 내가 사고, 앞으로 커피는 지수 씨가 사는 걸로."

"음……."

"이거 아무리 봐도 지수 씨는 손해 없는 장산데. 왜 고민해?"

"원래 불로 소득은 한 번 더 의심해 봐야 하거든요."

노동으로 얻은 대가도 아니고, 거의 공짜, 그러니까 불로 소득에 가까운 거니 이건 의심해야 할 필요성이 있다.

"원래 먹을 거 사 주는 사람 좋아하지 않나?"

"제가 그럴 나이 지나서요."

"아."

"사탕 준다고 따라가는 건 대여섯 살 때나 그렇거든요."

"그럼 술 준다고 하면 따라오나?"

"아뇨!"

"그럼…… 뭘 준다고 해야 나한테 오려나."

뭘 줘도 안 가거든요. 내 마음이 가야 가는 거지.

그녀는 메뉴판을 쭉 보다가 뭘 골라야 할지 몰라 현우를 보았다.

"여긴 뭐가 제일 맛있어요?"

"오리 백숙."

"그런 메뉴가 있었나?"

지수는 메뉴판을 다시 샅샅이 살폈다. 그가 말하는 메뉴는 이곳에 없었다. 겨울 시즌 메뉴인가?

"그럼 그거로 할게요."

"좋아."

현우가 태블릿 PC에서 버튼을 누르자 직원이 안으로 들어왔다.

"오리 백숙 준비된 거 주세요."

"네. 바로 준비하겠습니다."

호텔에서 오리 백숙? 미리 준비했다고? 메뉴 선택권을 준다더니 이미 선택해 둔 모양이다.

"미리 주문해 둔 거예요?"

"응. 오리 백숙이나 해산물 요리는 전날 미리 예약해 둬야 하거든."

"호텔이 이런 음식도 주문을 받아요?"

"응. 셰프랑 친하면."

그는 일어나는 상황들을 모두 별거 아닌 일처럼 말하는 특성이 있었다. 그래서 호텔 레스토랑에서 정해진 메뉴 외에 다른 메뉴를 전날 특별 주문해서 오늘 먹게 되는 일도 누구나 예약하면 되는 것 같은 인상을 주었다. 그러고 보면 관심 가는 여자 얼굴 한 번 더 보겠다고 아래층으로 이사를 온 것도 그렇다.

"가끔 대표님은 큰일도 작은 일처럼 평범하게 보이게 하는 거 알아요?"

그게 이 남자에겐 별거 아닌 일일지라도, 상대에겐 되게 큰 건데.

"내가?"

"네. 항상 자신감 넘치고 태연해 보이고, 좋다고 따라다닌 것도, 질투하는 것도 대표님인데, 뭔가 확 와닿지 않는다고요."

"음……. 왜 그럴까?"

그가 고민하는 사이 팔팔 끓어서 익은 백숙이 나왔다.

"몸에 좋은 열세 가지 이상의 약재가 같이 들어갔습니다. 한 시간 이상 익혀서 나온 고기니 바로 드시면 됩니다. 불은 줄이지 말고 계속 끓이면서 드세요. 남은 오리는 오리 로스로 금방 나올 겁니다. 제가 먹기 좋게 잘라 드리겠습니다. 셰프님께서 맛있게 드시고 자주 오라고 전해 달라고 하셨습니다. 곧 저녁 시간이라 자리를 비우긴 어렵다고 합니다."

"감사하다고 전해 주세요."

"네."

직원은 가위로 먹기 좋게 익은 오리를 해체한 뒤 자리를 떴다. 오리 위에 올려진 부추도 맛깔나게 생겼다. 지수의 입 안에 침이 고였다.

"저번부터 자꾸 나보고 태연하다고 하는데."

"……."

"전혀 아니거든."

사람이 표정 변화가 크지 않아서 더 그런가? 왜 이 사람 앞에 가면 고요하고, 큰 것도 작게 느껴지는 걸까.

"확인할 길이 하나 있는데."

현우의 검지가 천장을 가리켰다. 레스토랑 위는 온통 호텔 방이었다.

"내 마음이 지금 이 오리만큼 뜨겁다고."

오리처럼 뜨겁다는 현우의 표정이 변할 때쯤, 지수는 손바닥으로 입을 막고 웃음을 터뜨렸다. 아무리 그래도 비유가 오리가 뭐야. 솥에서 팔팔 끓여 나온 오리처럼 뜨겁다니. 억울함을 호소하는 그 앞에서 그녀는 한참을 웃었고, 그는 빈 그릇에 그녀 몫의 고기를 떠서 주었다.

"먹어. 이 오리만큼 뜨거운 나 생각하면서."

식사를 마친 두 사람은 포만감을 느끼며 후식을 먹었다. 먹기 좋게 썰린 과일 몇 조각과 마카롱 두 개, 손가락 반만 한 크기의 케이크 한 조각이 디저트로 나왔다. 지수는 배 위에 손을 가져다 댔다. 음식을 먹기 전후로 배의 라인이 달라졌다. 더는 먹을 수 없을 거라 확신했는데 과일을 먹으니 또 잘 들어간다.

"더 필요하신 거 있습니까?"

"저희 과일 좀 더 부탁해요."

"네. 알겠습니다."

직원이 인이어에 손가락을 대며 홀로 나갔다.

"대표님, 더 드시게요?"

"응. 맛있네."

그의 앞에 놓인 접시엔 과일이 줄어들지 않고 있었다. 그는 제양을 채운 후에는 음식이 맛있더라도 절제하여 더 입 안으로 욱여넣지 않는 것 같았다. 이 비주얼에 이 맛이면, 몇 그릇도 뚝딱 비워야 하는데 현우는 한 그릇으로 식사를 끝냈다. 지수는 직원이 새로 가져온 과일도 야무지게 먹었다.

"저 잠시."

지수는 파우치를 들고 일어났다. 화장실로 간 그녀는 바로 칫솔질을 했다. 식사가 끝나고 나면 바로 이를 닦아야 한다는 부모님의 가르침을 받은 그녀는 이게 버릇이 돼서 이제는 누가 시키지 않아도 식사가 끝나면 바로 양치질을 했다. 시원하게 이를 닦은 후 립글로스를 발랐다. 파우치에서 볼 터치도 꺼내 볼 옆에 톡톡 발라 생기를 불어넣어 준 후 화장실 밖으로 나왔다.

지수는 중간에서 현우와 만났다. 계산을 마쳤는지 그가 그녀를

196

기다리고 있었다.

"커피 살게요. 가요!"

그들은 차를 타고 커피를 마시러 카페로 이동했다. 현우가 데려간 커피숍은 주말임에도 사람들로 붐비지 않고, 남자들은 슈트를 입은 채로, 여자들은 어디 모임에 나갈 법한 옷차림과 화장을 하고 우아하게 커피를 마시고 있었다.

호텔 로비만큼이나 안은 넓었다. 사람들 옆을 지나갈 땐 언뜻 사업적인 얘기가 들렸다. 우아하게 커피를 마시는 아주머니들은 서로 자식에 대한 자랑도 늘어놓고 있었다.

"박 대표, 취임 축하하네. 언제 이렇게 컸어. 할아버지가 참 좋아하겠어."

"회장님, 감사합니다. 할아버지께 안부 전하겠습니다."

"그럼, 그럼. 다음에 한번 식사하자고."

자리로 가는 동안 현우는 몇몇과 인사를 나누었다.

"여기는 안전한 거예요? 철저한 비밀 연애라더니."

"응. 안전해. 기자들도 여긴 못 들어와. 회원제거든."

"여기서 대표님 본 분들은 다들 안전하고요?"

"응. 적어도 다른 곳보다는 안전해."

현우는 테이블을 두고 디귿 자로 배치되어 있는 소파에 앉았다. 지수도 그와 마주 보는 자리에 앉았다.

"엄청 폭신하네요. 이 소파."

꼭 침대처럼.

그녀가 엉덩이를 뗐다 놓으며 다시 한번 폭신함을 느끼고 있자, 현우가 그의 옆자리를 손으로 두드렸다. 지수가 멀뚱히 있자 그가 그녀의 옆자리로 와서 앉았다.

"식사 내내 마주 보고 있었으니 여기선 좀 이러고 있자."

가까이 앉은 그는 그녀의 허리를 당겨 안았다. 심호흡을 한 지수는 그에게서 나는 향기에 점점 취해 가는 것 같았다.

"주문해 볼까?"

"이런 자세로요?"

뒤에서 안은 그는 그녀가 볼 수 있도록 메뉴판을 펴 주었다. 그의 손만 한 메뉴판에는 핸드드립 커피 종류가 나열되어 있었다. 아는 거라곤 케냐밖에 없어서 그녀는 그걸 가리켰다.

"여기 바리스타가 솜씨가 좋아. 한번 마셔 보면 반할 거야."

"대표님 단골 가게예요?"

"단골까진 아니고, 시간이 없어서 잘 못 와. 그런데 내가 사랑하는 곳이긴 해."

그의 눈빛에 따스함이 깃들었다. 이곳의 커피 향만 맡아도 좋은지 아까부터 그는 묘하게 들떠 보였다. 물론 표정에는 그다지 변화가 없었지만 말이다.

"오늘은 집에 오세요?"

"응. 가야지."

"아……. 안 오시는 날이 더 많은 거 같아서 물어봤어요."

"나 오는지 안 오는지 보고 있었어?"

"아뇨. 바로 아래층이니까 창문에 불이 켜져 있나 보이더라고요."

그는 턱을 괴고 있다가 그녀의 볼을 늘인 후 입을 맞췄다.

"둘만 있는 것도 아닌데 이러면 다 보잖아요."

"둘만 있는 곳으로 갈까?"

"……아뇨."

둘만 있는 밀폐된 공간. 엘리베이터 안이 떠올랐다. 5년 전 기억은 조금 바래졌어도 엘리베이터 안에서 그가 물어뜯던 현장은 지극히 최근이라 잊을 수가 없었다. 둘만 있는 곳이면 이렇게 가벼운 뽀뽀가 아닐 것이다. 아직 그와의 스킨십은 조심스러운 면이 있었다.

"커피는 알아서 주문할게."

현우는 그녀를 두고 자리에서 일어났다. 지수는 계산을 하려고 나가는 그의 손목을 잡았다. 그리고 카드 하나를 그의 손바닥에 올려 주었다.

"이건 제가 계산할게요."

"회원제라 커피 무료야."

"앗. 그럼 디저트라도……."

"그것도 무료. 종류는 몇 개 없지만."

커피는 사고 싶었는데. 결국 지수는 집에 갈 때까지 지갑을 열 일이 없었다.

동네에 도착했을 땐 캄캄한 밤이었다. 그녀는 그의 목도리가 든 쇼핑백을 돌려주었다. 아까 편의점에서 먹기 좋은 껌을 종류별로 샀는데, 그것도 쇼핑백 안에 넣어 두었다.

"오늘 하루 잘 먹고, 잘 마셨어요."

"응."

"내일도 쉬어요?"

"그러고 싶은데, 일이 생겼어."

“안 그래도 아까 커피 마실 때 계속 핸드폰이 울리더라고요.”

“봤어?”

“네. 무음으로 해 둬도 액정에 자꾸 불이 들어와서 뭔 일 났나 했어요.”

오늘 하루가 꼭 꿈처럼 느껴졌다. 이 사람과 하루 온종일 시간을 함께했다는 게 믿기지 않는다.

지수는 안전벨트를 풀고 현우에게 다가가 입술에 가볍게 입을 맞췄다. 그가 그대로 그녀의 두 볼을 잡고 아쉬운 듯 입술을 빨았다. 차 안이지만 키스는 그리 길지 않았다. 그때 문을 두드리는 소리가 났다. 유성우 실장이었다. 현우는 상체가 조수석 쪽으로 침범할 정도로 짧은 순간 딥키스를 했던 사람답지 않게 흐트러짐 없는 얼굴로 창문을 내렸다.

“대표…… 지수 씨도 계셨네요. 안녕하세요?”

“안녕하세요.”

비밀 연애…….

제발.

지수는 이미 다 들켰는데도 손바닥으로 얼굴을 막았다. 회사 대표랑 연애했다가 혹시 끝이 좋지 않으면, 손해를 보는 건 분명 자신일 거다. 그렇게 생각하니 뒷생각 없이 저돌적으로 자신에게 호감을 표현했던 그가 아주 조금은 미워졌다.

“대표님.”

“금방 끝나. 10분만.”

“알겠습니다. 기다리겠습니다.”

현우는 차의 창문을 올렸다. 10분만 기다리라는 말을 남겨 두고 그는 아까 하던 키스를 이어 갔다. 놀란 지수가 그의 몸을 밀었다.

"미, 미쳤어요! 밖에 유 실장님이……."

"유 실장은 괜찮아. 누구보다 입 무거운 사람이야."

"아니, 그래도…… 여기 동네인데."

"10분밖에 안 남았어. 아니, 9분. 혼내는 건 나중에."

그는 부드럽게 그녀의 입술을 빨았다. 골고루 흔적을 남기며 혀를 입 안 깊숙이 넣어 휘저었다. 여린 점막을 자극하자 지수가 목을 뒤로 꺾었다. 그는 그녀의 바지 위, 매끄러운 다리를 쓰다듬었다. 손 안에 잡히는 뼈들이 단숨에 부러질 것 같았다. 점점 손이 올라와 배꼽 아래까지 닿았다. 뜨겁게 달궈진 곳을 스쳐 지날 때면 지수는 숨을 들이마셨다.

"대, 대표……!"

입술을 떼기 무섭게 그는 다시 달려들었다. 허리를 감싼 그의 손이 뜨겁게 느껴졌다. 지수는 두 무릎을 붙이고 팔로 그의 목을 감쌌다. 현우는 얼굴을 틀어 아래에서 위로 부딪치며 입을 맞추었다. 그와 나누는 키스는 황홀했다. 키스를 처음 해 보는 사람도 알 수 있을 정도로 그는 능수능란했다. 사람을 현혹시키는 데 탁월한 남자였다.

"아쉬워."

현우는 입술을 떼고 엄지로 그녀의 입술을 비볐다. 말캉한 입술을 짓이기고 부풀어 오를 때까지 빨고 싶단 저열한 욕망이 머릿속에 가득했다. 그러나 그는 숨을 잠시 멈추고 지수를 집 앞까지 에스코트했다. 지수는 아파트에 들어가기 전 주변을 의식해서 한 번 보고 아무도 없는 걸 확인한 다음 현우를 안았다.

"……!"

그녀는 팔을 몸에 붙인 후 다가오지 말라는 듯 앞으로 두 손을 뻗었다. 그냥 가볍게 포옹을 한 건데, 그의 몸은 이미 단단해져서 그녀에게 존재감을 뿜고 있었다.

"안 부끄러워요?"

"뭐가?"

"나한테 대표님 들켰잖아요."

"들키라고 가만히 있는 건데."

"……."

지수는 눈을 지그시 아래로 깔았다.

"바지 위로도 티가 나요……."

"그럼 어떡해. 같이 있으면 이런데."

"……."

"이렇게 살아야지."

그는 어깨를 으쓱 올리며 그녀의 어깨를 잡고 반대로 돌렸다.

"얼른 들어가."

"알겠어요, 알겠어. 들어갈게요."

"계속 같이 있으면 힘드니까."

"아."

"지수 씨도 알다시피 내 상태가 이래서."

그녀는 그의 손을 쳐 내고 힘내라는 의미로 한 번 더 안아 주고는 쏜살같이 아파트 안으로 들어왔다.

만날 때마다 저렇게 흥분하는 게 정상인가? 원래 연애를 하면 저런 걸까. 경험이 없으니 알 수가 있어야지. 씻고 나서 지유랑 통화를 좀 해 봐야겠다고 생각하며 그녀는 엘리베이터를 탔다. 올라가는 내내 갇혔을 때 그와 나눴던 키스가 생각나서 볼이 다 화끈거렸다.

현우가 차로 돌아왔을 땐 이미 성우가 운전석에 앉아 있었다. 일요일 점심, 국책 사업 건으로 조달청 청장과 몇몇 건설업 임원진이 모이는 자리가 있었다. BH 자동차 박준겸과 함께하는 그 모임은 현우도 가기로 되어 있었는데, 그 기회를 가로챌 생각이었다. 어차피 그가 들어가야 할 자리를 준겸이 대신했던 것이니, 도로 돌려놓는 게 맞다.

"개포동 들러서 골프 장비 챙겨서 가자."

"네. 근데 대표님."

"질문 안 받아."

"하나만요."

"뭔데?"

현우는 마른세수를 하며 잠시 눈을 감았다.

"연애하시는 거 맞죠?"

"……."

"그 잘난 외모를 왜 썩히나 항상 궁금했는데, 대표님 취향이 따로 있었나 봅니다."

"무슨 의미야?"

"피지컬도 잘나, 외모는 무슨 하나의 예술품 같지. 혼자인 게 이상했단 말입니다."

"오늘따라 과한데."

"보너스는 항상 감사히 받고 있습니다."

성우의 말에 현우는 피식 웃으며 창밖을 보았다. 지수의 집에는 불이 켜져 있었다. 지금쯤 따스한 욕실에서 손발을 녹이고 있을 거다. 언제쯤 그녀와 욕조에 같이 들어가 손발을 녹이게 될까. 상상만으로도 화끈거린다. 그는 창문을 조금 내렸다. 겨울이라 칼바람이 얼굴을 때렸으나 그는 개의치 않았다. 이대로 발끝까지 열기를 식혀 주길.

7장. 기억

"대표님, 보고서……."

영후가 결재 서류 파일을 지수에게 주었고, 그녀는 대표실로 들어갔다. 점심 미팅으로 벌써 나갈 준비를 하고 있던 현우는 코트를 입다 말고 황홀한 표정을 짓더니 그녀에게 다가왔다.

"영후가 보냈어?"

"네."

그는 그녀의 손에 든 결재 서류를 집어 책상에 올려놨다.

"이미 메일로 받았는데."

"진짜요?"

일부러 보낸 모양이다. 그와 친한 친구라서 말 안 해도 그가 말했을 거라 생각은 했지만, 소문이 이렇게 빠르다니.

"비밀 연애는 물 건너간 거죠?"

"나 영후한테 말 안 했는데?"

"그럼……."

고민하는 그녀를 그가 품에 안았다. 그녀를 안은 채로 반 바퀴를 돌아 집무실 책상에 등을 기대게 한 다음, 양옆을 손으로 짚었다.

반쯤 엉덩이를 걸터앉은 그녀가 목에 건 사원증을 잡고 모서리를 만졌다. 뾰족한 플라스틱이 엄지를 꾹꾹 누르고 있었으나 그와 이러고 있으니 감각이 무뎌졌다. 오직 그의 시선에 갇힌 것 같았다.

"어젠 뭐 했어?"

"다음 주 수업 준비도 하고, 밥도 먹고, 그랬죠."

"내 생각은."

"안 했…… 읍!"

안 했다고 반사적으로 말하는 그녀의 입술을 그가 입술로 막아왔다. 입술이 닿자마자 사납게 돌진하는 그의 키스가 싫지 않았다. 그녀는 두 팔을 그의 목에 감았다. 그러자 그가 그녀를 번쩍 안았다. 두 다리로 감싸자 그는 그대로 걸어서 집무실 책상 남는 공간에 그녀를 앉혔다. 그러곤 본격적으로 그녀의 입술을 탐했다. 제 것이라 찜하듯 혀로 곳곳을 핥았다.

"메롱 해 봐."

"네?"

"얼른."

지수가 고개를 갸웃하며 메롱을 하자 그가 그 틈으로 그녀의 혀끝을 빨았다. 그의 입 안까지 빨려 들어갈 듯 거센 입심에 그녀는 탁한 숨을 몰아쉬었다.

"하아……. 대, 대표님."

그는 그녀의 혀를 놓아준 후 머리를 감싸고 귓불을 빨았다. 꼭 귀 안에서 부스럭대는 소리가 나는 듯했다. 간지러움에 그녀가 몸을 움찔 떨며 어깨를 귓가에 붙이자 그가 턱으로 입술을 내렸다. 턱에서 목으로 내려온 그가 부드럽게 입을 맞췄다. 그의 입 속으로 빨려 들어간 살은 혀에 의해 짓이겨졌다. 그는 그녀의 손에 깍지를 끼며 다시 입술로 올라왔다. 눈, 코, 입, 볼. 얼굴에 보이는 살에는 다 입을 맞춘 후 그는 그녀에게서 멀어졌다.

그가 어느 정도 떨어진 거리에서 머리를 짚고 섰다.

"괜찮아요? 머리 아파요?"

"잠깐만."

그는 그녀가 책상에서 내려오려 하자 잠시 행위를 막았다.

"한계야. 한 발자국도 지금은…… 젠장."

그는 마른세수를 하더니 코트에 손을 찔러 넣었다. 오른 다리를 왼 다리 앞으로 보내 꽈배기처럼 몸을 꼰 그가 그녀에게서 아예 등을 돌렸다. 거친 숨을 몰아쉬는 그에게 다가간 그녀가 뒤에서 와락 안았다.

"미팅 잘 다녀와요."

"이따 보고 싶다고 하면 저녁 같이 할 수 있나?"

"저녁만? 그거면 돼요?"

"응. 밤에 술자리 있어서."

삐이익 소리와 함께 인터폰이 울렸다. 그러자 언제 거친 숨소리였나 싶게 현우가 그녀에게서 멀어져 책상에 기대 인터폰을 받았다.

"네. 박현우입니다."

– 대표님, 차 대기했다고 합니다. 바로 같이 내려가면 될 듯합니다.

"1분만."

– 1분요? 아, 네······. 먼저 내려가 있겠습니다.

유성우 비서실장 목소리였다. 삐이익 소리와 함께 인터폰이 꺼졌다. 여기 회사인데. 지수는 달아오른 볼을 손부채로 식혔다.

"상황 봐서 연락할게."

"네. 저 먼저 나가 보겠습니다."

"아. 채 팀장에게 전해 줘요. 이런 서비스 고맙다고. 메일로 이미 회신 보내 놨으니 확인해 보면 될 거 같다고도."

"네."

지수는 결재 서류를 들고 부채질을 했다. 채영후 팀장을 어떻게 보지. 보고서 제출한다고 하고 너무 오래 있었나? 내려가면 어떤 표정을 짓고 있을지 알 것 같았다. 점심은 다른 직원하고 먹어야겠다. 그녀는 내려가는 길에 서윤에게 문자를 보냈다.

현우는 주차장으로 내려갔다. 미리 내려와 있던 유 실장이 차 문을 열어 주었고, 현우는 안으로 들어갔다. 이동 중에 라디오는 뉴스에 맞춰 놓고, 현우 또한 태블릿 PC로 경제, 정치 각 키워드별로 뜬 기사를 무심한 얼굴로 내리며 읽었다.

"저번에 알아보라고 하셨던 김서준 대리 말입니다."

"응."

스크롤을 움직이며 바쁘게 움직이던 그의 손이 멈췄다.

"특별할 건 없습니다. 부모님은 어렸을 때 돌아가신 모양이고, 할머니 손에 컸다고 합니다. 아래로는 동생 한 명이 있는데, 김서준 대리가 가장이라고 봐도 될 것 같습니다. 요새 맞선을 보러 다닌다고 합니다. 그리고……."

현우는 넥타이를 느슨하게 푼 다음 목 언저리를 만졌다. 지수 옆에 있는 그 남자가 거슬린다. 맞선을 보러 다니면서 지수에게도 집적댄다 이 말이지. 성우의 보고를 듣는 현우의 얼굴엔 불쾌한 기색이 스쳤다. 그러다가도 업무 이야기로 바뀐 다음엔 평소의 그로 돌아왔다.

[오늘 저녁, 강남 SweetB 레스토랑.]

[시간 되나?]

첫 번째 문자는 오후 3시, 두 번째 문자는 오후 5시 55분. 미팅 중간에 문자를 보낸 모양이었다. 그런데도 오탈자와 띄어쓰기를 신경 써서 마침표까지 보낸 걸 보면 신기하다. 특히 'S'와 'B'가 대문자인 점도. 만약 그녀가 친구에게 메신저를 보냈다면, 이렇진 않았을 거다.

퇴근해서 지하철을 타고 강남역으로 가는 길이 너무 두근거렸다. 이어폰에서 나오는 음악이 달달해서 그런 건지, 지나가는 풍경이 좋아서 그런지, 둥둥 떠다니는 기분이었다. 그녀는 두 발을 까닥거리다가 핸드폰을 꺼냈다. 이것저것 인터넷 기사를 눌러서 읽히지도 않는 글자를 바라보다가 손목을 돌리기도 했다.

그를 만나러 가는 길이 왜 초조하지? 떨리는 건가?

아메리카노 다섯 잔 이상 마셨을 때의 불안감과 비슷한 것 같다. 얼굴에도 열이 좀 나는 것 같고. 지수는 손부채질을 했다. 그러다 문득 고개를 들었는데 바로 앞에 선 남자가 손잡이를 잡은 채로 그녀를 보고 있었다.

"……"

괜히 민망해진 그녀가 눈을 감고 머리를 뒤로 기댔다. 잠이나 자야지. 퇴근할 때 대중교통을 타면 잠이 그렇게 잘 오던데, 오늘은 잠도 오지 않는다. 불편하리만큼 가슴이 두근거렸다. 지하철역에 내려서 출구로 나가자 그 앞에 유 실장이 나와 있었다.

"오셨습니까?"

"네. 실장님. 마중 나오실 줄 몰랐어요. 말 편하게 하세요. 제가 직급도 훨씬 밑인데."

"회사에서는 그렇게 하겠습니다. 지금은 직원으로 오신 게 아니니, 대표님께 소중한 분이면 저에게도 그렇습니다. 이쪽으로 오시지요. 조금 걸어야 합니다."

그에게 소중한 사람……. 그가 자신을 어떻게 생각할까 많이 궁금했는데, 성우의 말을 들으니 기분이 좋아졌다. 경쾌한 발걸음으로 따라가자 그는 그녀의 옆에서 보조를 맞춰 주었다.

"제가 대표님께 소중한 사람이라는 말…… 듣기 좋아요. 감사합니다."

"사실인걸요. 대표님 마음 따듯한 분이세요. 본인에게 해 주는 것의 몇 배로 상대에게 잘합니다. 말 한마디보다 행동을 더 중시하는 분이에요."

"아."

말도 잘하는 것 같던데. 말은 잘하는데, 표정이 문제인 것 같다. 세상 다 산 무감한 표정. 누군가는 그게 섹시하다고 할지 모르지만, 연애를 함께하는 사람으로서는 서운해질 때가 있다. 나만 이 사람을 좋아하는 느낌이 든다거나.

"다 왔습니다."

"실장님께선 같이 식사 안 하시나요?"

"네. 저는 따로 먹겠습니다. 식사하시고 제가 집까지 모셔다드리겠습니다."

"아니에요!"

"대표님께서 부탁하셨습니다."

"아…….'

그는 현우의 부하 직원으로서 그의 명령을 어길 수 없을 것이다. 그래도 여자 친구 집에 데려다주는 걸 직원에게 부탁하는 건 좀 그런 것 같은데. 지수가 입술을 삐쭉 내밀자 성우가 그걸 보고 부드러운 미소를 지었다.

"전 괜찮습니다. 대표님을 제가 좋아합니다. 형으로서, 제 상사로서, 회사의 오너로서도요. 미안해하지 마세요. 저희 대표님 좋은 사람이니 오래오래 만나 주세요.”

“그렇게 말씀하시니 제가 뭐라도 된 거 같아요. 대표님께서 좋은 직원을 두셨네요. 물론, 저도 그중에 한 명이구요.”

“아.”

“농담이에요. 마중 나와 주셔서 감사해요. 실장님 아니었으면 엄청 헤맸을 거예요.”

“네. 올라가 보세요.”

지수는 현우가 있는 곳으로 천천히 걸음을 옮겼다. 음식점 안에 들어가자 아늑한 향기에 몸이 녹았다. 현우는 창가에 앉아서 눈을 감고 있었다. 잠든 건가? 지수는 발끝을 세워 구두 소리를 내지 않고 살금살금 그에게 다가갔다. 그림처럼 잘생겼다. 사람이 맞나? 코는 왜 이렇게 뾰족해. 자는 표정도 흐트러짐 없이 예술이네.

사람은 머리가 무거워서 잠이 들면 고개를 떨구기 마련인데, 꼿꼿한 목과 곧은 척추는 그가 깨어 있는 것 같은 착각에 들게 했다. 불편하게 뛰던 심장이 그를 보자마자 사르르 녹았다. 간질간질한 감각 때문에 손을 가만히 두지 못했다. 이로 입술을 질끈 물며 싱긋 웃던 그녀가 팔짱을 낀 그의 팔을 슬며시 잡았다.

“대표…… 앗!”

게슴츠레 눈을 뜬 그가 그녀의 손목을 세게 쥐었다. 그 악력에 지수가 눈썹을 찡그리자 그가 손을 뗐다.

“미안. 온지 몰랐어.”

“저도 대표님께서 자고 계실 줄 몰랐어요. 그것도 레스토랑에서.”

"잠깐 눈을 감았는데 깜빡 잠들었나 봐."

"이따 술자리 있다면서요."

"응."

"그거 마시면 뻗는 거 아니에요?"

지금도 이렇게 잠이 부족한데. 지수가 걱정하는 표정을 짓자, 그가 입꼬리를 말아 올렸다.

"뻗으면 데리러 올래?"

현우의 질문에 지수는 잠시 침묵했다. 까칠해 보이는 그의 얼굴은 처음보다 살이 더 빠져 있었다. 그래서 사람이 더 날카로워 보였는데, 그게 이 사람 분위기와 더 잘 어울렸다. 그런 얼굴로 뻗으면 데리러 올 거냐는 질문은 반칙이다.

"농담이야, 농담. 앉아요."

지수는 그의 앞자리로 가 앉았다.

"놀랐잖아요. 대리 기사도 해야 하는 줄 알고."

"내가 설마 그러겠어?"

지수는 위아래로 고개를 끄덕였다.

"저녁부터 먹자. 뭐 좋아해?"

"음식은 안 가려요. 다 좋아해요."

"그중에서도 특별히 좋은 건?"

"음……. 음식은 정말 잘 안 가리고요. 특별히 먹는 것 중에선 과일 좋아해요. 겨울엔 딸기, 여름엔 수박. 제철 과일?"

"다음번엔 과수원으로 데이트를 가야겠네."

지수는 메뉴판을 쭉 보다가 스파게티 하나를 골랐다.

"그거면 되겠어?"

현우가 고개를 들자 눈이 마주친 직원은 주문을 받으러 테이블로 왔다. 그는 지수가 고른 스파게티를 포함하여 스테이크와 빵, 샐러드를 주문했다.

"너무 많이 주문한 거 아니에요?"

"여기 음식 양 적어."

"아하. 여기도 유명한 맛집이에요?"

"응."

현우가 손으로 벽을 가리켰다. 아까는 못 봤는데 벽에 온통 셰프가 나왔던 TV 프로그램과 연예인 사인이 액자에 넣어져 진열되어 있었다.

"아! 나 저 사람 알아요! TV에서 봤어요. 저 사람도 아는 사람이에요?"

"아니. 유 실장 동창이야. 와인 마실래?"

"네. 좋아요."

와인을 주문하자 직원이 와서 마개를 딴 뒤 잔에 따라 주었다.

"단 거로 주문했어. 마셔 봐."

"네. 짠!"

지수가 잔을 내밀자 그는 못 이기는 척 웃으며 잔을 부딪쳤다. 와인은 떫지 않고 목 넘김이 부드럽고 달았다. 꼭 과일 주스처럼.

"이 와인은 진짜 다네요."

"입에 맞아?"

"네. 딱 제 취향. 술 같지 않고 좋네요."

"술 마실 땐 쓴 게 더 좋고?"

"네. 술 마실 땐 나 술 먹는다! 작정하고 마시잖아요. 그러니까 술맛이 나야죠."

"무슨 논리야."

고개를 절레절레 젓는 현우의 모습이 멋스럽게 보였다. 팔꿈치를 테이블에 대고 두 손을 맞잡고 그녀를 보는 시선이 다정했다.

"대표님, 표정이 되게 달아요."

"좋네. 단거 좋아한다며?"

"그렇게 보니까 자꾸 볼이 붉어지잖아요."

지수가 두 손으로 볼을 감쌌다. 심장이 뛰면 숨소리가 거칠어지고, 그러다 보면 볼이 붉어진다. 더워진 그녀가 손부채질을 했다. 현우와 있을 땐 겨울에도 더위를 느낄 수 있다. 자신은 이런데, 그는 멀쩡한 얼굴인 걸 보니 저 얼굴이 당혹스럽게 변하는 걸 보고 싶어졌다. 현우의 시선을 피할 겸 주변을 본 그녀는 여기 있는 사람들이 모두 커플인 걸 발견했다.

"여기는 다 커플이네요?"

"그래? 못 봤어."

"우리 뒤, 뒤 뒤, 옆, 저기 안쪽도 다 커플이에요. 소개팅하는 거 같기도 하고."

"겨울이 연애하기 좋은 계절인가?"

"연애하기 좋은 계절인 것보다 누구랑 하는지가 중요한 거 아닌가. 봄 여름 가을 겨울 다 연애하기 좋은 계절이죠!"

커플들을 보며 무심코 대답하던 그녀가 고개를 돌려 그를 보았다. 의미심장한 미소를 지으며 손에 턱을 괸 채로 그가 입을 열었다.

"그래서 나랑 해서 좋은가 봐?"

"그렇게 말할 줄 알았어요."

이번엔 예상을 해서 그런지 얼굴이 붉어지지 않았다.

"아쉽네. 놀려 주려 했는데."

현우는 의자에 편히 앉아서 꼭 옆에 앉은 의자가 애인인 것처럼 팔을 둘렀다. 우리 아빠가 자주 하는 포즈인데, 왜 저 남자는 화보처럼 보일까. 넓은 어깨가 더 부각되어 보였다. 셔츠와 그 위에 입은 정장 베스트는 그의 몸에 착 달라붙어 더 멋스러웠다. 옆에 남자 친구가 있더라도 계산을 하러 나가는 여성들이 그를 볼 정도로.

음식이 하나씩 나오기 시작했다. 현우의 말대로 음식의 양은 매우 적었다.

"봐, 양 적다고 했잖아."

현우와 그녀가 하나씩 먹으면 접시에 메인은 사라지고, 그림을 그리듯 흩뿌려 놓은 소스만 남았다. 아쉬움에 숟가락으로 소스를 찍어서 먹자 그것 나름대로 맛있었다. 한 번 더 먹으려는데 현우가 접시를 옆으로 뺐다.

"요리 계속 나올 거야. 토마토 먹고 있어."

그는 샐러드 안에 있는 토마토와 귤 조각을 그녀의 접시에 옮겨 주었다.

"오늘 술 약속은 어디예요?"

"그냥."

"아…… 그냥 여자 있는 술집요?"

"아니."

"너무 빨리 말하니까 더 수상한데요. 저는 대표님 믿어요."

지수의 말에 그가 집게를 놓았다.

"가지 말까?"

"중요한 자리라면서요. 외국 바이어 만나는 거 아니에요?"

"맞아."

"약속 장소가 어디길래."

"그냥……."

"그냥?"

"클럽."

"아, 여자 있는 술집 맞네요?"

그 말에 현우가 팔짱을 끼고 곤란한 표정을 지었다.

"바이어가 한국 클럽 문화가 궁금하대."

"그 아랍 남자분 맞죠?"

"채영후 이 자식."

현우가 이를 사리물며 대답했다. 그에 대한 소식이 그녀에게로 바로 전달되는 건, 영후의 입일 것이다.

"채 팀장님은 참고로 완전히 제 편이라고 하셨습니다. 세상 갑인 친구보다는 부하 직원 편."

"그래 봤자 걔도 내 직원이야."

"권력이 이래서 무섭다니까요."

"얼른 먹어."

현우는 따듯하게 나온 파스타를 가리켰다. 오일 소스로 만든 스파게티는 짭짤하면서도 매운맛이 공존했다. 이래서 셰프구나.

"다음부턴 유 실장님도 같이 식사할까요? 이렇게 대표님 약속 들 중간에 만나서 식사하는 거면요."

"유 실장은 혼밥 좋아해."

"그래도……. 여기도 친구가 하는 곳이라면서요. 굳이 다른 데 가서 먹을 필요 있나."

"생각을 해 봐. 지수 씨는 조만식 부장과 아내분이 같이 식사하자면 먹을 거야?"

"아뇨. 너무 불편할 거 같은데요."

"같은 거야."

"저는 그래도!"

"지수 씨가 편하더라도, 나는 안 편할걸?"

그 생각을 못 했네. 존경하는 상사여도 상사는 상사라는 걸. 조만식 부장이 그녀를 챙겨도 사석에서 그의 가족과 함께할 정도로 편하진 않다는 것을. 잊고 있었다.

지수는 스테이크도 소스에 찍어 먹고, 문어 요리도 맛있게 먹었다. 문어 요리라고 해서 문어 한 마리가 나오는 줄 알았는데, 얇게 자른 문어 몇 조각이 나온 거였다. 이렇게 몇 점씩 먹으니까 다 맛있지. 마케팅 전략인가.

맞선 자리는 지루하다. 상대의 접시에 음식이 줄어드는 게 왜 이렇게 더딘지.

"여동생이 있다고 들었어요. 동생분은 뭐 하세요?"

"취업 준비 중입니다."

"아아. 요새 취업하기 어렵죠. 그래도 서준 씨는 좋은 곳에 취업했네요."

"아닙니다."

서준도 줄지 않는 음식을 먹었다. 대학 동기가 주선해 준 맞선 자리였다. 상대는 음대를 졸업해서 그의 동생처럼 백수였지만, 부모의 금지옥엽 딸이라 취업을 준비할 필요는 없다고 들었다. 그래서 그런지 삶에 애착도 없어 보였다.

"저는 남자 다른 건 다 안 봐요. 오직 얼굴만 봐요."

"그렇습니까?"

"네. 서준 씨는 합격이네요."

"칭찬 감사합니다."

마음에 둔 상대와 있을 땐 수다스럽게 되던 그도 관심 없는 대상과 앉아 있을 땐 무슨 말을 해야 할지 생각이 나지 않았다. 그저 시계만 계속 볼 뿐.

"서준 씨가 올해 서른여섯이죠?"

"네."

"정말 결혼 적령기네요."

"그렇죠."

"집에서 걱정이 많으시겠어요."

"네. 평생 혼자 살까 봐 요새는 잔소리 좀 듣습니다."

근데 그 잔소리도 싫지 않다. 잔소리를 못 듣게 되는 날이 올지도 모르니까. 서준의 얼굴이 어두워지자 앞에 앉은 여자는 포크와 숟가락을 내려놓고 턱을 괬다.

"무슨 고민 있어요?"

"아닙니다."

"제가 몇 번째 맞선이에요? 그냥 궁금해서."

"음. 솔직히 말해도 됩니까?"

"네. 솔직히요."

"다섯 번째쯤……."

"그럼 제가 마음에 안 들면, 여섯 번째가 있을 거고. 일곱 번, 여덟 번…… 계속해서 보시겠네요?"

서준은 고개를 끄덕였다. 아마도 그렇게 되겠지. 결혼할 상대를 찾기 전까지는, 계속, 계속. 그는 문득 생각나는 얼굴에 냉수를 마셨다.

김지수. 입사할 때부터 조용했던 그녀는 제 부하 직원으로서 손색이 없었다. 예쁘고, 다정하고, 얘기를 하면 잘 들어 주는 여자. 부모님께 사랑받고 컸고, 동생과도 잘 어울리는 여자. 얼마 전에 남다른 춤 실력으로 그를 놀라게 했던 사람. 그런 사랑스러운 여자 뒤에는 피라미드 꼭대기에 있는 남자가 버티고 있었다. 감히 마음을 넘볼 수도 없게. 박현우 대표는 그의 마음이 커지기 전에 싹부터 잘라 놓았다. 네가 감히 내 상대가 되냐는 듯한 거만한 표정과 자신감 넘치는 행동이 그의 마음을 다잡게 한다.

"서준 씨한테 열 번째, 열한 번째, 백 번째 맞선이 의미가 있을까 하는 생각이 드네요. 마음이 다른 곳에 있는 거 아닐까. 근데 결혼은 급하고. 맞죠?"

"아, 아뇨."

"내가 백수여서 시간이 남아돌아요. 그래서 옛날부터 사람 관찰을 열심히 했거든요. 근데 내 마음은 서준 씨 합격이라네요. 이미 선배가 사진 보여 줬을 때부터 합격이었다고 하면 점수 좀 딸

수 있을까요?"

"죄송한데, 성함이 어떻게 되셨죠? 미안해요."

"유진이요. 방유진."

"네. 박유진 씨."

"박 아니고 방이요. 방 씨예요."

"저 잠시⋯⋯."

"네. 화장실 다녀오면서 계산도 해 주세요. 저는 오늘 얻어먹고 다음에 쏠게요."

서준은 알겠다고 하며 일어났다. 계산서를 들고 걸음을 옮기는 데 왠지 말린 것 같은 기분이 든다. 애프터 신청을 하기도 전에 약속이 잡힌 것 같다.

그는 음식점을 나와 복도에 있는 화장실로 들어갔다. 때마침 나오는 남자를 본 서준이 깍듯이 인사했다. 박현우. 이 남자에게 이렇게 고개를 숙일 때마다 김지수 씨를 넘보면 안 될 것 같은, 상대적 박탈감이 든다. 고개를 끄덕이며 손목시계를 한 번 만지고 지나가는 남자에게선 강한 수컷의 향이 났다.

"김서준 씨."

화장실 문고리를 돌리려는데, 뒤에서 현우가 그를 불렀다. 서준은 문고리를 잡은 채로 고개만 뒤로 돌렸다.

"네. 대표님."

"맞선 보러 왔나 봐요?"

"네⋯⋯."

"그럼 좋은 여자 만나시길 바랍니다."

김지수 씨는 넘보지 말고. 현우가 말을 덧붙이진 않았지만 눈빛이 그렇게 말하고 있었다. 서준은 차마 입이 떨어지지 않아 두 입술을 붙인 채 굳어졌다.

"굳이 요리 수강도 듣지 말고."

"……."

"레스토랑 나갈 땐 맞선 본 분과 조용히 나가세요."

"……."

"회사에서도 커피 배달하지 말고."

그는 다 알고 있었다. 그가 지수와 대화를 하기 위해 분양 1팀에 커피를 돌렸고, 지금은 종종 TF 팀에도 타는 김에 같이 탔다며 종이컵에 커피를 타서 돌리기도 했다.

"일만 열심히 해 주면 돼요. 내 직원으로서."

"네. 알겠습니다."

현우는 눈인사를 하곤 그에게서 멀어졌다. 그의 구둣발 소리가 일정한 박자로 들렸다. 이렇게 말하는 순간에도 떨림 한 번 없는 박현우. 그 남자에게 자신은 상대조차 되지 못한 게 틀림없었다. 화장실을 갔다가 계산을 하고 자리로 돌아오자 유진이 겉옷을 챙겨 입고 그를 기다리고 있었다.

"커피 마시러 가요."

"네. 그래요."

"표정이 더 안 좋아졌는데요?"

"아……."

그녀는 그에게 가까이 와서 팔짱을 끼었다. 갑작스러운 접촉에 불편함을 내비치자 그녀는 방긋 웃었다. 웃는 얼굴에 침 못 뱉는다. 그 말처럼 그는 그녀를 밀어내지 못했다.

1층으로 걸어 내려온 두 사람은 카페를 찾았다. 그때, 그의 핸드폰이 울렸다. 서준은 동생인 걸 확인하고 옆을 보았다.

"왜요, 여자예요?"

"여자는 맞는데, 동생이에요."

"전화 받아요."

　유진은 그의 팔에 꼈던 팔짱을 풀었다. 서준은 동생에게서 온 전화를 받았다.

"여보세요."

　― 오……오빠, 어디야?

"지금 강남역 주변. 왜?"

　― 할, 할머니……. 병원으로 얼른 와 줘. 나 무서워.

"알겠어. 어디 병원이야?"

　서준은 전화를 끊고 유진을 보며 미안한 표정을 지었다. 암이라는 병은 언제 사람의 목숨을 앗아 갈지 모른다. 멀쩡한 사람이 사람답게 살지 못하도록 만드는 병. 주변 사람도 지치게 하는 그 병.

"솔직히 말할게요. 나 결혼 급해요. 근데 유진 씨는 안 되겠어요."

"왜요?"

"좋은 사람 같아서. 유진 씨한테는 그러면 안 될 거 같네요. 할머니가 많이 아프세요. 그래서 결혼이 급한 겁니다. 병원비 내느라 그나마 갖고 있던 집도 팔아서 가진 거라곤 매달 꼬박꼬박 나오는 월급밖에 없고, 백수인 동생은 철이 없어서 용돈 받아 씁니다. 우리 모두가 상대에게 짐이 될 거예요."

"서준 씨 진짜 착한 남자네요. 나 이미 다 알고 있었는데."

"……."

"이런 식이면 결혼이 급해도 맞선이 백 번째가 되어도 안 끝날 거 같은데요. 착해 빠져서는. 병원 가요, 태워다 드릴게요."

유진은 별거 아니라는 듯 어깨를 으쓱 올렸다 내리며 멀뚱히 서 있는 그의 팔을 잡았다. 주차장으로 데려간 그녀가 시동을 걸었다. 빨간색 스포츠카에서 불빛이 반짝였다. 서준은 화려한 그녀가 다시 보였다. 이미 다 알고 나온 맞선 자리라니.

저녁 식사를 마쳤다. 시간이 왜 이렇게 빠른 걸까. 지수는 냅킨으로 입가를 닦는 그를 보았다. 이대로 헤어지기 아쉽다. 현우의 다음 행선지는 클럽이지.

"대표님."

"왜?"

"이다음 스케줄을 저도 동행하면 어떨까요. 추가 수당 받고, 직원으로서 갈게요."

"안 돼."

현우는 딱 잘라 거절했다. 거기가 어떤 곳인데 그녀를 데리고 간단 말인가. 사업을 하는 남자는 동서양 막론하고 음흉한 구석이 있었다. 물론 가끔 일중독에 빠져서 여자를 돌같이 보는 종족도 있지만, 대부분은 젊고 예쁜 여자를 마다하지 않는다. 그런 곳에 그녀를 데리고 갔다간…… 무슨 사달이 날지 몰랐다. 그의 앞에서 그녀에게 농담을 던지거나 스킨십을 하게 된다거나, 그 이상의 일이 생긴다면 미쳐 돌지도 모른다. 얼마짜리 사업인데. 그렇게 둘 순 없지.

"내가 못 가는 자리라니까 이상하게 걱정되네요."

"그런 걱정 마요."

"대표님, 몸도 막 시시때때로 불끈하잖아요! 술 마시면 무슨 일이 생길 줄 알고."

지수는 그의 얼굴이 아닌 아래로 시선을 내렸다.

"거기에 당신 없잖아. 그럼 안 그래."

"정말?"

"정말. 다 벗고 내 몸에 올라타도 안 서. 그러니까 걱정 마."

"저질."

직설적인 말에 그녀는 그의 몸을 주먹으로 때렸다. 안심시키는 말에 정말 안심이 돼 버렸다.

"거기에 질 나쁜 사람들도 있어. 그래서 넌 안 돼."

"질이 나빠요?"

"응. 걱정돼서 안 돼. 집에 조심히 들어가."

그는 성우의 차가 가까워지는 걸 보곤 그녀에게 인사를 했다. 기사는 주차장에서 그를 기다리고 있을 것이다. 성우가 그들 앞에 차를 댔다.

"그럼 모셔다드리고 다시 오겠습니다."

"아냐. 퇴근해."

"아닙니다. 그쪽도 비서실 소속이 다 동반하는데, 대표님 옆에 있을 겁니다."

"그냥 두 분 다 가세요. 저 혼자 알아서 갈게요."

"안 돼."

"안 됩니다."

두 사람이 동시에 말했다. 한 명은 퇴근하라 하고, 한 명은 다시 오겠다고 떼를 쓰고. 그럴 거면 그냥 둘이 같이 갔다가 퇴근하면 되지 않나……. 그러나 무조건 자신을 집까지 데려다줘야 한단다. 순간 지유가 생각났다. 오빠들한테 끔찍하게 보호를 받는 제 친구는 이런 기분일까. 어이가 없어서 웃고 있지만 내심 챙김 받는 것에 기분이 좋고 사랑받는 느낌이 들었다.

"그럼 제가 기사님 차를 타고 갈게요. 두 분 같이 가시면 되잖아요."

"유 실장이 더 믿을 만해서 그래."

"기사님도 좋은 분이시던데요, 뭘."

"그럼…… 제가 대표님 모시고 가겠습니다."

"먼저 타세요, 대표님."

지수는 현우의 등 뒤로 와서 그를 밀었다. 얼른 성우의 차를 타라고. 아무리 밀어도 밀리지 않는 그의 몸은 꼭 돌덩이 같았다.

"지수 씨 먼저 가는 거 보고 갈게."

"대표님 늦었잖아요. 그리고 뒤에 차가 죽일 듯이 노려보는 거 안 보여요?"

"그래?"

현우와 성우가 동시에 뒤차를 보았다. 클랙슨을 울리고 창문 옆으로 고개를 내밀었던 남자가 그대로 안으로 고개를 넣었다. 그리고 핸들을 잡고 딴청을 피우기 시작했다. 둘 다 180은 거뜬히 넘는 장신에 누가 덤벼도 이길 것 같은 아우라가 있었다. 그래도 민폐는 안 되지.

"얼른요. 안 그러면 다음부터 저 대표님 만나러 안 옵니다."

"응?"

"이렇게 짧게 만나는 거 감질나서 올까 말까 고민되는데, 이런 식이면 아예 안 만나요. 주말에 시간 될 때 만날 거예요."

그녀의 말에 현우가 입을 꾹 닫았다. 그러더니 뒷좌석 문을 열었다.

"유 실장."

"네, 대표님."

"바로 출발하자."

현우는 먼저 가는 게 미안한지 그녀의 두 볼을 잡고 입을 맞췄다. 성우는 빠르게 고개를 옆으로 돌렸다. 주변의 시선이 그들에게 모였다.

"집 도착하면 연락해."

"네."

"문자 기다릴게."

"알겠어요. 누가 보면 대표님 어디로 멀리 가는 줄 알겠어요. 내일 회사에서 봐요."

"응."

성우도 그녀에게 고개 숙여 인사를 한 후 운전석에 탔다. 현우를 태운 차가 멀어지자 혼자 남은 그녀는 아직 그들을 향한 시선을 감당해야 했다. 지수의 볼이 터질 듯이 붉어졌다. 그녀는 민망함에 주차장으로 뛰어 들어갔다.

＊

　현우와의 연애는 점점 더 타오르고 있었다. 이제는 자기 전에 꼭 잠시라도 통화를 해서 목소리를 들어야 하고, 가끔 시간이 맞으면 집 앞이든, 그가 있는 곳으로 가든, 아니면 그가 그녀가 있는 곳으로 오든 장소를 정해서 만났다. 비록 하루에 그를 볼 수 있는 시간이 고작 15분뿐이더라도.

　미국으로 출장을 간 현우가 오늘 오후 늦게 출근한다고 하였다. 보고 싶은 마음에 일찍 눈이 떠진 그녀는 평소보다 이르게 집을 나섰다. 지수는 출근길에 지하철역에서 서윤을 만났다.

"아직 출근 시간 전이니까 커피 어때요?"

"좋아요!"

"커피는 내가 쏠게. 근데 내가 지수 씨한테 존댓말 했나. 반말 했었나?"

"편하게 하세요."

"그래, 그럼."

　존댓말과 반말을 섞어서 썼지만, 그녀는 서윤의 질문이 팩트를 원하는 건 아니라는 걸 알았다. 그녀의 허락이 필요했던 거다.

"장기자랑 이후로 지수 씨도 인기가 많아져서 피곤하겠어."

"전 사무실 안에만 박혀 있어서 사실 잘 모르겠어요."

"하긴, 그쪽 팀 밥도 안에서 먹지? 배달시켜서."

"네……. 거를 때도 있어요. 대중없습니다."

"TF 팀 안 가길 잘했어. 듣기로 박현우 대표 일벌레라고 하더라고. 대표님이 이끄는 팀 들어가면 백이면 백 다 뼈만 남아서 나온다고."

"그 말을 실감하겠네요."

저녁을 꼬박꼬박 챙겨 먹어도 살이 찌질 않는다. 당 떨어질 때마다 사탕과 초콜릿을 먹어도 금방 체력을 소모하고 만다.

"덕분에 나도 인기 올라갔잖아. 애 엄만지도 모르고."

"……."

주문을 하려던 지수가 멈칫했다. 애 엄마……? 잘생긴 남자라면 사족을 못 쓰고 침을 질질 흘리던 선배님이……. 야근을 마다하지 않으며, 행사가 있으면 빠지지 않는 것도 모자라 적극적으로 참여하고, 지정된 휴가 외에는 조퇴조차 한 적 없는 선배가……?

"아…… 지수 씨한텐 말 안 했나 보네."

"네. 몰랐어요."

"애 엄마긴 한데, 우리 집은 가족이 둘이에요. 나랑 우리 윤호."

너무 덤덤하게 말해서 전에도 들었는데 기억을 못 하는가 싶어서 그녀는 생각을 짚어 보았다. 2년이나 같이 일했는데 정말 전혀 몰랐다. 그랬다는 건 서윤이 티를 안 낸 것도 있지만, 동료로서 믿음을 주지 못한 거다.

"원래도 선배로서 배울 점 많다고 생각했는데, 대단하세요."

"대단하긴. 나나 지수 씨나 똑같지. 일에 치이고, 어리고 입사 늦게 했다는 이유로 잔심부름하고. 그냥 버티는 거죠. 나만 힘든가? 지수 씨도 힘든데, 뭘."

"아니, 그래도……."

"어떤 캠페인 광고를 봤는데."

"네."

"세상에 나쁜 엄마는 없다고. 바쁜 엄마만 있는 거라고 하더라고. 바쁘다고 내 아들 사랑하지 않는 건 아니니까. 죄책감 가질 시기는 지나서 괜찮아."

"커피 잘 마실게요."

지수는 서윤이 건넨 커피를 마셨다. 가슴이 뜨겁다. 눈시울이 붉어질 것만 같았다. 내 일이 아닌데도 감정 이입이 돼서. 나쁜 엄마가 아닌 바쁜 엄마. 그런 말을 가슴속에 품고 미안함을 내리누르고 회사에서 버티고 있는 그녀가 새삼 대단해 보였다. 아들로 인해 일하면서 애로사항이 많았을 텐데 한 번도 동료에게 티 내지 않았던 건 대단을 넘어 존경스러웠다. 우리 엄마도 그랬을까.

"이런 얘기 말고, 서준 대리가 지수 씨한테도 막 밥 사 주고 잘해 줬지?"

"네."

"상습범이더라고. 여자 직원들한테 그렇게 밥 사 주고 잘해 준다고 요새 소문이 파다해. 부서별로 찍어 놓은 여자가 있나 봐. 결혼 적령기라 그런가? 조심하라고."

"선배님은 서준 대리님과 친한 거 아니었어요?"

"친한 건 맞는데, 그렇다고 잘못을 눈감아 줄 필욘 없지. 괜히 얼굴에 넘어가지 말라고."

"아…… 감사합니다."

밥을 사 주고, 커피를 주고, 방긋 웃어 주고. 그럼 그게 다 찝쩍거리던 거였나…….

기력을 다 소진하고 나면 점심을 먹는 것조차 귀찮을 때가 있었다. 머리가 멍해지고 목의 림프선부터 관자놀이까지 꽉꽉 막혀서 피가 안 통하는 느낌이 들 때.

지수에겐 지금이 딱 그랬다. 출근해서부터 2시까지 쉴 없이 숫자를 보고 또 보았다. 엑셀이 자동 계산을 해 주는데도 프로그램이 알아서 그래프까지 척척 만져 주는데도 오류가 나왔다. 보고 또 봐도 찾지 못해서 그녀는 계속 같은 보고서를 다시, 또다시 만들어야 했다. 일의 능률은 올라가지 않은 채로 머리만 굳는 기분이 들었다. 잠시 쉴 겸 그녀는 회사를 나와 1층으로 내려갔다.

"지수 씨?"

"대리님!"

"맞구나. 지수 씨인 거 같아서 들어가다가 다시 따라 나왔어요. 잘 지냈어요?"

"네. 대리님도 잘 지내셨죠? 문화 센터 요리 강좌는 계속 듣고 계세요?"

"요샌 주말에 일이 있어서, 일일 특강만 듣고 못 들었어요."

서준은 그녀의 옆으로 따라붙었다. 지수는 1층 카페로 가서 샌드위치와 커피를 주문했다.

"대리님 커피 드실래요?"

"전 위에서 마셨어요."

"아, 네."

"계산은 이거로 해 주세요."

"아니에요. 제가…… 이거로 해 주세요."

서준이 카드를 내밀자 지수가 얼른 카드를 꺼내서 카운터에 주었다. 아르바이트생은 어떤 걸 받을지 고민하더니 서준의 카드를 집었다.

"제 거니까 제가 계산할게요. 이걸로 해 주세요."

"이번엔 남자분이 쏘시고 다음엔 여자분이 쏘시면 되겠네요. 아니면 먼저 커피 내리고 있을 테니까 입장 정리하면 알려 주실래요?"

점심시간 이후로 밀려드는 손님을 상대하느라 아르바이트생도 지친 모양이다. 피곤한 기색으로 한숨을 쉬며 말하는데 차마 뭐라 할 수 없어서 지수는 도로 카드를 넣었다.

"이러지 않으셔도 되는데."

"오랜만에 봐서 반가워서 그랬어요."

요새 맞선을 보고 다닌다고, 여기저기 부서별로 여자들에게 밥 사 주고 친절을 베푼다는 말을 들었다. 그러고 나니 서준이 전과는 달라 보였다. 그래서 현우도 서준 얘기만 나오면 촉각이 곤두서는 것 아닐까.

"커피 나왔습니다."

지수는 아메리카노와 샌드위치가 담긴 쟁반을 들고 테이블에 앉았다. 그러자 서준도 그녀의 앞자리에 앉았다.

"천천히 먹어요. 난 다시 사무실 올라가 봐야 해서."

"네. 대리님."

"요새 사내에 제 소문이 돈다는데, 지수 씨도 들었어요?"

"아……."

지수가 고개를 끄덕이자 그가 알 만하다는 듯 씁쓸한 표정을 지었다. 소문에 휩쓸리는 사람이 되고 싶지 않은데 막상 듣고 보니 그간 그가 제게 보여 준 친절이 불편하게 다가왔다.

"결혼 상대 찾는 건 맞고, 회사 여자 직원들에게 다 집적대는 건 아니에요. 지수 씨한텐 해명하고 싶었어요."

"죄송해요."

그래, 소문만으로 사람을 판단하면 안 되지. 그는 좋은 사람이다. 업무를 잘 알려 주는 상사이고, 회사 적응하도록 도와주었고, 무거운 걸 들 일이 있을 땐 상사여도 솔선수범해서 대신 들어 주기도 했다. 결혼 적령기라 맞선을 보고 다니는 건 자연스러운 것이다. 그리고 원래 서준은 친절한 사람이니까.

"지수 씨한테만큼은 진심이었거든요."

아니라고 생각하던 마음을 일순 바뀌게 한 건, 그의 폭탄 같은 발언이었다. 그의 웃음에 등골이 오싹하고 섬뜩한 느낌이 들었다. 그가 보인 친절은 '의도'가 있는 친절이었다는 걸 확신하게 되었다.

[주차장으로.]

현우는 지수에게 문자를 보냈다. 오늘 귀국한 그는 성우에게 휴가를 주었다. 피곤하긴 했지만 오늘 재무 팀 회의에 그도 참석하기로 되어 있었다. 차 안에서 그는 머리를 잠시 기댔다. 평소에도 이렇게 차 안에서, 아니면 집무실에서 쪽잠을 자는 걸로 버티는 편이었다.

그때, 옆에서 문 두드리는 소리가 났다. 눈을 뜨니 창문 너머로 손 인사를 하는 지수가 보였다. 그 모습이 예뻐서 그는 잠시 넋을 놓고 보았다. 현우가 뒷좌석 문을 열자 그녀는 냉큼 안으로 들어왔다.

"화장실 간다고 하고 나온 거라 금방 다시 올라가 봐야 해요."

"널 대표실로 부를 걸 그랬나?"

"대표실 소속 비서들이 눈에 불을 켜고 있어서 안 됩니다. 절대요!"

지수가 두 팔을 교차했다. 하긴, 대표이사실 소속 비서가 한두 명이 아니지. 그가 무리한 스케줄을 소화할 수 있는 건, 그걸 위해 비서실 소속 직원들이 모두 수고를 해 주기 때문이었다. 처음엔 성우와 둘이 손발을 맞추다가 한 사람이 늘고, 그 밑으로 사람이 들어오고, 어느덧 다섯 명이 되었다.

"얼굴에 다크 서클이 이만큼 내려왔어요."

그녀가 그의 눈 밑을 검지로 짚었다. 눈 밑에 닿는 부드러운 손길에 척추에 전기가 흐르듯 짜릿했다.

"여기서 일 더 하면 턱 끝까지 내려오겠는데요? 대표님, 좀 쉬어야 하는 거 같아요."

"응. 오늘은 일찍 퇴근할 거야."

"아뇨. 바로 퇴근하세요!"

"회의가 있어."

"그럼 더 말리지도 못하겠네요. 회의만 하고 퇴근해서 잠부터 자요. 진짜, 얼굴이 다 까칠해."

그녀는 미간을 좁히고 입술을 쭉 내밀더니 손바닥으로 그의 볼을 감쌌다. 그녀의 손끝이 먼저 눈가 옆에 닿았다. 하나씩 손가락이 얼굴에 내려앉더니 손바닥 전체가 그의 볼에 닿는다. 현우는 그 아찔한 감각에 눈을 감아 버렸다. 그녀의 향기가 머릿속을 어지럽힌다.

"왜요? 아파요?"

"아니."

너 때문에 흥분했어.

몸에선 열이 오른다. 그녀를 갖고 싶은 욕망이 온몸의 피를 타고 흐르다가 솟구치는 기분이었다. 현우는 널찍한 뒷좌석에 그녀를 그대로 눕히고 그 위로 올라탔다. 몸이 큰 그에게는 무척 좁은 공간이지만 두 사람이 몸을 합치고 누워 있으면 부족함이 없다.

"아앗!"

현우는 그녀의 폭신한 입술을 이로 물었다. 이 앙증맞은 걸 깨물어 보고 싶었다. 이렇게 빨아 보고 싶고, 그녀의 혀를 낚아채제 입 속에서 마음껏 느끼고 싶었다. 미국에 있는 내내. 자유분방한 연애를 즐기는 연인들이 대낮에 누가 보든지 말든지 키스를 나누는 것을 보며. 나도 그녀와 그러고 싶단 생각이 잠시 들었다.

"하아……. 지수야. 김지수……."

그는 그녀의 입술 바로 밑을 엄지로 짚었다. 엄지에 힘을 줘 아래로 잡아당긴 뒤, 벌어진 틈으로 혀를 밀어 넣었다. 무지막지하게 그녀의 잇속을 고루고루 핥고 그녀의 혀를 삼킬 듯이 빨았다. 이대로 모든 걸 빨아들이고 싶었다. 그는 상체를 말아 공간을 만든 후 그 속으로 손을 집어넣었다. 니트 안으로 손을 넣어 둔덕을 찾았다. 그대로 감싸자 그녀가 놀라서 몸을 팔딱거렸다. 바닷물에서 건져진 물고기가 세상으로 나와 팔딱거리듯.

"지수야."

"네?"

달아오른 그녀가 그의 어깨를 미약하게 밀며 대답했다.

"제발."

그는 그녀의 볼과 턱에 입을 맞추며 사정했다. 여기까지는 제발, 봐 달라고. 겹쳐진 몸, 옷 위로 분명 내 몸 상태가 느껴지지 않느냐고. 그렇다면 제발 여기서 멈추라고 하진 말아 줘.

그를 밀던 손의 힘이 멈췄다. 그녀가 힘을 빼는 순간 그는 그대로 옷 속에서 걸리적거리는 속옷을 내렸다.

"으음……!"

그는 지수의 입을 입술로 막았다. 그녀에게서 나오는 숨결을 모두 삼키며 둔덕을 제 맘대로 쥐고 주물렀다. 손 안에 담긴 게 너무 부드러워서 손가락 사이로 흘러내릴 것만 같다. 보고 싶다. 빨고 싶다. 안고 싶다. 아주 오랫동안. 질리도록. 그런 생각만 가득했다.

손바닥으로 살살 예민한 곳을 쓸자 그녀가 몸을 움찔하며 목을 꺾었다. 현우는 그 순간을 놓치지 않고 목에도 입을 맞췄다. 서서히 목선을 타고 내려갈수록 그녀는 발끝을 세워 차 안쪽 문을 발로 찼다. 하이힐이 찍는 소리 따위는 들리지 않는다. 오직 그녀의 숨소리, 입술이 닿았다가 살결이 떨어지는 소리. 옷 속에서 느껴지는 감각.

"하아……. 대표님, 나……."

"왜?"

"처음은 아닌데, 그때 이후로 나는……."

띄엄띄엄 겨우 의사를 전달하는 그녀. 그녀의 말뜻을 알아들은 현우는 참지 못하고 니트를 그대로 위로 올렸다. 불빛조차 없는 차 안에서도 뽀얀 살결은 시야를 어지럽혔다. 매번 그를 철저한 남자로 만드는 그녀는 아찔했다. 현우는 그대로 그녀의 살결에 입술을 댔다. 부드럽다. 따뜻하다. 좋아 죽겠다. 피곤했던 것도 다 잊을 정도로 미칠 것 같았다. 처음은 아닌데, 그때 이후로 아무도 없었다고. 오직 자신뿐이라고. 그녀의 그 말은 불씨가 되어 그를 지폈다.

"현우…… 아웃!"

쿵. 뾰족한 굽이 차 안을 내리찍는다. 그녀는 앞으로 몸을 내밀었다. 좁은 공간에서도 그는 어떻게든 방법을 찾아내 그녀의 살결을 빨았다. 잔뜩 짓이기고 빨아 당기며 자국을 남기는 그는 소유욕에 눈이 먼 사람처럼 보였다.

"그, 그만요."

그때, 그녀의 핸드폰이 울렸다. 현우는 어쩔 수 없이 일어나 의자에 앉았다. 그녀의 니트를 내려 주며 보지 않으려고 고개를 틀자 지수가 울리는 핸드폰의 벨을 멈췄다.

"혹시 몰라서 15분 뒤로 알람 맞춰 놨거든요. 하아……."

아무것도 모른다는 듯이, 색색거리고 있는 모습을 보면 욕정이 치민다. 그는 그녀의 입술에 남은 립스틱까지 모두 먹었다. 번들번들한 입술로 바뀐 후에야 그는 그녀를 놔주었다.

"먼저 올라가."

"대표님은요?"

"이거 지우고."

그는 입술에 남은 그녀의 립스틱 자국을 가리켰다.

"이건 죽이고."

그리고 아래를 손으로 가리켰다. 그러자 그녀는 반대편 차 문을 열고 내리더니 쾅 닫았다.

현우는 그녀가 주차장 엘리베이터를 기다리는 모습을 유심히 보았다. 구두 굽으로 괜히 바닥을 툭툭 건드리고 손부채질을 하고, 멀뚱히 엘리베이터가 몇 층에 있는지 숫자를 보고 있는 모습. 긴장했었나? 연애의 기간이 길어질수록 참을성이 바닥이 난다. 이미 연애를 하고 내 여자가 됐는데, 왜 이러고 있어야 할까.

그는 창문을 내렸다. 겨울의 찬 공기가 창문 안으로 밀려들어 왔다. 후끈거리던 차 안의 온도가 내려갈 때까지 그는 잠시 그러고 있었다.

✳

영하의 날씨가 계속되고 있었다. 뉴스에서는 연일 올해 겨울이 최근 5년 중에 가장 춥다고 방송을 해 주었다. 목도리를 칭칭 매고 마스크를 쓰고 패딩으로 애벌레처럼 온몸을 감싸서 다닌 지도 벌써 한 달이 넘었다. 감기 걸리면 본인 손해이니 조심했는데 올해 겨울도 지수는 감기에 걸렸다. 매년 겨울만 되면 찾아오는 감기는 유독 독했다. 식은땀이 나고 열이 오르기 시작하면, 3일은 내리 아프다. 언제부터 이랬을까. 평소엔 잘 아프지도 않는데 말이다. 병실에 누워 있는 그녀는 열은 나는데 오슬오슬 떨리는 추위에 이불을 목 끝까지 올렸다.

"지수야, 괜찮아?"

"응. 좀 추워."

"춥다고? 너 열이 이렇게 나는데."

그녀에게 다가와 손바닥으로 이마를 짚어 본 지유의 안색이 파리해졌다.

"넌 왜 겨울마다 이렇게 아프냐."

"그러게."

지수는 손수건으로 입을 가리고 기침을 했다. 매년 아프니까 이젠 이게 운명 같은 기분도 들었다.

"그래도 3일 입원했더니 괜찮아지고 있어. 부서 옮기고 야근 많아서 몸이 힘들었나 봐."

"남자 친구분은 오셨어?"

"아니."

3일 동안 현우는 일본 출장길에 올랐다. 그는 결국 국책 사업을 따내고 굴지의 대기업들과 함께 기획 도시 설립에 박차를 가하는 중이었다. 사업 수완이 좋은 그는 다니는 곳마다 일감을 몰고 왔다.

"일이 진짜 많으신 거 같아."

"응. 내가 봐도. 버티는 게 더 신기해."

그렇지만 아플 때 옆에 없는 건 좀 서운하긴 하다. 한국에 있었으면 지나가다 들렀을 법한데.

"내일 퇴원할 때 또 올게."

"아니야. 엄마 오시기로 했어. 지훈이랑."

"나도 시간 봐서 올게. 저녁 잘 챙겨 먹고. 링거 거의 다 맞아 가거든? 나가는 길에 내가 간호사 언니한테 말해 둘게."

"고마워, 지유야."

입원한 첫날은 눈도 못 뜰 정도로 아파서 기절했다가 일어났다가 울다가를 반복했다. 둘째 날은 조금 더 나아지고, 셋째 날은 약발이 받으면 열이 내려갔다가 약발이 떨어질 때쯤 다시 오르는 정도였다. 이래서 겨울이 싫다니까. 지유가 나간 후 지수는 눈을 감았다 떴다를 반복했다. 그러다 어느새 잠이 들었다.

'할머니, 할머니!'

'지수랑 지훈이 왔어? 우리 똥강아지들 언제 이만큼 컸어.'

할머니 집 앞은 감나무가 열린다. 손재주가 좋은 할머니는 과수원을 하셨다. 그래서 할머니 집에 가면 싱싱한 과일이 매번 상에 올라왔다. 파는 용도가 아닌, 오직 가족을 먹이기 위한 용도인 과일은 싱싱했다. 특히 겨울에 먹는 귤은 모양도 제각각이고 껍질은 상품성 없게 검은색 점들이 박혀 있고 못생겼는데 실제로 먹으면 꿀맛이었다. 엄청 달다. 어릴 적 지수 손보다 훨씬 큰 귤은 껍질이 잘 까지고, 작은 귤은 껍질하고 알맹이가 붙어서 잘 까지진 않는다. 그럼에도 두 가지 모두 다 그녀의 입엔 맛있었다. 이건 달아서 맛있고, 저건 신맛과 단맛이 동시에 느껴져서 맛있고.

눈이 많이 온 그날은 길이 막혀서 집에 갈 수 없었다. 폭설로 인해 도로를 통제하기 시작한 것이다.

'할머니, 저 과수원 비닐하우스 가서 딸기 따서 먹고 싶어요.'

'이 시간에?'

'네!'

할머니가 귀농을 하시기 전엔 서울에서 그녀와 지훈을 돌보았다. 부모님 두 분 다 교직에 계셔서 지수는 특히 할머니의 밥을 먹으며 컸다. 그래서 그녀는 할머니에게 친근한 손녀였다.

'그래. 우리 손녀가 먹고 싶다는데. 따러 가자. 목도리 잘 하고. 옷 단단히 입어라.'

지수는 할머니의 손을 잡고 집을 나왔다. 부모님께서는 소파에 앉아서 뉴스를 보고 계셨다. 언제쯤 서울에 갈 수 있는지, 내일이 월요일이라 수업이 있는데 큰일이라며 말이다. 만약 내일 아침까지 도로를 통제하면, 이곳에 고립되어 있으면, 내일 차가 막히면 등. 월요일을 앞둔 성인이 할 만한 고민들을 하셨다. 지훈은 엄마 옆에 딱 붙어서 무릎을 베고 잠이 들어 있었다.

폭설이라고 하지만, 밖은 춥진 않았다. 오히려 눈들이 덮여서 더 따뜻한 느낌도 든다. 지수는 털부츠를 신고 눈길에 발자국을 찍었다. 할머니의 손을 놓고 뒤로 걷던 그녀는 제 앞에 총총 찍힌 발자국을 보며 방긋방긋 웃었다.

'할머니, 빨리 와.'

자신의 부름에 할머니는 느린 걸음을 좀 더 서두르셨다. 시골로 간 이후 할머니는 걷는 속도도 느려지고 이제는 같이 산에 다니지 못할 정도로 숨이 곧잘 차셨다. 할머니는 살도 많이 빠지셔서 아빠가 요새는 밥 잘 챙겨 먹냐고 전화도 하시는 것 같았다. 꼭 가족끼리 밥을 먹고 난 다음 아빠는 작은 방에서 할머니와 통화를 하신다.

'아가, 천천히 가. 할미 숨 차.'

하얀 눈 위에는 그녀와 할머니의 발자국이 엉켜졌다. 지수는 눈 위에 찍힌 모양을 보며 두 발을 빠르게 굴려서 영역을 넓혔다. 발자국 하나가 두 개가 되고, 그게 모이니까 큰 웅덩이가 된다. 꼭 그곳만 땅이 꺼진 것처럼 공간이 생겼다. 할머니를 기다릴 겸 그녀는 그 옆에도 발자국을 남겨서 본인 땅을 넓혀 갔다.

'지수야! 김지수 위험해!'

그때였다. 갑자기 눈이 부시기 시작한 건. 시야가 흐려졌다. 그녀의 몸은 누군가에 의해 감싸졌고 끝내 바닥에 내팽개쳐졌다. 작은 몸은 눈 위에 폭삭 묻혔다. 기억은 거기까지였다. 하얀 눈 위에 차량 바퀴가 지나가면서 검은 자국이 생기고, 그 옆에는 붉디붉은 꽃잎이 피어 있었다.

지수는 식은땀을 흘리며 잠에서 깼다. 무슨 꿈을 꾼 거지? 되짚어 봐도 무슨 꿈인지 생각이 나지 않는다. 눈을 다시 깜빡이자 보호자 의자에 앉아서 노트북을 침대에 올려놓고 일하는 중인 현우가 보였다. 일본에 있어야 할 남자가. 보고 싶어서 헛것이 보이나. 지수는 손등으로 눈을 비볐다. 바로 앞에 있는 남자는 현우가 맞았다.

"대표님?"

"깼네."

모니터 화면에 집중하고 있던 현우는 불편하게 숙이고 있던 상체를 들었다.

"몸은 좀 어때?"

불쑥 다가온 그가 이마를 손바닥으로 짚었다. 큰 손이 이마와 눈썹, 눈까지 덮는다.

"열은 떨어졌네."

"정말요? 아침까지는 안 떨어졌는데."

"몸이 왜 이렇게 약해. 사람 걱정되게."

현우는 의자에 앉은 채로 그녀의 손을 잡았다.

"출장 벌써 다녀온 거예요?"

"아니. 가까우니까 잠깐 들렀어. 걱정돼서 일이 손에 잡혀야 말이지."

"헉. 그럼 얼마나 남았는데요?"

"두 시간 뒤에 출국해야 하니까, 35분 뒤에 성우가 병원 앞으로 데리러 올 거야."

아픈데 옆에 못 있어 주는 그에게 서운했던 것이 철없게 느껴졌다. 그럼에도 막상 그가 이렇게 와 주니 사랑받는 것 같아서 좋았다.

"그거 알아요?"

"뭐를."

"방금 나 대표님한테 다시 반한 거 같아요."

"어떤 점에서?"

"그냥. 아플 때 옆에 있어서요."

그는 그녀의 머리를 쓰다듬었다. 그러더니 다정한 눈빛으로 그녀를 바라봤다.

"더 일찍 왔어야 했는데, 미안하다."

"아니에요."

그는 감기를 잘 이겨 내 줘서 고맙다며 머리를 흩트렸다.

근데 나 병원에 입원하고 나서 씻었나? 머리도 안 감은 것 같고. 내내 생사를 오가느라 아프기만 했던 것 같은데.

"대표님."

"응?"

"나 지금 환자같이 보이죠?"

"그렇지."

"망했어. 이렇게 민낯이 공개되다니. 내 가방에서 손거울 좀 갖다 줄 수 있어요?"

"응."

그는 몸을 움직여 그녀의 가방을 가져왔다. 지퍼를 열고 그 속에서 손거울을 꺼내 그녀에게 준다. 그녀는 거울을 쥐고 얼굴 앞으로 갖다 댔다. 눈을 감고 심호흡을 한 그녀가 눈을 뜬 순간 손에 있던 손거울을 놓쳐 버렸다.

"이게 사람이야, 짐승이야!"

"왜? 예쁘기만 한데."

그는 콩깍지가 씌어도 단단히 씐 모양이다. 이게 예쁘다니. 그녀는 슬쩍 이불 속으로 스르르 미끄러져 들어갔다.

"겨울이 가기 전에 여행 갈까?"

"어디로요?"

"글쎄."

"눈에 싸여 있는 시골집이나, 호수가 얼어 있는 곳. 그런 데 가보고 싶어요."

"찾아볼게."

"나 근데, 매년 겨울마다 이렇게 아프거든요. 감기가 정말 심하게 와요. 그래서 온갖 검사 다 해 봤는데 이유가 없는 거예요. 나처럼 이렇게 매년 입원할 정도로 감기에 걸리는 사람도 있을까요?"

그녀의 말에 오히려 그가 심각한 표정이 되었다.

"겨울마다 이렇게 아프다고?"

지수는 고개를 끄덕였다.

"언제부터?"

"모르겠어요. 아주 오래전부터 그랬던 거 같아요."

원래 겨울엔 다들 감기에 걸리니까. 아무것도 아니다 하고 넘겨왔지만 오늘은 겨울마다 아픈 게 새삼 이상하게 느껴졌다.

"이상하네. 감기는 맞고?"

"네. 맞아요. 목이 붓고, 열이 나고, 기침도 안 멈추거든요."

"겨울엔 당신한테 손끝 하나 대면 안 되겠네."

"아……. 이렇게 한번 아프고 나면 괜찮아요. 보통 눈이 많이 올 때 그러긴 한데."

지수의 말에 그는 다행이라며 그녀의 볼에 뽀뽀를 남겼다. 지수가 손등으로 입을 막자 현우는 픽 웃으며 그녀의 손바닥에 가볍게 입을 맞췄다. 씻지 않아 불편해하는 그녀를 배려한 것 같았다. 평소라면 누워 있는 곳으로 올라와서 어떻게든 입을 맞췄을 남자인데 말이다.

"위층에 김서준 대리 할머니가 입원해 계시더라고."

"김 대리님 할머니요?"

"응. 상황이 안 좋은가 봐."

"아……."

"의사도 마음의 준비를 하라고 했다네."

그 말에 지수도 마음이 좋지 않았다. 마음의 준비를 하라는 말은 더 이상 희망이 없다는 것과 마찬가지였다. 그 말을 듣고 평소처럼 지냈을 서준을 생각하니 동료로서 안쓰러웠다.

"퇴원하기 전에 한번 가 봐야겠네요."

현우는 고개를 끄덕였다. 김서준 대리라면 날부터 세우던 현우가 웬일인지 오히려 먼저 이야기를 꺼냈다. 이상한데…….

"김 대리님이랑 친해진 거예요? 현우 씨, 김서준 대리님 안 좋아하잖아요."

"이제 괜찮아."

왜 이제 괜찮지? 그사이에 둘이 친해질 만한 사건이 있었나?

평소 병실에서의 시간은 매우 더디게 흘러가는데, 현우와 함께하니 너무 빨리 지나가는 것 같았다. 눈 깜짝할 새 그를 보낼 시간이었다. 지수는 아쉬움에 그의 손을 놓지 못하고 있었다.

"유 실장님은 너무 성실해서 문제예요."

"응?"

"5분 정도 늦게 올 만도 한데. 시간을 너무 잘 맞추시잖아요."

지수는 병실 베드에서 내려오기 위해 다리를 밖으로 내렸다. 슬리퍼에 발을 넣는데 그 앞에 선 현우가 그녀의 턱을 잡아 올리며 상체를 숙였다.

"네가 원하면."

"…….”

"유 실장 권고사직 해?"

"말을 해도 참. 그렇게 안 할 거잖아요."

"해. 네가 하라고 하면."

그녀는 그의 눈을 보았다. 깊은 두 눈에는 확신이 서 있었다. 그가 이런 눈빛으로 말을 할 땐 허투루 하는 법이 없었다.

"그냥 아쉬워서 그랬……."

쪽. 그의 입술이 이마를 내리눌렀다. 그러곤 그녀를 품에 당겼다. 지수는 이마를 그의 배에 댄 채 두 팔로 허리를 안았다.

"내가 더 아쉬워. 아픈 애인 두고 가니까 발길이 떨어져야 말이지."

"근데 진짜 자르려고 했어요?"

"응."

"옆에서 대표님 보좌한 세월이 얼만데. 설마."

"100% 진심이었어."

아니, 무슨 사람이 이렇게 결정이 쉬워? 아끼는 직원이라면서! 365일 당신 곁을 따라다니며 존경한다고 말하는 사람인데.

"비서실장 자르고, 대표이사로 추천하려고 했어."

"네? 그게 무슨 자르는 거예요. 승진이지."

"BH 자회사로. 충분히 잘해 낼 녀석이니까."

"아하. 열심히 키워서 BH에 심복을 심어 두시려는 거죠? 대표님이 잘해 주면 자꾸 후계자임을 잊게 돼요. 잊고 싶은 건가."

"내가 어떤 날 무엇이 되든."

그는 그녀의 뒷머리를 감싸고 쓰다듬었다.

"넌 신경 쓰지 마. 그냥 나만 보면 돼."

지수가 그의 배에서 고개를 들었다. 창문으로 들어오는 햇볕이 따스한 건지, 그의 눈빛이 그런 건지, 온몸이 따뜻하게 느껴졌다. 이 겨울에도.

＊

현우가 간 이후 저녁을 먹을 때쯤, 그녀의 부모님이 병실을 방문했다.

"내일 퇴원이지?"

"네. 아빠."

"짐은 오늘 우리가 미리 챙겨서 가마. 몸은 좀 괜찮아? 열은 내려갔다고 하던데."

"네. 아주 상쾌해요."

저녁이 될수록 몸 상태가 호전되더니 지금은 날아갈 듯 가볍다. 열이 내려가서 그런가 보다.

"왜 겨울만 되면 이렇게 아프지. 엄마, 나 언제부터 겨울에 이렇게 아팠어? 열이 확 올랐다가 내리면 또 이렇게 몸이 가벼워지고. 이거 감기 맞아?"

"으응. 너 옛날부터 그랬지."

"그 옛날이 언제부터였는지 기억이 안 나. 앞으로도 계속 아프겠지?"

혼잣말을 하는데 문득 누군가의 체온으로 손이 따스해졌다. 엄마는 그녀의 손을 잡고 손등을 다른 손바닥으로 덮었다.

"겨울마다 아파서 어떡하니, 우리 딸. 마음 아프게."

"괜찮아요."

"그래."

"내일 데리러 오지 않아도 돼. 엄마. 짐만 갖고 가 줘. 알아서 집에 갈게."

"혼자 오면 힘들지 않겠어?"

"아빠, 제가 앤가요. 힘들면 택시 타고 갈게요."

퇴원하기 전에 서준의 할머니가 입원해 있다는 병실에 들를 생각이었다. 왠지 그래야 할 것 같았다.

"직장 동료 할머니가 위에 입원하고 계셔서 인사드리고 가려고요."

"어디 많이 아프셔?"

"네. 그런가 봐요. 알았는데 그냥 모른 척하기 좀 그래서 얼굴은 뵙고 가려고요."

직장 동료도 아니고 동료의 할머니면 병문안 가기에 너무 오버 아닌가. 그런 뉘앙스의 대답이 돌아올 줄 알았는데 부모님께서는 아무 말이 없으셨다.

"왜? 가지 말까요? 동료가 아픈 건 아닌데, 많이 위독하시다고 해서 걱정돼서 가 보려는 건데."

"아니. 가 봐. 우리 딸 기특해서 본 거야."

"주변 사람 잘 챙기는 거 보면 아빠 딸 맞네."

"짐은 지금 제가 싸 둘게요."

"내일 인사드릴 때 씻고 가. 엄마가 내일 입을 옷 챙겨 왔어."

지수는 엄마가 내일 입을 옷을 옷걸이에 걸어 두는 걸 보며 웃음이 나왔다. 병원에 있을 땐 몰라도 밖에 나올 땐 차려입으란 뜻이었다. 깔끔하고 투박한 정장을 보며 부모님답다는 생각을 했다.

"입맛 없으면 매운 거 사다 줘?"

"아녜요. 아빠. 맛있어."

"옛날에 네가 입맛 없을 때 할머니가 해 준 무말랭이만 있어도 뚝딱…….”

“지수 엄마.”

아빠의 부름에 엄마는 하던 말을 멈췄다.

“밥 마저 먹어. 엄마랑 아빤 원무과 다녀올게.”

“응. 아니야! 병원비 내가 계산할게. 엄마, 아빠!”

그게 무슨 말이냐는 듯 쳐다보더니 문으로 간다. 지수는 급하게 엄마와 아빠를 불렀다. 부모님의 보호를 받을 나이는 지나도 한참 지났는데 정말 아직도 애로 보신다. 병원비 정도는 낼 수 있다고.

“지수야. 아빠는 말이다. 졸업한 학생들이 성인이 되고 세상에서 쓸모 있는 사람이 되길 바라며 교육하지만, 그것보다 너랑 지훈이 아플 때 병원비 못 내는 아빠이고 싶지 않다.”

“아빠…….”

“네 아빠 퇴직하기 전까지는 멀쩡해. 밖에선 어른이어도 내 앞에선 그냥 내 딸이야. 아프지나 말고.”

“응, 아빠……. 안 아플게.”

밥과 함께 나온 어묵탕이 매운가. 코끝이 찡했다. 아빠와 엄마가 원무과에 가고 나서도 한참 코가 맵고 눈가가 시렸다.

‘치마 너무 짧다. 옷 갈아입고 나가.’

‘늦은 시간에 다니지 마라. 위험해.’

‘길 가면서 핸드폰 보지 말고! 찻길에서는 특히.’

‘운전은 하지 마라.’

‘짠 거 많이 먹지 말고, 되도록 집밥 먹어.’

부모님이 하신 말들이 모두 잔소리로 느껴졌는데, 지금은 그 말들조차 따스하게 느껴졌다. 오늘이 아니면, 내일이 되면 다시 잔소리로 느껴지겠지만.

 부모님의 마음을 알면서도 분명 또 꼰대 같다며 불만을 터뜨릴 것이다. 치마를 짧게 입고 싶은 날이 있고, 늦은 시간까지 놀게 되는 날도 있으니까. 길 가면서 업무상 연락 때문에 핸드폰을 볼 수도 있고, 언젠가는 분명 운전을 해야 할 날이 올 거다. 집밥도 좋지만 간편한 짠 음식을 먹게 되는 날들도 많다. 특히 야근하는 날이면. 그런 날들은 아무리 부모님이 저를 생각해서 한 말이어도 모두 잔소리로 들리기 마련이다. 그러나 오늘만큼은 무슨 말을 하셔도 다 저를 위한 걱정으로 받아들일 수 있을 듯하다.

 다음 날 지수는 공용 샤워실에서 깨끗하게 씻고 퇴원 수속을 밟았다. 부모님이 직접 가져다준 빳빳하게 각을 살려 다리미질이 된 정장을 입었다. 그 위에 코트까지 걸치니 퇴원하는 사람 같지 않았다. 그녀는 핸드백을 들고 병실을 나왔다. 그리고 현우가 말해준 대로 서준의 할머니 병실로 올라갔다.

 문을 두드리고 잠시 기다렸다가 조심스레 열었다. 할머니는 3인실인 병실에서 제일 안쪽 창가 자리에 누워 계셨다. 간호사에게 듣기로는 더 이상 가망이 없다는 걸 듣고 나서 1인실이 아닌, 이쪽 병동으로 옮기셨다고 한다. 서서히 죽음을 기다리는 지금, 얼마나 무서우실까. 본인에게 말은 안 해도 다 알 것이다.

 환자에게 가능성이 있다면 의사는 수술이든 약물이든 새로운 기계든 뭐든 갖다 붙여서 요구를 할 것이다. 비용이 얼마가 들던지 최선을 다해서. 그러나 서준의 할머님은 투여하던 약물도, 수술도, 뭣도 없었다.

앞으로 다가가자 하얗게 질린 채로 머리카락 한 올 없는 할머님이 누워 계셨다. 어쩌면 미래의 우리 엄마의 모습일 수도 있고, 더 미래엔 내 모습일 수도 있었다. 부모님께 잔소리를 들으며 살아가던 학생이 커서 자식을 낳고 잔소리를 하는 입장이 되고, 더 크면 내 자식의 그런 모습을 보게 되고, 결국엔 자식에게 잔소리를 듣는 아이로 돌아간다. 자식이 챙겨 주지 않으면 아무것도 못 하는 상태로. 그 일련의 과정이 씁쓸하게 다가왔다. 덜컥 무섭게 느껴지기도 했다.

"으, 으……."

잠에서 깬 할머님은 깨자마자 손에 쥔 버튼을 눌렀다. 버튼조차도 한 번에 누르지 못해 손이 미끄러졌다. 그때, 눈이 마주쳤다. 누군지 묻는 듯한 표정에 지수는 깍듯이 인사를 했다.

"안녕하세요. 김서준 대리님 부하 직원, 김지수입니다."

그녀의 말에 할머니가 눈을 두 번 깜빡였다. 눈가 주변에 자글자글한 주름 덕분에 할머니는 눈을 떠도 감은 것과 별반 다를 것이 없어 보였다. 그런 할머니가 손을 들어 가까이 와 달라고 요구했다. 그녀는 가까이 다가갔다. 워낙 작은 목소리라 귀를 가까이 대야만 알 수 있었다.

"서, 서준이…… 여자 친, 라고?"

띄엄띄엄 들리는 단어를 유추해 보면, 서준의 여자 친구라고 묻는 것 같았다.

"아뇨, 아뇨. 여자 친구가 아니라, 부하 직원이요."

"……."

멀뚱히 바라보는 걸 보니 청력이 좋지 못한 듯했다. 지수는 할머니에게 가까이 가서 다시 말씀을 드렸다.

"부, 하, 직, 원이요."

"아아."

그제야 고개를 끄덕이신다. 저녁은 아직 못 드신 모양이다. 옆 창가에 식판이 고대로 놓여 있었다. 그리고 보니 간병인은 어디 간 거지. 지수는 어쩔 수 없이 보호자 의자에 앉았다. 간병인이 올 때까지 앉아 있으려는데, 퇴근을 하고 온 서준이 안으로 들어왔다.

"지수 씨, 어쩐 일이에요?"

"대리님 안녕하세요. 저 며칠 여기 병원에 입원했다가 오늘 퇴원하거든요. 대표님께 듣고 인사드릴 겸 왔어요. 근데 간병인이 안 계셔서 기다리고 있었어요."

"동생이 친구 만나러 그냥 갔나 봐요. 용돈 주면 오후에 있겠다더니."

"아."

"오늘 간병인 이모님께서 오후에 일이 있다고 하셨거든요. 그럼 아까부터 여기 있었던 거예요?"

"아뇨. 저도 금방 왔어요. 할머님께서 아직 식사 못 하신 거 같은데."

"아. 김서희 진짜."

다정한 그의 얼굴이 험악하게 변하더니 핸드폰을 꺼냈다. 통화를 하려던 그가 할머니를 보고 식사를 할 수 있게 베드를 세웠다. 앉아 있도록 한 후 식판을 식탁 위에 놓고 그 앞에 앉았다. 지수는 그들 뒤에 멀뚱히 떨어졌다. 그때, 링거 위로 할머니의 피가 솟구쳤다.

"대, 대리님 피…… 피……."

빨간 피가 링거 줄을 타고 올라왔다. 하얀 솜과 시트와 베개 커버에 피가 조금씩 샜다. 지수는 순간 온몸에 소름이 돋았다. 머리가 깨질 듯이 아팠다. 분명 감기가 다 나았는데 다시 열이 나는 것 같았다.

"지수 씨, 나 링거 줄 갈아 달라고 하고 올…… 지수 씨? 지수 씨! 괜찮아요?"

서준의 목소리가 배경처럼 희미해졌다.

'지수야! 김지수…….'

마지막 목소리가 서준이었는지, 아니면 할머니였는지 기억이 나지 않는다. 자고 있던 기억이 깨어나려 하고 있었다.

"지수 씨, 괜찮아요?"

정확히 서준이 열 번째 이름을 불렀을 때, 지수는 정신을 차렸다.

"무슨 일이에요?"

"아, 아니에요. 저 먼저 가 볼게요. 대리님. 회사에서 봬요."

"데려다줘요?"

"아뇨. 할머니 옆에 계셔야 하잖아요. 내일, 내일 얘기해요."

지수는 서준을 두고 병원을 나왔다. 그리고 택시를 타고 집으로 갔다. 부모님에게 인사도 안 하고 멍하니 방 안으로 들어간 그녀는 책상에 앉았다.

할머니…….

눈이 오는 날, 빛이 번뜩이는 순간 따스함이 느껴졌고, 다음은 눈 속에 파묻혔다. 할머니가 작은 그녀를 폭 감싸 안은 채로 바깥으로 민 것이다. 집에도 갈 수 없을 만큼 폭설이 온 날이라 그녀는 눈이 차가웠지만 폭신하게 느껴졌다. 그런데 바로 앞에 엎어진 할머니 주변의 눈은 새하얗지 않았다. 빨갛게. 군데군데. 손을 그녀 쪽으로 뻗은 할머니는 눈을 감지 않았다.

'아가…….'

괜찮아.

꼼짝없이 움직이지 못하는 할머니가 너무 무서웠다. 눈 위에도, 할머니의 얼굴에도 피가 흐르고 있었다. 끔찍했다. 그 순간, 차에서 내린 남자 하나가 할머니와 그녀를 보았다.

'아. 개 같네.'

남자는 피가 흐르는 채로 쓰러진 할머니 앞에 쭈그리고 앉아 담배를 뻑뻑 피워 댔다. 어떻게든 눈을 뜨고 있으려는 할머니는 도와 달라는 듯 남자를 향해 손을 움직였다. 그러나 남자는 담배를 피우다가 눈 속에 버리고는 뒤를 돌아 그녀를 보았다.

서서히 눈앞에 검은 그림자가 졌다. 지수는 눈을 감았다. 그날도 그녀는 무서워서 눈을 감았던 것 같다. 축축함이 눈에 젖은 건지, 몸에서 흐른 땀인지, 무서워서 오줌을 싸 버린 건지 잘 모르겠다. 차 문이 열리는 소리와 할머니가 질질 끌리는 소리가 났다. 그러고는 입을 막은 손. 그녀는 절대 눈을 뜨지 않았다. 차의 시동이 켜지는 소리가 들린다.

'X발. 똥차 주제에, 하필 눈 오는 날 고장 나고 지랄이야. 기분

도 뭣 같은데 사람이나 치고. 하여튼 재수가 없으려니 이래저래 별일이 다 있네.'

남자는 그 이후로도 욕설을 뱉으며 자꾸만 꺼지는 시동을 몇 번이나 다시 걸었다. 드르르륵, 차 소리가 매우 시끄러웠다. 아빠 차와 다르게 시끄럽고 차체가 계속 흔들렸다. 눈더미를 지나던 차는 결국 멈춰 섰다. 끼이익, 끼이익. 문소리가 소름 끼치게 들렸다.

그녀는 몸이 붕 떠 어딘가로 옮겨졌다. 지독한 냄새였다. 썩은 비료 냄새 같기도 하고. 눈이 보이지 않으니 두려움은 배가 되었다.

'하, 할머니……?'

그녀의 부름에 할머니는 답이 없었다. 얼마나 그곳에 있었는지 모르겠다. 사람 소리도, 차 소리도, 아무것도 들리지 않았다. 손은 묶여 있고 눈을 가린 천은 빛조차 가렸다. 아니, 이곳은 빛조차 없는 곳이 맞다. 두려움에 몸을 웅크리고 만 아이는 하루를 꼬박 굶었다. 누구도 그녀를 찾지 않는다.

'아빠……. 엄마…….'

그녀는 물도 마시지 못한 채 정신을 잃었다. 깨어났다가 다시 쓰러지고, 또 쓰러졌다. 그럼에도 할머니가 걱정돼서, 엄마 아빠가 올 거라 믿기 때문에 그녀는 포기하지 않았다.

누구든 나를 찾아 줄 거야.

엄마, 아빠는…….

나를 꼭 꺼내 줄 거야.

그 믿음을 하늘은 들어주었고, 그녀는 48시간 안에 구출될 수 있었다.

병원에 입원을 한 다음 그녀는 깊은 잠에 들었다. 잠에서 깼을 땐 눈밭에 있던 것처럼 하얀 천장이 보였다. 눈이 너무 부셨다. 헤드라이트 불빛처럼. 미친 듯이 소리를 지르고 다시 잠에 들었다가 깼다. 그러면서 그녀는 서서히 기억을 지웠다.

잊고 있던 기억이 깨어나자 온몸에 한기가 돌았다. 겨울마다 아팠던 건, 기억은 지워졌어도 몸은 기억하기 때문이었다. 그때의 상황을. 얼마나 무서웠는지 그녀는 지금도 몸이 덜덜 떨렸다. 어디에 갇혀 있었는지도 아직 기억이 정확하지 않았다. 그 퀴퀴하던 냄새와 시끄러운 차 소리, 남자가 욕설을 뱉던 소음.

할머니…….

그녀는 방문을 열고 밖으로 나갔다. 거실에서 TV를 보고 있던 부모님은 동시에 그녀를 보았다.

"왜? 다시 아파?"

"지수야?"

"엄마, 아빠……."

"왜 그래?"

심상치 않음을 느꼈는지 두 사람은 모두 일어나서 그녀에게 왔다.

"나, 기억이 났어."

"응? 어떤 기억?"

"할머니 그때 돌아가신 거 맞지? 나 때문에……."

"아이고, 지수야."

아빠는 넓은 품으로 그녀를 안아 주었다. 그 옆에 선 엄마는 두 손으로 입을 가리며 옆으로 몸을 돌렸다.

"지수야. 너 때문 아니다. 절대 아니야."

"아빠. 나 겨울마다 이래서 아팠나 봐. 매해 이 시기만 되면 아파서 너무 이상했는데, 아무리 생각해도 기억이 안 나는 거야. 뭐가 막힌 것처럼 겨울마다 가슴이 아픈데, 무서운데. 도저히 모르겠어서 매년 아플 때마다 왜 그럴까 생각했거든. 할머니였어. 할머니가 그때 돌아가신 거야."

"지수야. 네 탓 아니다."

"내가 딸기 먹고 싶다고 비닐하우스 가자고 안 했으면, 그랬으면 좋았을걸."

"그때 네가 살아 줘서, 아빠랑 엄마 기다려 줘서 얼마나 고마웠는데. 그런 생각 마라. 네가 살아 줘서 아빠는 평생 운을 그때 다 썼다고 생각하며 지내."

평생 써야 할 운을 그때 다 썼다. 오직 딸의 목숨을 위해. 아빠를 낳아 준 어머니인 할머니가 돌아가셨지만, 딸아이 목숨은 지켜서 다행이라고, 고맙다고 하는 말에 그녀는 눈물이 났다. 조금씩 새던 눈물이 펑펑 흘렀다.

"왜 갑자기 그런 걸 기억하고 그래. 이것아."

울먹이며 묻는 엄마의 질문에 그녀는 대답하지 못했다.

"기억해야 하는 일이니까."

그건, 할머니는, 나를 살리고자 목숨을 잃은 분은 기억함이 마땅하다. 그래야 이 삶을 더 소중히 여길 수 있을 테니까, 하루하루가 감사할 수 있으니까. 기억하고 고마워해야 한다. 부모님께서는 나라를 위해 몸 바친 분들을 기억하라고 가르치셨다. 지금 이런 삶을 살 수 있게 해 준 수많은 목숨을 기억하며 감사해야 한다고. 그랬는데 실제로 목숨을 구해 주었던 할머니는 잊고 있었다.

"할머니 산소 갈 때 나도 같이 가."

"그렇게. 그러자."

"지훈이만 데려가지 말고."

부모님께서 할머니, 할아버지 산소를 다녀오는 건 이미 알고 있었다. 처음엔 먼 시골이라 바쁜 그녀를 배려해 주는 줄 알았다. 시험을 앞둔 학생이니까, 졸업 논문을 앞둬서, 회사 야근에 시달려서. 그런데 시간이 지날수록 이상함을 느꼈다. 자신과 달리 지훈이는 종종 산소에 데려갔기 때문이다. 그렇지만 워낙 고지식하신 부모님이니 그럴 수도 있단 생각을 했다. 남자는 김 씨 성을 물려받아 대를 이을 거고, 그녀는 결혼하면 출가외인이 되니까. 요새는 여자도 대를 잇는다고, 왜 남자만 대를 잇는다 생각하냐고 따질 수 있겠지만 그녀는 그러지 않았다. 부모님은 분명 다른 집과 달리 무척이나 고지식한 분이었으니까. 치마 길이가 무릎 위로 올라가는 것도 못 보는 분이었고, 몸에 구멍을 뚫는 짓, 특히 귀를 뚫는 것도 장장 몇 년을 싸워야 했다.

중학생 때부터 고등학교 졸업 때까지, 시험을 잘 볼 때마다 꼬셨지만 절대 넘어가지 않았다. 귀 뚫는 걸 고등학교 졸업 선물로 받은 사람은 그녀밖에 없을 것이다. 14K의 큐빅 하나 박힌 귀걸이가 장장 6년을 노력해서 받은 결과물이었다. 그래서 산소에 데려가지 않는 것에 이상함을 느끼면서도 묻지 못했다. 물어볼걸. 그랬어야 했는데.

"그때 어떻게 됐어? 나 알고 싶어."

"폭설에 경찰은 못 오지, 시골이라 도와줄 사람도 없지. 네 아빠가 너랑 어머님 찾는다고 밤새 돌아다녔지. 근데 참 이상해. 그렇게 깊숙한 산골 동굴에 네가 있었는데, 아빠가 널 찾았더라. 눈길에 쓰러졌는데 할머니 꿈을 꿨대."

"그럼 할머니는?"

"너랑 같은 곳에."

"으응······."

숨은 멎은 채로.

같은 곳에 계셨다.

지수는 차마 아빠의 얼굴을 볼 수 없었다. 그때 아빠가 마주한 상황이 얼마나 충격적이셨을까. 이미 목숨이 끊어진 어머니와 다 죽어 가는 딸을 보는 아빠는 얼마나 괴로웠을까. 차마 헤아릴 수가 없었다.

"고마워, 아빠."

미워하지 않아 줘서.

나를 사랑해 줘서.

그녀는 늦었지만 아빠에게 고맙다고, 미안하단 인사를 했다.

"사랑해."

그리고 사랑한다고.

8장. 질투

며칠을 내내 울었더니 회사에 출근했을 땐 눈의 부기가 빠지지 않은 상태였다. 보는 사람마다 감기가 얼마나 심했으면 이렇게 몸이 상했냐며 한마디씩 더했다.

[지수 씨, 잠깐 탕비실로 올 수 있어요?]

사내 메신저가 반짝였다. 김서준 대리였다.

[네. 10분 뒤에 나갈게요.]

그녀는 모니터에 켜져 있는 파일들을 모두 저장하고 모니터 전원을 껐다. 그녀가 아파서 회사에 못 나오는 날 동안 고생한 TF

팀 직원들을 위해 커피도 탈 겸 그녀는 탕비실로 갔다.

"대리님, 벌써 와 계셨네요?"

"응. 지수 씨."

"무슨 일 있으세요?"

"아니요. 그날 잘 들어갔어요? 그때 안색 엄청 안 좋아 보였는데."

"네. 괜찮아요."

지수의 말에 서준은 다행이라고 하였다. 머뭇거리며 입을 열었다가 꾹 닫고, 괜히 종이컵을 만지작거리는 걸 보고 있으니 답답하다. 분명 하고 싶은 말이 있는 눈치인데.

"말씀하세요. 저 기다리고 있어요."

"다름이 아니라, 할머니께서 지수 씨를 제 여자 친구로 오해하고 계세요."

"네? 부하 직원이라고 말씀드렸는데."

"귀가 잘 안 들리세요. 또, 듣고 싶은 말만 들으시는 경향도 있구요."

"아……."

그걸 나한테 말하는 이유는 무엇일까. 고민도 잠시였다. 서준은 망설이지 않고 그녀에게 본론을 꺼냈다.

"얼마 남지 않았어요. 그사이에 결혼 상대를 구하는 것도 불가능하고, 첫눈에 반한 여자를 찾기도 어려울 거 같아요. 지수 씨, 나 한 번만 도와줄 수 있어요? 그냥, 정말 얼마 안 남았으니까. 인사 한 번만 더 해 줘요. 부탁합니다."

곤란한 부탁을 해 오는 서준은 입술이 마르는 모양이다. 간절한 그의 부탁을 거절하려고 했었다. 불과 저번 주까지만 해도 이런 부탁이라면 거절했을 것이다. 그런데 얼마 남지 않은 할머니를 위해서라면, 그런 거짓말로 인해 편히 눈을 감으실 수 있다면 못 할 것도 없다는 생각을 했다.

"아무래도 좀 그렇죠? 내가 괜한 부탁을……."

"딱 한 번이면 되죠?"

"네. 딱 한 번."

"하루만 시간을 주실 수 있나요?"

"당연하죠. 이건 제가 부탁하는 거니까요. 대표님하고 상의해 보셔야 하잖아요."

대표님과 상의해 보라고 하는 건 이미 알고 있다는 건데……. 지수가 눈을 번뜩 떴다. 언제부터, 아니, 어디까지 알고 있는 거지? 티를 낸 적이 없는데. 현우의 차가 주차된 곳은 층수도 다르고, 임원만 이용 가능해서 사람이 거의 없었다. 채영후 팀장이나 유성우 실장은 입이 무거운 사람들이니 외부에 발설하진 않았을 테고.

"그때 강남 음식점에서 대표님을 봤어요. 저도 거기 있었거든요."

"아……."

"그날 맞선 봤거든요. 전 두 분이 거기 계신 거 알았고, 지수 씨는 제가 있는 거 몰랐던 거 같네요. 그전에 문화 센터 앞에서 대표님 만났을 때도 눈치는 챘어요. 쌍방이 아니라도 대표님께서 지수 씨한테 마음 있구나. 내 자린 없구나? 이 정도로요."

음식점도 조심해서 다녀야 하나. 회사 안이 아니어도 회사 직원을 마주칠 수 있는 곳은 사방에 깔려 있었다. 누가 보면 연예인이랑 데이트하는 줄 알겠네.

"다른 직원분들께는 말씀하지 말아 주세요."

"당연하죠. 저 입 무거워요."

서준이 입가에 손을 대고 지퍼를 채우는 시늉을 했다. 그가 먼저 나간 후 지수는 TF 팀 커피를 타려던 계획도 잊고 멍하니 탕비실을 나섰다. 그가 비밀로 하더라도 결국 누군가는 알게 되는 거 아닐까? 제일 친한 사람 한 명한테만 말해도 결국 회사 전체 직원이 알게 되기도 하니 말이다. 소문은 발이 달려서 눈덩이처럼 퍼지는 건 항상 순식간에 일어난다. 무심코 걷던 그녀는 바로 옆에 현우가 와 있다는 것도 몰랐다.

"김지수."

"……."

"지수야."

그가 그녀의 팔을 잡았을 때쯤 상념에서 깼다.

"으악!"

방금 전까지 그와의 비밀 연애를 떠올리고 있던 그녀는 화들짝 놀라며 그에게서 몇 걸음 멀어졌다. 그의 뒤에는 유 실장이 서 있었다.

"왜 그래?"

"아, 아뇨. 대표님. 출근하시나 봐요?"

"응. 사무실 들어가는 중?"

"네. 그럼 이만."

건물 복도로 나온 몇몇 직원이 현우를 보고 다가와 고개 숙여 인사를 했다. 지수는 현우가 자신을 부르려는 걸 모른 척하고 빠른 걸음으로 사무실로 들어왔다. 누군가 알고 있다고 생각하니 신경이 쓰였다. 그때, 핸드폰이 울렸다.

[대표실로.]

현우에게서 온 문자였다. 방금 전 그녀의 행동이 이상함을 감지하고 사무실로 부르는 것 같았다. 그러고 보면 영후가 일부러 대표이사실에 보고하라며 종종 보내 주긴 하는데, 그 외에도 그녀는 종종 비서실을 통해 연락이 오기도 하고, 이렇게 사내 메신저가 와서 그에게 가기도 했다. 틈틈이. 이것도 이상하게 생각하는 직원이 있다면, 의심할 만한 부분이다.

[나중에요.]

[그럼 퇴근 같이 해.]

[저 야근해요.]

[나도.]

[그럼 회사 앞 말고, 블루 아파트 앞에서 봐요. 아니면 제가 대표님 집으로 갈게요. 8층으로!]

[좋아. 803호.]

블루 아파트 앞에서는 지훈을 만날 수 있고, 부모님께 같이 있는 모습을 들킬 수 있다. 박현우가 연예인도 아닌데 왜 나는 비밀로 해야 한단 말인가.

하필 왜 우리가 같은 회사인 걸까. 그는 갑 중의 최고 갑이고, 나는 왜 정병인가.

서준의 부탁도 그녀의 머릿속을 어지럽혔다. 할머니의 마지막 가시는 길이 행복했으면 좋겠다고, 결혼을 안 하는 손자를 걱정하면서 보내 드리고 싶지 않다고. 그 말들이 가슴에 와닿았다. 기억 속에서 살아난 할머니와 서준의 할머니. 두 분이 겹쳐 보였다. 그녀는 꺼진 모니터 전원을 켜고 얼굴을 세차게 흔들었다. 일할 땐 다른 생각 말고 일만 하자.

✻

현우는 먼저 집으로 왔다. 케이터링 서비스를 받아서 방금 뜬 회와 사케를 준비하고 적당한 음악을 골랐다. 누적된 피로를 씻을 겸 깨끗하게 씻고 나온 현우는 반바지에 티셔츠를 입었다. 반쯤 젖은 머리카락을 흩트리며 지수를 기다리던 그때, 초인종 소리가 들렸다. 그는 문 앞으로 가서 동그란 버튼을 눌러 잠금을 해제했다. 문이 열림과 동시에 목도리로 얼굴의 반을 덮은 지수가 순식간에 안으로 들어왔다. 삐릭, 소리와 함께 다시 문이 잠겼다.

"누가 따라와?"

"아뇨. 혹시라도 지훈이나 부모님 마주칠까 봐요."

"마주치면 안 돼?"

"당연하죠. 결혼도 안 한 우리가 집을 들락거리면 동네에 소문이 다 난다고요. 그럼 저희 부모님은 뒷목 잡고 쓰러지거나 대표님 잡고 물고 늘어지거나. 둘 중 하나예요."

물고 늘어지면 좋은데. 무의식중에 그가 말한 걸 그녀는 듣지 못한 모양이다.

그녀는 신발을 벗고 안으로 들어오자마자 목도리를 풀었다. 코트를 벗자 검은색 원피스가 드러났다. 그녀는 옷에 무늬가 있는 것보다는 지금처럼 깔끔한 원피스가 잘 어울렸다. 부러질 듯 잘록한 허리는 손이 가게끔 만든다. 현우가 그녀의 허리를 팔로 감싸자 그녀가 움찔 몸을 떨었다.

"손도 안 씻었는데……."

"병원에서 그렇게 가서 얼마나 마음 아팠는데. 회사에선 알은척도 안 하고. 사람이 어떻게 그러나?"

"회사니까. 보는 눈이 많았어요."

사내 연애가 들키면 손해를 보는 건 그녀일 것이다. 괜한 입소문에 엮여 그녀가 스트레스 받는 걸 그는 원치 않았다. 그렇기 때문에 그녀의 말에 서운했다는 표현을 할 수 없었다.

"몸은 좀 어때? 괜찮아?"

"네. 아주 좋아요. 저 내년부터는 안 아플 거 같아요."

"당연히 그래야지. 매년 아프면 안 되지."

현우가 그녀의 긴 머리카락을 손가락으로 만졌다. 손 안에 잡히는 즉시 빠져나가는 머리카락은 꼭 그녀 같았다. 부드럽지만 잡히지 않고, 손으로 만지고 있으면 기분이 좋아지는 게 딱 그녀였다.

"제가 아팠던 이유를 찾았어요."

"뭔데?"

"일단 밥 먹으면서 얘기해요. 배가 너무 고파요."

그녀는 뭔가에 홀리듯 식탁 앞으로 갔다. 먹음직스러운 음식들이 큰 식탁을 가득 채우고 있었다.

"이거 다 대표님께서."

지수는 그를 흘깃 보았다. 아닐 것 같다.

"했을 리는 없고. 집에 우렁 각시 있어요?"

"왜 내가 안 했을 거라 확신해?"

"저보다 30분 일찍 퇴근하셨는데 이걸 다 하는 건 무리고요. 재료 손질하기에도 시간이 부족했을 거라 절대 대표님의 작품은 아니라고 봅니다."

"은근히 예리해."

현우는 요리사가 해 두고 간 조개탕을 국그릇에 담아 가져왔다. 국은 적당히 먹기 좋게 따뜻했다. 회를 먹기 시작한 그녀는 밖에서 사 먹는 것보다 맛있다며 입으로 쏙쏙 잘도 집어넣었다. 복스럽게 먹는 모습에 현우의 젓가락질은 점점 느려졌다. 보고만 있어도 좋다. 오물오물하다 볼우물이 가끔 패기도 한다. 젓가락으로 집는 순간 두 눈은 젓가락이 집은 음식을 담고, 입술은 음식이 오기도 전에 쭉 앞으로 마중을 나간다. 그게 왜 이렇게 예뻐 보이는 건지.

"그렇게 맛있어?"

"네. 밖에서 파는 것보다 더 맛있어요. 어디서 샀어요? 회가 엄청 싱싱한데."

"오늘 새벽에 잡아 온 거야. 회 뜬 지 한 시간도 안 됐어. 입에 맞아?"

"당연히 입에 맞죠. 왠지 엄청 싱싱하더라. 내 생애 제일 맛있는 회예요. 언제 또 그날 잡은 걸 먹어 보겠어요. 뱃살도 먹어야지."

국물 맛도 보고, 갖가지 반찬들도 먹으며 그녀는 정말로 행복해했다. 현우는 반은 차갑게, 반은 따뜻하게 데운 사케를 테이블 위에 올렸다.

"사케는 차게 먹어, 따뜻하게 먹어?"

"둘 다 좋아요. 사실 뭐가 더 맛있는지 모르겠어서."

"나는 따뜻한 게 좋더라. 이거부터 마셔 봐."

현우는 뜨겁게 데운 걸 먼저 따랐다. 회를 먹는 중간중간 술을 곁들이니 맛이 더 좋았다. 그는 집이라는 것 때문인지 평소와 달리 빠른 속도로 술을 마셨다. 굳이 자제할 필요성을 못 느꼈기 때문에.

"아팠던 이유가 뭐야?"

"아. 대표님 그게요……. 제가 말이죠."

"응."

이미 식사를 마친 현우는 턱을 괴고 그녀를 빤히 보았다. 울먹울먹하며 눈가가 촉촉해진 그녀가 이로 입술을 긁었다.

"제가 어릴 때 있었던 일인데요. 할머니 집에 놀러 갔었어요. 지금처럼 겨울인데, 눈이 아주 많이 와서 집에 못 가게 됐어요. 그런데 그날따라 밖에 나가고 싶은 거예요. 딸기도 먹고 싶고. 거기가 엄청 먼 시골이거든요? 나 지금 뭐라고 하는 거지."

눈이 살짝 풀린 그녀가 푸우 하고 한숨을 뱉으며 말을 이었다. 현우는 괜찮다는 듯 마음껏 얘기해 보라고 부드럽게 미소를 보였다.

"그래서 할머니랑 같이 둘만 나갔는데, 그랬는데. 막 멀리서 불빛이. 불빛이 눈을 가렸는데 순식간에 저는 눈이 쌓인 곳에 던져졌고, 할머니 주변 눈은 빨갛게 군데군데 박혔어요. 그게 되게 무섭고 징그러웠는데……."

교통사고인가. 현우는 상체를 곧게 펴고 좀 더 집중해서 들었다.

"그 남자가 나랑 할머니를 버렸어요. 어딘지도 모르는 곳에. 냄새나고 무섭고…… 막. 모르겠어요. 깨고 나니까 기억에 없었어. 아팠던 거 같은데, 무서웠는데. 다 잊고 지냈더라고요. 머리는 잊었는데 몸은 그날을 기억해서 매년 아팠던 거 같아요.”

추운지 몸을 달달 떨며 결국 눈물을 흘리는 그녀를 보니 현우는 가만히 있을 수가 없었다. 그녀의 옆으로 가 앉은 그가 큰 손으로 눈물을 닦아 준 후 품에 안았다.

“다행이야. 살아 있어서.”

“……”

“그 덕에 널 만날 수 있었네. 내가.”

“제가 그걸 어떻게 새까맣게 잊었을까요? 바보같이.”

“힘든 기억을 꼭 기억하고 살아야 하는 건 아니야. 굳이 안 찾아도 될 기억도 있으니까. 너무 탓하지 마. 지나간 일에 의미 부여하지도 말고.”

속상해하는 그녀를 달래며 현우는 잠시 묵묵히 그녀를 안고 있었다. 어느 정도 진정이 된 그녀가 그의 품에서 나왔다. 서로의 눈을 마주 보던 두 사람의 거리가 좁혀졌다. 코끝이 닿을 듯 가까워졌다. 콧방울이 닿자 현우는 좌우로 고개를 저으며 그녀의 코끝을 문질렀다. 간지러운 감각에 눈물이 매달린 그녀의 눈이 활처럼 예쁘게 휜다. 그는 그곳에도 입을 맞추고 서서히 입술로 내려왔다.

“그래서 말인데요.”

지수는 그의 입술을 손바닥으로 막았다. 중요한 순간에 멈춰서 왜 그러냐는 듯 그가 그녀를 보았다.

“서준 대리님 할머님이 아프시잖아요. 많이.”

"응. 그게 지금 우리가 나눌 대화는 아닌 듯한데."

"들어 봐요!"

그는 팔짱을 끼며 불퉁한 표정을 지었다. 이 순간에 김서준 대리의 이야기가 나온 게 불만인지 고개가 반은 삐딱하게 꺾여 있었다. 그녀는 병실에 방문해서 인사드렸던 것과 자신을 손주의 여자 친구로 오해하고 계신 점을 그에게 충분히 설명했다. 그럴수록 그의 표정은 점점 굳어졌다.

"그러니까 네 말은 딱 한 번만 김서준 여자 친구라고 인사를 가겠다는 말이야?"

"네. 선의의 거짓말……."

그는 끼고 있던 팔짱을 풀고 눈을 맞췄다. 단단히 화가 난 그의 눈매가 매서웠다. 방금 전까지 자신을 사랑스럽게 바라보던 표정은 눈 씻고 찾아볼 수가 없다. 회의실에서의 그를 보는 것 같았다.

"지수 씨는."

지수는 침을 꼴깍 삼켰다.

"내가 그걸 허락해 줄 거라고 봅니까?"

"……."

그녀는 아니라고 손사래를 쳤다. 그런 게 아니라 협상을 하려고 한 건데. 그래, 반대로 생각하면 기분 나쁠 일이 맞다. 그의 할아버지가 곧 오늘내일하신다고 그녀가 아닌, 할아버지가 좋아하는 다른 여자를 데리고 가서 인사시키겠다고 하면…….

"미안해요. 나는."

"아, 좀 화나는데."

그는 의자에서 일어나 목을 주물렀다. 앉아 있는 상태로 현우를 보니 그가 평소보다 더 거대해 보였다. 나 실수한 거 같은데. 말을 놓았던 그가 존댓말을 하는 건 말을 가려 하기 위함임을 모를 수가 없다.

"안 돼요."

"알겠어요. 나도 한다고는 안 했어. 그냥 현우 씨 의견이……."

"그전에 안 된다고 했어야지. 내가 예쁘다, 예쁘다 하니까 바보로 보여요?"

"그런 게 아니라!"

"다른 건 몰라도 내 앞에서 다른 놈이랑 붙어먹을 생각하지 마. 그게 뭐든. 그쪽으로는 면역이 없어서."

그냥 상담을 한 건데 현우의 표정이 너무 험악해서 그녀는 더는 말을 이을 수가 없었다.

"오늘은 먼저 가요."

"대표님."

"내일 얘기해. 화내고 싶지 않아."

"그럼…… 밤에라도 좋으니까 연락 줘요."

나가라고 문을 가리키는 손이 차갑다. 낯선 그의 모습에 지수는 입고 왔던 코트를 걸치고 그의 집을 나갔다. 도어 록이 잠기는 소리가 들렸다. 혹시나 싶어 문에 귀를 대고 잠시 있었지만 뭐가 깨지거나 부서지는 소리는 없었다. 쥐 죽은 듯이 고요하다. 혹시라도 나를 잡으러 나올까. 그 생각에 기다렸건만, 현우의 집 문은 열리지 않았다.

시무룩해진 그녀는 엘리베이터를 타고 1층으로 내려왔다. 핸드폰 속에 '채영후 팀장' 번호를 보며 전화를 할까 말까 고민하다가 그녀는 전화를 걸었다. 방금 전 현우가 보였던 온도 차가 심상치 않았다. 뭘 해도 좋다고, 싫다고 해도 자신이 좋다고 하던 사람이 갑작스러운 변화를 보였다. 분명 그녀가 모르는 무언가가 있을 것 같은 느낌이 들었다.

　- 네. 지수 씨. 데이트 중 아니에요?

"그러려고 했는데 쫓겨났어요."

　- 쫓겨나요? 어디서요? 잠시만요.

부스럭대는 소리가 들렸다. 편히 전화를 받기 위해 장소를 이동하는 모양이었다. 그와 가장 친한 친구이니, 우리의 연애사를 다 알고 있는 사람이니 물어봐도 되겠지.

　- 이제 말해요.

"제가 너무 다급해서 물어볼 사람이 팀장님밖에 생각이 안 나네요. 늦은 시간에 죄송해요."

　- 싸웠어요? 묻고 나니까 이상하네요.

"그건 아니고요."

그녀는 서준의 이름만 빼고 아는 선배라고 해서 여자 친구인 척을 해 달라고 했다는 걸 영후에게 말했다.

　- 그거 현우한테 허락받으려고 했고?

"네. 저도 선배한테 고민해 본다고 한 거죠. 한다고 안 했어요. 현우 씨가 반대하면 안 된다고 하려고 했어요. 근데 말 꺼내자마자 저 보기 싫다고 쫓아냈어요."

　- 그랬군요.

"제가 잘못한 거예요?"

지수의 질문에 영후는 답이 없었다.

─ 그 외에 다른 말은 없었고요?

"네."

내 앞에서 다른 남자랑 붙어먹지 말라고. 그런 말은 했었다. 그러나 그런 말을 들었다는 것 자체가 그가 남녀의 관계에서 우위를 차지하고 있는 듯한 느낌이라 왠지 영후에게 말하고 싶진 않았다. 자신을 얼마나 쉽게 봤으면 그렇게 말을 하냐며 화를 내도 되는 상황인 것 같은데. 분위기가 험악해서 그 부분은 말도 못 했다.

─ 내가 어디까지 얘기해도 되는지 모르겠는데. 왜 그런 거 있잖아요. 나한텐 아무 상처가 없는 말인데, 그쪽으로 콤플렉스가 있는 사람이면 배로 상처받을 수 있다는 거. 말이 너무 어려웠나?

"아뇨. 이해했어요."

그러니까 똑같이 말을 해도 듣는 사람이 어떤 삶을 살았는지에 따라 그게 상처가 될 수도 있고, 그냥 지나가는 말일 수도 있다는 거다. 그녀가 했던 말 중 현우의 콤플렉스를 건드린 말이 있었나? 도무지 생각해 봐도 잘 모르겠다. 아니면 혹시.

"전 여친이 대표님 배신했어요? 바람 같은 거."

─ 차라리 그거였으면 그렇게 오래 속 끓이지 않았을 텐데.

"그럼……."

─ 아, 모르겠다. 현우 부모님 관련 일이에요. 상처를 보듬을 기회도 없이 두 분 다 세상을 떠나셔서 다른 건 몰라도 제 여자가 다른 남자랑 얽히는 거 못 참을 거예요. 그리고 전 여친 없을걸요. 내가 아는 박현우는 이때까지 일하고 결혼한 녀석이라.

"고맙습니다."

─ 지수 씨가 현우한테 마음을 연 거 같아서 말해 준 거예요. 나

한테 이렇게 전화할 정도면 현우 신경 쓰고 있는 거잖아요. 걱정되고, 미안하고, 찾아가고 싶고. 맞죠?

"네."

그녀의 마음이 딱 영후가 한 말과 같았다. 저녁밥을 먹을 때까지만 해도 좋았는데. 미안하고, 보고 싶고, 한편으로 걱정되고. 좋아지고 있는 시점에 혹시 마음이 변할까 봐 무섭기도 했다. 사람이 좋아지는 것도 한순간이지만, 싫어지는 것도 순식간이라.

"저 대표님한테 다시 가 볼게요. 정말 감사해요!"

— 화해를 빌어요. 그래야 회사 생활이 편하니까.

"네! 화해할게요."

지수는 전화를 끊고 구두를 신고 있다는 것도 잊은 채 아파트 안으로 돌진했다. 엘리베이터를 기다리는 시간이 초조하게 느껴졌다. 엘리베이터를 탄 그녀가 8층을 누르고 닫힘 버튼을 여러 번 눌렀다. 그의 집 앞에 다시 선 그녀는 초인종을 눌렀다.

"현우 씨……!"

이번엔 그가 문을 열어 주었다. 그에게서 평소 나던 향이 아닌, 술 냄새가 코끝을 찔렀다. 혼자서 같이 먹으려던 술을 다 마신 모양이었다. 아까와 달리 적당히 취해 보이는 그는 마른세수를 하며 들어오라는 말 없이 가만히 서 있었다.

"얘기 좀 해요."

"내일……."

"아뇨, 지금요. 딱 한마디만 하고 갈게요, 그럼."

그녀는 그의 집 안으로 성큼 들어갔다. 문을 잡고 있던 그도 그녀를 따라 안으로 들어왔다.

"미안해요. 내가 현우 씨한테 확신을 못 줘서, 김서준 대리랑 현우 씨 사이에서 헷갈리게 굴었을 수도 있을 거 같아요. 근데 이건 확신해요. 내 눈에 현우 씨만 남자로 보여요. 나머진 그저 사람이란 말이에요."

"……."

"나 당신 좋아해요. 무척. 방금 나가라고 했을 때 상처받았고, 초조했고, 걱정했고, 현우 씨 마음 변할까 봐 무서웠어요."

나는 당신을 좋아해. 김서준 대리의 부탁 때문에 당신과 멀어지고 싶지 않아.

"아까 얘기했듯이 납치를 당했어요. 나 때문에 할머니는 죽었었고. 그게 가슴에 남아요. 우리 할머니는 맘 편히 눈 못 감으셨고, 지금까지 기억도 못 한 손녀한테 절 한 번 못 받았잖아요. 근데 서준 대리님 할머니 뵈니까, 거의 송장처럼 누워 계신 거 보니까…… 마음이 아팠어요. 적어도 편하게 가실 수 있게 도와 달라는 말을 단번에 거절하기 힘들었구요."

절대 김서준 대리에게 마음이 있어서 그리 행동한 건 아니다. 그건 현우가 정확히 알아줬으면 했다.

"나는 현우 씨밖에 없으니까, 내 마음 의심하지 말아요."

"……."

"화나게 한 부분은 사과할게요. 반대로 생각해도 기분 나빴을 거예요."

그녀의 말에 그의 눈빛이 흔들렸다. 다 말을 하고 나니 속이 시원하기도 하고, 그의 입에서 떨어질 말이 무엇일지 무섭기도 하다.

"미안해."

"……."

"그런 생각 들게 해서. 혼자 불안하게 해서, 미안해."

돌아온 답은 사과였다.

그녀는 그의 품에 안겼다. 따뜻하고 넓은 품. 그녀가 아는 그는 직원들에게 무섭다는 인식이 있어도 그녀에게만은 아니었다. 매번 다정했다. 뜨겁게 타오르는 것도 맞지만, 그녀에게만은 뭐든 다 용인할 수 있다는 듯 잘해 주었다.

"어디서, 어떤 부분이 현우 씨 화나게 했는지 알려 줘요."

"연애는 시작했지만 네 마음에 대한 확신이 없었어."

"왜 그렇게 생각해요?"

"그런 상태로 다른 남자의 여자 친구라고, 비록 단 한 번일지라도 누군가에게 얘기한다는 게 불쾌했고. 나한텐 그런 기회 안 줬잖아."

그렇다. 오늘만 해도 누군가에게 들킬까 봐 같은 차를 타지도 않았고, 자꾸 조심하려고 주변 눈치를 봤다. 그가 비밀 연애를 하자고 한 것도 아닌데 혼자 몸을 사렸다. 연애를 하다가 헤어지면 손해를 보는 쪽이 자신이라는 생각 때문에. 그렇지만 그렇다고 그에게 마음이 없는 건 아닌데. 지수는 억울했다.

"어떻게 하면 내 마음 믿어 줄 거예요?"

"믿어."

"아닌 거 같은데요?"

"아니야, 믿어."

그녀는 그의 품에서 나와 그를 보았다. 믿는다고 하지만 아닌 것 같았다.

"대표님한테 안기면 믿어 줄래요?"

"뭐?"

그가 놀란 눈으로 그녀를 보았다. 그녀는 진심이었다. 그를 좋아하고, 그가 멀어질까 봐 두려워하는 이 감정은 사랑이 맞았다. 그렇다면 그의 열렬한 사랑을 피할 이윤 없었다. 확신이 생기자 오히려 마음을 표현하는 게 어렵지 않았다.

"나는 현우 씨 사랑해요. 아무래도 그런 거 같아요."

그 말에 순식간에 그의 입술이 그녀를 덮쳐 왔다. 키스는 결코 가볍지 않았다. 신발장 위에 있는 불빛이 깜빡거린다. 꼭 위험 신호처럼.

신발장 불빛이 켜지면 현우의 얼굴에 빛이 들어온다. 단정한 눈매는 욕정으로 타올라 사납게 변해 있다. 빛을 받은 그의 피부는 매끈해서 잘생긴 얼굴을 부각시켰다. 눈을 마주하자 번뜩이는 그의 눈동자가 흔들리고 있었다. 날카로운 콧날과 타액으로 인해 번들거리는 입술은 그를 위험스럽게 보이도록 했다.

"현, 현우……!"

그의 큰 손이 그녀의 얼굴을 감쌌다. 다가온 입술이 지수를 집어삼킬 것처럼 게걸스럽게 빨며 혀를 안으로 넣었다. 정신이 혼미해질 정도로 깊은 키스에 그녀는 다리에 힘이 풀려 갔다. 현우의 욕망이 느껴지는 키스였다.

우악스러운 그의 손길로 인해 볼이 아팠다. 이러다가 부서질 수도 있겠단 생각이 들 때쯤 그가 입술을 떼고 그녀를 번쩍 안았다. 그러고는 그는 침실로 걸어갔다. 그녀는 그의 목에 팔을 두르고 어깨에 머리를 기댔다. 심장이 터질 것처럼 뛰었다. 그에게 들릴 것만 같다. 고르지 못한 숨결이 그의 목 주변에서 터지자 현우의 입에서도 탁한 신음이 터졌다.

그의 안방은 베이지색 암막 커튼이 있고, 원목 침대가 놓여 있었다. 베개와 이불이 꼭 호텔을 처음 들어갔을 때처럼 각지게 열에 맞춰서 배치되어 있었다. 현우는 그 위로 그녀를 눕혔다. 헝클어진 머리를 그가 다정한 손길로 정리해 준다. 키스로 인해 부어오른 입술로 내려온 손이 살살 살을 쓸자 지수의 미간이 좁혀졌다. 따가웠다. 그의 이가 짓씹고 간 자리엔 옅은 상처가 남은 모양이다.

입 안쪽까지 얼얼할 정도로 헤집은 그의 혀가 야속했다. 말랑하고 부드러운 그것이 제집처럼 입 안을 다닐 땐 꼭 날카로운 흉기처럼 느껴졌다. 빨아들이는 힘이 얼마나 강한지 그는 힘이 남아도는 모양이었다.

"다시 얘기해 줘. 아까 그 말."

그는 침대로 올라와 그녀를 내려다보며 티셔츠를 벗었다. 천천히 복근부터 가슴 근육까지 드러나자 지수는 침을 꼴깍 삼켰다.

사람 남자의 몸…….

지훈과도 다르고, 지훈의 친구들과도 달랐다. 친구가 많은 지훈은 여름마다 계곡이나 바다에 놀러 가서 웃통을 벗고 친구들끼리 찍은 사진을 보내오곤 하는데, 현우와는 많이 달랐다. 살의 색부터 근육의 형태까지 예술 작품처럼 아름다웠다. 슈트 속에 감춰진 그의 몸은 너무 환상적이어서 한참을 눈을 떼지 못하자 그가 작게 웃었다.

"감상 그만하고."

그는 손바닥으로 그녀의 눈을 가렸다.

"그 말부터, 해 줘."

아까 했던 그 말을 해 달라고 하는 그의 목소리는 평소보다 톤이 낮았다. 그의 무릎이 원피스 안으로 밀고 들어왔다.

"좋아해요."

"그 말이 아닌데?"

"앗."

짓궂은 그가 결국 무릎으로 안쪽 살을 건드린다. 지수는 화들짝 놀라 눈을 가리고 있던 그의 손바닥을 치웠다.

"매일 보고 싶은 이런 감정이 사랑이라면."

이번엔 그가 고백을 해 왔다.

"난 이미 오래전부터 그랬어. 보고 싶고, 네가 뭘 하고 있을지 내 생각은 할지 궁금하고. 그래. 젠장. 네가 날 어떻게 생각하는지 그게 제일 궁금해서 돌 거 같았어. 줄 듯 말 듯 네 대답 기다리는 동안 피가 말랐다고. 그러니까…… 사랑해."

그의 고백은 그녀의 감정에도 파동을 일으켰다. 그녀는 팔꿈치로 침대를 받친 채로 상체를 살며시 들었다. 그러자 그는 그새를 놓치지 않고 등 뒤에 있는 지퍼를 내렸다. 원피스 안으로 파고든 손이 살결을 어루만졌다.

"아……."

"부드러워."

그는 황홀하다는 표정을 지으며 그녀의 맨 살결을 만졌다. 중간에 걸리적거리는 후크를 풀자 아침부터 꽉 조이고 있던 브래지어가 헐렁해졌다.

"현, 현우 씨, 나는…… 나 그날 이후로 처음이에요. 제발, 천천히요."

원피스에서 두 팔을 빼고, 그 원피스가 발목까지 내려가는 동안 그녀는 그에게 지난날을 말했다. 당신과 처음 했던 그날 이후로 오늘이 두 번째라고.

"조금 무섭거든요."

"왜…… 무서워?"

"몰라요. 왜 무서운지."

회의를 할 때도 항상 우위를 선점하는 그였다. 원하는 걸 얻을 때까지 상대방을 바짝 조여 숨통을 언제 트여 줄지까지 철저히 계획에 따라 움직이는 남자. 지독하고 무섭게, 웃는 얼굴조차도 모두 전략적인 거였다. 연애도, 이런 섹스조차도 그는 전략적 우위를 선점할 것 같았다. 상대를 함락시키고 무릎을 꿇릴 것만 같은 느낌이다. 그래서 두려움을 느끼는 것 같다.

"하웃."

그녀는 손등으로 입을 막았다. 그의 입술이 목선을 빨며 내려와 둔덕에 닿았다. 입술 안을 헤집었던 그 혀가 그녀의 몸에 열을 지핀다. 지수는 입을 벌려 이로 손등을 물었다. 그의 혀가 몸을 건드릴 때마다 그 자리를 손톱으로 긁고 싶을 정도로 간지러웠다. 그걸 아는지 그는 이로도 잘근잘근 씹으며 그녀의 가슴을 놓아주지 않았다.

"아아! 웃."

그가 그녀의 손목을 한 손으로 잡고 그녀의 배에 붙였다. 배꼽에 손을 올린 자세가 된 그녀는 울상을 지으며 그를 보았다. 분명

공손한 자세인데 그의 눈빛은 더 탁해졌다.

"손등에 상처 생겨."

그는 혀로 이로 짓이겨진 손등을 핥았다. 그 감각조차 야릇해서 그녀는 몸을 배배 꼬았다. 그의 손은 단숨에 그녀의 가슴을 감쌌다. 말캉함을 느껴 보려 만지다가도 금세 입술이 다가와 그녀를 헤집고 거칠게 빨았다. 갈비뼈 하나하나에 입을 맞춘다. 간지러움에 그녀가 움찔거리는 순간 아래가 휑해졌다. 놀라기도 잠시, 침대 밖으로 나간 그가 실오라기 하나 남기지 않고 옷을 벗었다.

"아……."

두려웠다. 제 갈 길을 잃은 동공이 한없이 흔들렸다. 그는 그대로 다가와 그녀의 발목을 잡았다. 그녀의 다리가 자연스럽게 반쯤 접히자 그는 그 속으로 얼굴을 묻었다.

"으아……앗."

지수는 두 눈을 질끈 감았다. 허벅지 안쪽부터 느껴지기 시작한 숨이 점점 더 가까워졌다. 그의 혀는 앞으로 어떤 일이 일어날지 미리 알려 주는 듯했다. 그는 그녀의 손으로 직접 허벅지를 잡게 했다. 아이처럼 그에게 몸을 맡긴 그녀는 울음이 터질 것 같았다. 제 몸에서 일어나는 이 현상들이 그녀가 알고 있는 것과는 많이 달랐다. 온몸이 모두 성감대가 된 것처럼 그가 주는 자극을 견디기 힘들었다. 여린 살을 한없이 농락하는 그는 짐승 같았다.

"현우 씨, 나, 그만……. 그만해야……!"

더는 안 될 것 같아요. 제발.

"그만 못 둘 거 같은데."

허벅지를 쥔 그녀의 손등이 하얗게 변한다. 그는 입술로 빨면서 동시에 손으로 그녀를 만졌다. 새것으로 교체된 이불 위가 흐트러진다. 바닥으로 이불이 떨어지고 베개는 그녀의 옆에 놓여 있었다.

"제발, 제발요……!"

"제발 뭐?"

더욱 빠르게 혀가 움직인다. 지수의 다리가 파들파들 떨렸다. 그러는 순간 몸에서 힘이 빠졌다. 그녀는 옆으로 몸을 돌리며 웅크렸다. 그는 다리 사이로 손을 미끄러뜨려 허벅지를 만졌다.

"아프진 않을 거야. 지수야. 날 봐야지."

그는 그녀의 옆구리에 입을 맞추며 그를 보도록 몸을 돌렸다. 색색 숨을 몰아쉬며 그녀는 호흡을 가다듬었다.

"나빴어, 진짜. 그만하라고 했는데."

"그만이라니. 지금부터 시작인데."

그의 큰 몸이 그녀를 겹쳐 안았다. 구릿빛 피부는 보는 것보다 닿았을 때 더 부드러웠다. 이 근육과 이런 감촉은 어딘지 불공평한 느낌이다. 손 안에 착 달라붙는 그의 살결은 계속 만져 보고 싶게끔 욕구를 부추긴다. 지수는 용기를 내서 그의 등을 손으로 찬찬히 쓸며 아래로 내려갔다.

"거기서 그만."

현우는 낮게 으르렁대며 허리 아래로는 내려가지 말 것을 경고했다. 그러나 그녀는 방금 전 그만하라는 말에도 계속 애무를 감행했던 그에게 복수할 겸 좀 더 아래로 손을 내렸다.

"나 많이 참고 있다고."

"왜요?"

"적어도 너 세 번은 가고 나서 하려고."

"으악!"

세 번이나? 그의 말대로라면 아까처럼 그의 입술과 손으로 인해 힘이 빠지고, 절정에 눈물이 나는 상태를 적어도 세 번은 지난 다음에야 안아 준다는 것 아닌가. 지금도 간헐적으로 떨리는 다리로 그의 허리를 감쌌다.

"지금요. 지금 해 줘요."

그녀의 도발에 그는 손으로 무게를 지탱한 다음 상체를 일으켰다. 그제야 그의 몸이 그녀에게 닿았다. 장난스럽게 스쳐 갔던 것이 아니라 뭉툭하게 비벼 온다.

"잠시만."

그는 부끄러움도 없이 나신을 가리지 않고 방 안을 배회했다. 서랍을 열었다 닫는 소리가 들리고, 부스럭대며 포일이 벗겨지고 찔걱이는 소리가 났다. 뒷일 생각 안 하고 덮쳐 올 때는 아무 생각이 안 나는데, 오히려 지금처럼 소리에만 집중해야 하는 순간에는 더 긴장이 되기 마련이다.

지수는 멀뚱히 천장을 보면서 주먹을 쥐었다가 폈다. 사랑하는 사이, 적어도 서로에게 호감이 있는 상태로 섹스를 하는 건 잘못된 것이 아니다. 자연스러운 행위이다. 아니, 첫 만남에 원나잇을 하더라도 서로의 동의가 있다면 가능한 부분이다. 그런데 왜 이렇게 죄책감이 느껴지는 걸까. 그 모든 것의 원인은 부모로부터 받아 온 교육 때문인 걸까? 몸을 함부로 하면 안 된다는 그 발상에서부터 시작된 말들이 지금 순간에도 죄책감을 느끼게 했다.

"무슨 생각 해?"

성큼 다가온 그로 인해 검은 그림자가 진다. 그의 몸보다 더 큰 그림자는 꼭 그녀를 삼키려는 괴물 같기도 했다. 그러나 몸이 겹쳐졌을 때 닿은 체온은 적당히 뜨겁고 포근했다. 긴장했던 몸에서 힘이 빠지기 무섭게 그의 손이 아래로 내려왔다.

"아웃!"

"바로 해도 되겠다."

그는 조금 더 안쪽을 문질렀다. 그 야릇함에 지수는 숨이 꼴딱 넘어갈 것 같았다. 그가 눈을 마주하더니 입을 맞췄다. 가볍게 뗀 입술 사이로 다정한 고백이 흘러나온다.

"사랑해. 김지수. 너 이제 도망 못 가."

골반을 잡은 손에 힘이 들어갔다. 꿈틀거리는 움직임조차 잦아지고, 거대한 그가 해일처럼 그녀를 덮쳐 왔다. 몸에서 나는 흥분을 주체하지 못한 현우의 몸에 힘이 실렸다. 잔뜩 찌푸려진 미간과 고통에 새어 나오는 숨결을 이해할 정도로 여유롭지 못했다.

얼마나 기다려 왔던 순간인가. 고작 그녀를 안은 것뿐인데 이 순간만큼은 머릿속을 지배하던 모든 것들이 공중에 흩뿌려지고 오직 그녀만 보였다. 잠을 잘 때도, 꿈속에서도 일 생각뿐인 그에게 그녀는 오아시스였다.

"아, 아파."

그녀의 칭얼거림을 들으며 그는 귓불을 깨물었다. 잘근잘근 물고 귓바퀴를 핥자 그녀의 몸이 그에게로 빠듯하게 붙었다.

으윽.

현우의 입에서도 거친 탄성이 터졌다. 아픈 그녀를 배려하고 싶지만 그럴 수가 없었다. 이미 온몸의 세포가 오래전 기억을 떠올

리며 그때보다 더 굴곡 있게 변한 그녀의 몸을 갖고 싶어 아우성
이었다.

"아아…… 읏."

두부처럼 부드러운 살결을 쥐고 그는 허리에 힘을 실었다. 부들
부들 떨리는 허벅지를 잡고 움직이며 어깨를 빨았다.

"그만, 그만해요. 잠시만…… 하!"

잠시, 그는 그녀를 위해 죽을힘을 다해 숨을 참았다. 그녀의 하
얀 나신이 울긋불긋 빨갛게 물들어 있었다. 시각적으로 주는 자
극도 견디기 힘든데 그녀의 몸에 힘이 들어갈 때마다 아랫배로 오
는 자극에 현우는 죽을 지경이었다.

"지수야."

"네?"

"일부러 그러는 거 아니지?"

그가 어디를 말하는 건지 몸을 움직여 직접 느끼게 해 주었다.

"아아……!"

"여기 말이야."

"읏."

"나를 위한 거 같아."

입 안을 들쑤시고 다녔던 그의 혀처럼, 입 안의 어느 곳이 그녀
에게 약할지 찾는 것처럼 같은 행위를 반복했다. 몸은 입보다 더
정직하고 조금 더 예민했다. 그래서 그는 그녀의 얼굴을 보며 느
긋하게 행동했다. 어떻게 하면 그녀의 표정이 변하고, 신음이 터
지는지 눈과 귀로 그녀를 좇았다.

"아앗."

몸이 부르르 떨리며 움찔거릴 정도로 좋아하는 곳을 찾았다. 현우의 얼굴에 미소가 서서히 번졌다. 그러고는 개구쟁이 같은 미소를 지으며 그녀의 골반을 잡았다.

"현우 씨."

"내가 지금부터는 안 봐줄 건데."

"지금까진 봐준 거예요?"

"그럼. 잠시 그만해 달라며. 이제 한계야."

현우의 손등 위와 팔에 핏줄이 돋았다. 시퍼런 색이 살을 뚫고 나올 것처럼 보였다. 지수는 두 손으로 눈을 가렸다. 그의 큰 손이 가슴을 만지며 아래로 내려왔다. 배꼽을 만지자 아랫배에 힘이 들어간다. 더 아래로 내려간 손이 그녀의 살집을 헤집었다. 그와 동시에 그의 허리가 움직였다. 그들이 누운 침대가 흔들리고 점점 옆으로 밀린 베개가 바닥으로 떨어졌다.

봐주지 않겠다는 말대로 현우는 힘으로 밀어붙였다. 그러면서도 그가 찾아낸 그녀의 몸 곳곳을 공략해 절정으로 몰아가고, 몸이 밀려 올라가면 발목을 잡아 다시 그에게 가까이 오도록 했다.

새우처럼 옆으로 누운 그녀의 몸을 안았다. 손가락 까닥할 힘도 없이 쭉 처진 그녀의 손가락이 하얀 이불 위에 애처롭게 파스락거렸다. 그는 그런 그녀의 손과 손목을 잡았다. 몸처럼 가는 팔이 보호 본능을 자극하다가, 옆으로 누운 곡선을 보고 나면 정복욕을 자극한다. 특히, 눈가에 눈물을 그렁그렁 단 그녀를 보면 더 울리고 싶은 감정이 든다. 내 밑에서 울 때가 제일 예쁜 사람.

"아아!"

한 번 더 절정에 오른 그녀를 보며 그는 그대로 몸을 겹쳤다. 조금 더 오래 안고 싶은 마음에 그는 바닥에 떨어진 이불을 주워 덮었다. 땀으로 축축한 몸이 전혀 찝찝하지 않았다.

"하, 하…… 하아."

숨을 몰아쉬던 그녀가 답답한지 이불 밖으로 얼굴을 내밀었다. 그녀의 숨결이 팔에서 느껴지자 눈치 없는 몸은 또다시 그녀에게 반응한다. 그대로 그녀를 제 다리 사이에 넣고 죽부인을 안듯이 하자, 그녀가 움찔 몸을 떨었다.

"이거, 고장 난 거 아니죠?"

"이거가 뭔데?"

"당신 거……."

"고장이라니. 아직 잘 굴러가는데."

"어떻게 이래요? 이거 불량이에요."

제멋대로 흥분한 그의 몸을 탓하며 그녀는 투덜거렸다. 귀여운 모습에 두 입술을 모두 입 안에 넣고 맛있게 빨아들이자 그녀가 그의 품으로 쏟아졌다. 한참 키스를 하고 입술을 떼었다. 현우는 그녀의 입술 아래로 서서히 내려가 이불 속으로 자취를 감추었다.

"아웃. 왜 또……."

그는 그녀의 살결을 아이처럼 빨았다. 앞으로 몸을 내민 그녀로 인해 좀 더 수월하게 살결을 빨 수 있게 되자 현우는 손으로 쥐고 양껏 혀를 움직였다.

"하으……."

두 무릎을 붙인 그녀가 몸을 비튼다. 그의 손이 아래로 쑥 내려가자 그녀는 눈을 질끈 감았다.

"지수 씨도 여기 고장 났어."

"아니에요!"

"입으로 마셔 볼까?"

"싫어요. 안 돼요! 아직 씻지도⋯⋯."

그녀가 이불 속으로 손을 넣어 몸을 가렸다. 이불 안에선 아무것도 안 보일 텐데. 어둠 속에서도 그는 그녀의 손등에 입을 맞추고, 손가락 사이사이에 뿌리내리듯 혀를 꽂았다. 손가락 사이로 들어온 혀가 더 깊은 곳을 찾아 헤맸다.

그때, 초인종이 울렸다.

딩동, 딩동 딩동, 딩동 딩동 딩동!

몇 번이나 계속 초인종이 울리자 지수는 화들짝 놀라 몸이 굳었다. 현우는 이불 속에서 나와 침대 밖에 섰다.

"어떤 놈이 이 시간에."

그는 주변에 있는 로브를 찾아 대충 여몄다. 한껏 흥분했던 그의 몸이 로브 위로도 여실히 보였다. 그는 개의치 않아 하며 그녀에게 다가와 이마에 키스를 하곤 밖으로 나갔다. 그의 핸드폰 벨 소리가 울리고, 초인종이 울렸다. 그러고 나니 그녀의 핸드폰이 울렸다. 화들짝 놀란 그녀가 이불 속으로 숨어들었다. 나쁜 짓을 하다가 들킨 사람처럼 그녀는 이불 속에 숨었다가, 사랑하는 연인끼리 부끄러운 짓이 아님을 깨닫고 이불 밖으로 나왔다. 그가 벗겨 놓은 옷가지들을 입고 마지막으로 원피스 지퍼를 힘겹게 올렸다. 그리고 그의 안방 문에 귀를 갖다 댔다.

"혹시 우리 누나 여기 있어여?"

"네 누나를 왜 여기서 찾아?"

"아니⋯⋯ 선배님! 누나가 8층 복도를 지나는 걸 봤대요. 경비 아저씨가! 근데 우리 누나가 아직 귀가를 안 해서요."

　방문 밖에서 들리는 목소리는 지훈이었다. 누군가의 제보를 받고 온 지훈의 목소리는 술을 잔뜩 먹은 사람처럼 늘어졌다. 그때, 지수의 핸드폰이 울렸다. 다행히 그가 문을 열어 주기 전 그녀의 가방을 안방에 넣어 줘서 얼른 벨 소리를 끌 수 있었다. 급하게 소리를 끈 그녀는 아차 싶었다. 이러면 안에 누가 있는 거 같잖아.

"안에 누구 있어요?"

"없어. 후배, 술 많이 마신 거 같은데. 올라가."

"우리 누나 진짜 못 봤어요?"

"못 봤어."

"분명 우리 누나 냄새가 나는데."

　지수는 팔에 코를 대고 킁킁 냄새를 맡았다. 내 냄새가 도대체 뭐길래? 그냥 문을 열고 나가? 말아? 지훈이 본인만 알면 문제가 없지만 분명 엄마나 아빠한테 연애 사실을 고할 텐데. 생각만 해도 끔찍하다. 그러면 앞으로 얼마나 많은 관심을 받게 될 건가. 동네에 소문이 퍼지면 알고 있는 모든 할머니에게 축하한다는 인사와 원치 않는 관심을 받게 될 것이다. 무슨 동네가 씨족 사회처럼 이웃끼리 친한지 모르겠다.

"헉. 선배님 오늘 대방어 드셨네요? 와. 엄청 싱싱해 보여요. 사케도 먹다 만 거 같은데…… 방금 전까지 술 드신 거예요? 안주가 엄청 많이 남았네요."

"다 내가 먹을 거야."

"네? 이걸 혼자 다 드시면…… 살찝니다."

"술 먹었으면 얼른 집에 가."

"여기서 술 마시면서 누나 나올 때까지 기다리면 안 돼요?"

"……."

"어디선가 누나가 나올 것만 같아서요."

저 미친 동생은 왜 이렇게 촉이 좋아. 평소엔 눈치도 없으면서. 아니면 어디서 뭘 듣고 와서 현우를 떠보는 건가?

"와. 맛있겠다. 잔도 딱 있네요. 제가 남은 술은 마시겠습니다."

누굴 닮아서 붙임성이 저렇게 좋은 거야. 지수는 어디 밖에 내보내기 부끄럽단 생각이 들었다. 현우 앞에서 더욱 애처럼 느껴지는 동생 때문에 문을 사이에 두고 얼굴이 화끈거렸다.

"그럼 혼자 먹든가. 난 자러 갈 테니."

"선배님!"

"왜?"

"잘 먹고 가겠습니다. 푹 주무세요!"

"부모님께서 안 기다리셔?"

크큭. 지수는 웃음이 나와 손으로 입을 막았다. 설마 들은 건 아니겠지? 이 순간에 부모님께서 안 기다리냐고 묻다니. 지훈이 하는 행동이 그에게도 어이가 없는 모양이다. 보통 집주인이 자러 간다고 하면 손님은 집에 가기 마련일 텐데.

"누나랑 같이 들어가려고요. 잠시만요. 전화 좀 해 봐야지."

지수의 손이 움찔거렸다. 지훈의 말이 끝남과 동시에 핸드폰이 울렸다. 놀란 그녀가 딸꾹질을 하며 핸드폰을 놓쳤다. 이 타이밍이면…… 걸린 것 같은데. 그녀는 얼른 소리가 나지 않도록 버튼을 눌렀다.

"네. 박현우입니다. 아아…… 지금요? 조금, 곤란합니다. 메일로 먼저 보내 주시죠."

지수는 방문을 살짝 열고 밖을 훔쳐보았다. 현우가 핸드폰을 들고 지훈에게서 등을 돌린 채 전화를 받고 있었다. 눈이 딱 마주치자 그가 좌우로 고개를 젓는다. 눈으로 무언가 신호를 보내는 것 같았다. 뭔진 알 수 없으나 그녀는 일단 빛 하나 들어오지 않게 방문을 닫았다.

"이 시간에도 업무상 전화하는 사람이 있습니까?"

"응. 우리는 밤이지만, 외국은 낮일 수도 있지."

"아아……. 선배님 진짜 피곤하시겠어요."

"……."

"지유 누나랑 있나? 상담하고 싶은 게 있었는데……. 선배님 그럼 저는 가 보겠습니다."

"먹을 거 싸 줘?"

"아뇨. 그냥 한입에 넣고 퇴장하겠습니다!"

1분 정도 지날 때쯤 도어 록이 해제되는 소리가 났다. 대문이 열렸다가 닫히는 소리가 들린다. 지수는 후, 숨을 쉬었다. 오늘따라 김지훈이 부모님보다 더 무섭게 느껴졌다. 여길 누나 찾겠다고 들어올 줄이야.

아방으로 들어온 현우는 고양이처럼 쭈그리고 앉아 있는 그녀를 보며 피식 웃었다. 왠지 곤란할 것 같아서 모른 척했는데 그러길 잘한 것 같았다.

"지훈이 갔어요?"

"응."

"하. 걔는 왜 여기 와서 절 찾을까요?"

"글쎄. 짚이는 거 없어?"

"네. 전혀요."

혹시 눈치챘는데 일부러 모른 척하는 고도의 전략인가? 그래도 누나를 생각하는 마음은 가상하다. 지수의 핸드폰이 부르르 울렸다. 보려고 한 건 아니지만 액정에 뜬 메시지가 그의 눈에도 보였다.

[5만 원만. 월급은 다 씀.]

"얘가, 얘가……."

[안 그러면 선배네 다시 쳐들어간다?]

바로 메신저를 열려는 그녀의 핸드폰을 그가 낚아챘다.

"지수 씨 옷하고 가방은 안방에 있고, 코트는 커튼 뒤에, 구두는 신발장에 넣었어. 어딜 봐도 당신 흔적 없어. 그러니 속지 마."

"혹시 모르잖아요! 우리 봤을 수도……."

"떠보는 거 같아."

현우는 그녀가 비밀이라고 하면서 동생에게 이실직고할까 봐 고개를 저었다. 그걸 빌미로 누나에게 한두 푼이 아니라 꽤 많이 돈을 뜯어 가고도 남을 녀석이었다. 감히 누나를 협박해? 그의 동생이었다면 반은 죽여 놓았을 텐데.

현우는 외동이지만 사촌은 많은 편이었다. BH 일가가 워낙 드세고 정글이라 그는 그의 나이보다 아래로, 항렬이 그보다 밑인 조카, 동생들에게는 깍듯하게 형 대접을 받았다. 실제로 나이가 동갑이더라도 그보다 밑인 경우엔 절대 말을 놓지 못하도록 하였고, 지금도 형 소리를 듣고 있었다. 그건 말에서부터 서열을 정리하는 그의 습성이었다.

동생도 형을 밟을 수 있는 세계지만, 일단 형이라고 하면 반은 먹고 들어가는 게 있기 때문이다. 아주 어릴 적부터 그에게 동생 노릇을 해 온 사람이라면, 나이가 들어서도 그가 크게 화를 내면 깨갱 하는 경우가 대부분이다. 그런데 김지훈이 누나한테 하는 꼴을 보니, 다음번에 단단히 한번 혼을 내 줘야겠단 생각이 들었다.

"'선배? 누구?'라고 답장 보내."

현우는 그녀에게 핸드폰을 돌려주었다. 그녀는 그가 지시하는 대로 문자를 보냈다.

[선배? 누구?]

[현우 선배. 누나 회사 대표.]

"5만 원하고 그분 집하고 무슨 상관? 얼른 잠이나 자. 개새야."

"응? 내 말투가 아닌데요? 동생한테 개새라니요."

"중요한 순간을 방해했잖아."

그의 미간이 좁혀져 있었다. 맞다, 방금 전까지 우리 엄청 중요한 순간이었지. 방해받은 몸은 원래의 그로 돌아와 있었다. 로브 위로도 월등히 존재를 알리던 그것은 언제인지 모르지만 쏙 들어갔다.

[술 마셨어? 헛소리하지 말고 얼른 잠이나 자.]

[치. 안 속네. 집에 언제 와? 경비 아저씨가 누나 봤다는데. 8층에서.]

[잘못 봤겠지.]

294

[지유 누나랑 있어? 자고 오는 거야?]

[응.]

양심에 찔리지만 그녀는 일단 지르고 봤다. 그러고 나서 수습을 하기 위해 지유에게 문자를 보냈다. 지훈이가 연락 오면 잘 말해 달라고. 지유는 워낙 눈치가 빨라서 지수의 가족에게 연락이 오면 둘러대는 게 수준급이었다. 매번 이럴 때 방패로 써서 미안하지만. 더 이상 동생에게서 답이 없자 지수는 가방 속에 핸드폰을 넣었다.

"옷 다 입었네?"

"네."

"다시 벗어."

"다시요?"

"자고 간다며."

"제가 언제. 아. 문자 봤어요?"

현우가 고개를 주억거리자 지수는 손바닥으로 이마를 짚었다. 김지훈 때문에 계획에도 없는 외박을 하게 됐다.

"같이 씻을까?"

"아뇨! 제가 낯가림이 좀 있어요."

"없어 보이던데?"

"다 벗고 같이 온몸에 비누칠하고 부비부비할 정돈 아니거든요?"

지수는 두 팔을 교차해 몸을 가렸다. 그는 그녀를 보고 웃으며 로브 끈을 풀고 벗었다. 탄탄한 그의 육신이 눈앞에 드러났다.

"아……."

다시 봐도 탄성이 나온다. 터질 것 같은 허벅지와 적당히 붙은 남자다운 근육들. 아무리 운동을 해도 그녀에게 생기지 않는 것들이 생동감이 넘친다. 더 위로 올라가면 촘촘히 짜인 복근과 넓은 가슴이 보였다.

"난 거실에 있는 욕실에서 씻을 테니, 지수 씨도 씻어. 찝찝할 텐데. 내 거 로브 남은 거 아무거나 걸치고."

"……."

"속옷은 굳이 안 입으면 좋겠고."

현우는 그녀의 앞을 지나쳐 안방 문을 열고 나갔다. 같이 씻으면 아주 민망할 뻔했는데 다행이었다.

현우가 나간 후 그녀도 옷과 속옷을 모두 벗고 안방 욕실로 들어갔다. 좋은 향기가 코끝을 맴돈다. 욕실마저도 호텔처럼 깔끔하게 정돈된 걸 보니 놀라웠다. 매번 이렇게 청소를 해 주는 사람이 오는 건가? 설마 내일도? 거울에 비친 자신을 본 순간 지수는 두 손으로 입을 막았다.

"이게 다 뭐야?"

목에서부터 가슴, 그리고 그 아래까지 울긋불긋한 흔적이 남아 있었다. 부르튼 입술과 퀭한 눈, 부스스한 머리카락은 꼭 어디 귀신 나오는 집에 있어도 될 몰골이었다.

"얼마나 씹어 놓은 거야?"

허벅지 안쪽까지 그의 흔적이 고스란히 남겨져 있었다.

사람이야, 짐승이야?

그 말이 절로 나왔다. 그래도 주말마다 열심히 춤을 췄는데, 사람 몸에는 얼마나 많은 근육이 있는 건지 안 쓰던 근육에서 통증이 일었다. 몇 년 만에 혹사당한 몸은 따듯한 물이 닿자 노곤노곤하게 풀어졌다.

반신욕을 하다가 현우가 불시에 들어올 수도 있으니까 그녀는 가볍게 샤워를 하였다. 그러고는 현우의 말대로 욕실 안 서랍을 열어 그의 로브를 걸쳤다. 현우의 키와 몸에 맞춰 특수 제작된 로브는 그녀에게 매우 길어서 무릎 아래로 내려왔고, 팔을 내리면 손이 보이지 않았다. 그녀는 끈을 꽉 묶어서 흘러내리지 않도록 했다. 로브를 입고 나가자 먼저 씻은 현우가 침대에 누워 있었다. 어지럽혀져 있었던 침대는 깨끗했다.

"벌써 다 씻었어요?"

"응. 나 때문에 너무 빨리 나온 거 아니야?"

"아니에요. 저도 졸려서 얼른 자고 싶어요."

"이리 와."

그가 이불을 열고 품으로 들어오라고 하였다. 그런데 이불 안으로 보이는 건 그의 맨몸이었다.

"꺄……! 왜, 왜 벗고 있어요? 나한텐 로브 입으라면서."

"잘 때 다 벗고 자는 편이야."

"거짓말."

"안고 자면 감촉 좋을걸?"

그는 뻔뻔하게 말하고는 침대를 손으로 두어 번 쳤다. 얼른 안으로 들어오라는 뜻 같았다. 그녀는 느릿느릿 침대 위로 올라가 그의 팔을 베고 누웠다. 팔을 그의 허리에 두르자 그는 그녀를 꼭 안았다. 그러고는 자연스럽게 손이 로브 틈으로 들어왔다.

"아앗. 쓰려요."

당신이 하도 빨아서. 쓰려 죽겠어!

그러자 그는 손가락에 힘을 빼고 살살 살을 건드렸다.

"하, 지, 마⋯⋯요."

"알겠어."

그는 몇 번 더 크기를 재 보듯 만지고는 그녀를 품에 안았다. 그 후로는 누가 먼저 잠이 든지 모르겠다. 두 사람의 호흡이 일정해 졌다. 아침 해가 뜰 때까지 그들은 서로를 꼭 안고 있었다.

"지수 씨, 이거 복사 좀 부탁해."

"네, 팀장님."

지수는 영후가 준 자료를 들고 복사실로 갔다. 오늘따라 컨디션 이 너무 좋았다. 그때 그녀의 뒤로 서준이 다가왔다.

"지수 씨."

"대리님 안녕하세요."

"복사하고 있어요? 거기서도 지수 씨가 막내인가 봐요."

"네. 어딜 가도 제가 항상 막내네요. 사실 이제 막내 졸업할 나 이인데."

"지수 씨 아직 막내 할 나이 맞아요."

스물일곱이? 막내? 이제 어딜 가도 언니, 누나 소리를 듣는 데⋯⋯. 하긴 대리님 앞에서는 번데기가 주름 잡는 꼴일 거다. 서 준의 나이를 듣고 처음에 얼마나 놀랐는지 모른다. 이 사람이 마 흔에 가까워진다는 건 정말 반칙이었다.

"혹시 생각 좀 해 봤어요? 내 부탁……."

"그게 말이죠."

"역시 좀 그렇죠?"

그가 어깨를 으쓱 올렸다 내리며 머쓱한 표정을 지었다. 지수는 고개를 주억거렸다. 현우가 싫어하는 짓을 굳이 하고 싶지 않았다. 이제 서로에 대한 감정을 확인하고 사랑을 나눴는데, 이 일로 분란을 만들고 싶지 않다.

"곤란한 부탁해서 미안해요."

"아니에요. 저도 정말 고민 많이 해 봤는데, 아무래도 옆에 남자 친구가 있는데 대리님을 그렇다고 말하기가 좀 그렇더라고요."

"대표님께서 결사반대하신 거 아니고요?"

"그것도 맞구요."

그녀가 배시시 웃자 그가 따라 웃었다. 복사가 끝나자 서준이 먼저 복사된 종이 뭉치를 꺼내서 그녀에게 주었다.

"생각 바뀌면 연락해 줘요. 나 정말 부탁할 사람이 지수 씨밖에 없어서 그래요."

"으음. 네."

"서윤 씨한테 부탁해 봐야 하나?"

"맞다. 서윤 언니는 잘 있죠? 요새 통 못 봤어요."

"요새는 매일 칼퇴 하더라고. 바쁜가 봐. 얼마 전엔 휴직되는지 부장님께 여쭤 보는 거 같았어."

"휴직이요?"

결국 아이 문제 때문인가. 지수는 서윤이 걱정되었다. 사수의 상황을 알게 돼서 그런지, 별거 아닌 것도 아들과 연결시키게 되는 것 같다. 혼자 키우기 힘들 텐데. 그렇다고 일을 그만두면 생활이 힘들어질 테고. 그때 카페에서 꽤 많은 이야기를 나누었고, 서윤이 얼마나 악착같이 돈을 벌고 버티는지 알게 되었다.

"그럼 나 먼저 가요."

"네, 대리님. 생각 바뀌면 말씀드릴게요."

지수가 그에게 고개 숙여 인사를 했다. 서준이 나간 자리는 현우로 인해 메워졌다.

"……!"

이 남자 순간 이동을 하는 걸까? 왜 여기서 나와? 언제 어디로 들어왔어? 지수의 눈에 수만 가지 질문이 떠다녔다.

"보고 싶었어?"

"네. 그렇긴 한데, 언제 왔어요?"

"아까부터 있었는데."

"언제요?"

"두 사람 친하게 인사할 때부터."

얼마나 또 친하게 서준과 인사했다고. 정말 질투가 수준급인 남자다. 복사실과 연결된 창고에 있었던 모양이다. 유 실장은 어디에 두고?

"너 복사실로 보낸다고 영후한테 문자가 왔더라고."

"아……."

채 팀장님은 아군일까, 적군일까……. 제발 언질 좀 해 달라고 말을 해야 하나.

"정 마음에 남으면 한 번만 가서 인사드리고 와."

"네? 정말요?"

"응."

언제는 절대 싫다더니. 왜 마음이 바뀐 걸까? 지수가 고개를 갸웃했다.

"그 자식은 죽어도 갖지 못하는 걸 난 갖고 있으니까."

그때, 복사실 주변으로 구두 소리가 들렸다. 누군가 이쪽으로 오는 모양이었다. 지수는 주변을 훑고는 복사실 안 알파룸인 작은 창고로 그를 밀어 넣고 문을 닫았다.

"왜 그래?"

지수는 현우를 벽으로 밀치고 손바닥으로 그의 입을 막았다. 그러고는 귀를 쫑긋 세우고 밖의 소리에 집중했다. 현우는 그런 그녀를 내려다보았다. 불안을 담은 눈이 깜빡인다. 입술을 앙다물었다가 떼며 혀로 마른 입술을 훑는다. 누군가 이쪽으로 와서 두 사람을 봤다고 해도 문제 될 건 없었다. 도둑이 제 발 저린다는 게 이럴 때 쓰는 말인 모양이다.

"어떡해요. 어떡해. 이쪽으로 들어오나 봐요."

그녀는 그의 셔츠 바로 앞에서 속닥였다. 얇은 셔츠 틈으로 그녀의 숨결이 닿았다. 불과 며칠 전에 그녀를 안았던 몸은 그때의 느낌을 똑똑히 기억하는 모양이었다.

하아. 현우가 마른세수를 하며 얼굴을 쓸었다.

"대표님도 걱정되시죠? 아, 어떡하지."

문이 열리고 직원들이 복사실로 들어온 듯했다.

"맞다. 내 복사본!"

그녀는 그의 가슴에 이마를 찧으며 울상을 지었다. 현우에겐 그 모든 게 귀엽게 보였다. 그는 울상을 지은 그녀의 볼을 잡고 입술을 맞췄다.

"……!"

화들짝 놀란 눈이 더 커졌다. 얼굴을 흔들며 벗어나려 할수록 현우는 잡은 손에 힘을 주었다.

"방금 무슨 소리 나지 않았어요?"

"아뇨? 복사 소리 때문에 못 들었어요. 몇 부 더 해야 하죠? 좀 걸릴 거 같은데요."

지수는 힘을 빼고 눈을 감았다. 현우는 그녀의 말캉한 입술을 혀 전체를 이용해 빨았다. 서로의 혀가 맞물리고 얽힌다. 그가 혀의 끝부분을 쪽쪽 맛있게 빨자 그녀는 야한 느낌에 눈을 감은 상태로 더 질끈 감았다. 현우는 방향을 반대로 돌려 그녀를 벽으로 밀쳤다.

"현우 씨…… 나중에."

"저 사람들 갈 때까지만."

그는 그녀에게 다가갔다. 타액으로 번들거리는 입술을 엄지로 쓸고 벌린 틈 사이를 놓치지 않고 파고들었다. 애가 탄 손이 그녀의 옷 위로 몸을 더듬었다. 손 안에 딱 맞는 가슴을 꺼내 놓고 마음껏 희롱하고 싶은 욕구가 치밀었다. 그녀에게 딱 맞는 치마 위를 손 안에 꽉 쥐자 그녀가 그를 이로 물었다.

"현우 씨……."

"하고 싶어. 지금."

"……."

"다 알고 나니까 더 미치겠네."

옷 위를 만지는데도 옷 안의 감촉까지 다 기억이 생생하다. 유전적으로 태어나길 피부가 좋은 건지 그녀의 살결은 고왔다. 여린 살은 빠는 대로 자국이 난다. 울긋불긋한 자국, 시간이 지나면 옅어지긴 하나 붉게 남아 있어서 그에게 만족감을 주었다.

입술에선 얼마나 야한 소리가 나오는지, 그 소리만 들으면 꺼져 가던 불씨도 타올랐다. 그뿐만 아니라 춤 선이 예뻤던 그 몸은 어느 자세에서도 아름다운 굴곡을 만들어 냈다. 허리선으로 손이 계속 갈 정도로.

"아읍!"

그녀는 손등으로 입을 막았다. 그가 옷 위로 한 곳을 검지로 살살 쓸자 몸이 떨렸다. 위에도, 아래에도 한 곳씩 그는 그녀를 만졌다.

"여기다가 누가 복사해 두고 그냥 갔네? 어디 부서지?"

"그러게. 나도 좀 줘 봐."

같은 회사여도 각 부서끼리 무슨 일을 하는지 잘 모른다. TF 팀의 일은 더더욱. 현우는 사색이 된 그녀를 그곳에 두고 먼저 창고 문을 열고 나왔다.

"안녕하세요, 대표님!"

"안녕하세요."

현우는 직원들의 인사를 받으며 고개를 주억거렸다. 그러고는 그들에게 손을 내밀었다.

"그거 제 겁니다."

"아, 죄송합니다. 저희 아직 안 봤어요."

"여기 있습니다."

그는 종이 뭉치를 받아서 태연하게 복사실을 나갔다. 그다음 핸드폰을 꺼내 지수에게 메시지를 보냈다.

[지수 씨 있는 자리가 CCTV 외곽 지대야. 5분만 있다가 나와.]

문자를 보내자마자 성우에게서 전화가 왔다. 그래, 내가 너무 쉬었지. 현우는 손목시계를 보았다. 여유를 부릴 때가 아니었다.

회사가 끝나고 지수는 서준을 만나 병원으로 갔다. 고작 며칠 사이에도 그의 할머니는 죽음의 고비를 몇 번 더 넘겼다고 들었다. 그의 차를 타고 가는 동안 서준이 쉰 한숨을 합치면 백 번은 되지 않을까 싶다.

"동생분도 제가 가는 거 알고 계신가요?"

"아뇨."

서준이 잠시 말을 멈췄다.

"제 얼굴에 침 뱉기지만 동생은 할머니에게 정이 없어요. 아직까지 원망하고 있거든요. 그냥 갖다 버리지 왜 키웠냐, 부모님은 왜 날 낳았나. 그런 고민 하고 남 탓하면서 지내요."

"마음이 아프네요."

대학생 때 취업 스터디에 나간 적이 있다. 서로 취업 정보를 공유하고, 공채가 뜨면 우르르 같이 넣던 스터디 사람들. 먼저 취업한 사람이 스터디를 나가면, 또 다른 몇몇이 스터디를 채운다. 몇 번 그런 식이 반복되면, 계속 떨어지는 사람은 힘들어하기 마련이다. 똑같이 열심히 공부를 하고, 사람이 아닌 것처럼 취업에 매진했는데 누구는 되고 누구는 계속 떨어지고.

그때 저런 이야기를 많이 들었다. 첫 시작점이 다르다. 쟤는 아버지가 무슨 직업이고, 쟤는 빽이 있고, 쟤는 뭐고. 그럼 결국 그게 마지막엔 자신에게 온다. 난 출발선도 다르고 아무것도 가진 게 없다고. 안 되는 것을 탓하기 위해 자신을 괴롭히다가 결국 편해지기 위해 부모를 택한다. 결국 그런 이야기를 했던 친구들도 지금은 다 취업을 했다. 그래서 그녀는 그게 한때라고 생각하지만 그런 고민을 오래 할수록 취업 시기가 늦어졌던 건 확실하므로 빨리 깨우쳤음 하는 바람이 있었다.

"대표님께서 반대하지 않으셨어요? 제 여자 친구인 척하는 거요."

"그랬죠. 근데 설득했어요."

"어떻게요?"

"음."

지수는 곤란하다는 듯 큼큼 헛기침을 했다. 과거사를 서준에게 공개할 마음이 없었다. 왠지 현우의 허락엔 그녀의 트라우마 때문도 있지만, 두 사람이 만리장성을 쌓은 것도 이유로 작용할 것 같았다. 아니, 섹스했다고 마음을 놓는 건 무슨 심보야. 그렇게 생각하니 그건 그거대로 이상하다. 자고 나면 잡힌 물고기야? 아니면 자기 거라는 거야? 참나! 근데 왜 이런 생각조차도 웃음이 나는지 모르겠다.

병원 주차장에 차를 대고 두 사람은 중환자실 앞으로 갔다. 면회 시간에 맞춰 도착한 그들은 깨끗하게 손을 씻고 직원이 건네준 복장을 갖춰 입고 안으로 들어갔다. 이 파란색 옷은 수술방 의사들의 옷 색과 비슷해서 사람을 경건하게 만들었다. 꼭 여긴 병원이고 저기 누운 사람은 생사가 어찌 될지 모르는 환자라는 걸 상기하게 된다.

그녀는 서준과 하던 대화를 멈추고 안으로 들어갔다. 산소 호흡기와 수많은 기계들을 달고 있는 할머니의 표정은 무척 지쳐 보였다. 잠을 자는데도 말이다.

우리 할머니도 그러셨을까. 이미 삶이 끊긴 상태로 이송되셨을까. 아니면 목숨을 부지하던 상태로 의사가 살리려고 하다가 끝이 났을까. 숨이 막혀 왔다.

"할머니. 서준이 왔어요."

서준의 말에도 할머니는 미동이 없었다. 일반 병동에 있을 때와 확연히 달랐다. 죽은 듯이 누워 있는 모습에 덜컥 겁이 났다. 할머니의 심장 박동을 체크하는 기계가 아니었다면 이미 고인이 되었다고 해도 믿을 수 있는 모습이다.

"여자 친구 보고 싶다고 하셨잖아요. 지수 씨 데리고 왔어요."

서준이 지수에게 눈짓하였고, 그녀는 병실 베드로 다가갔다.

"안녕하세요. 김지수입니다. 전에 할머니 일반 병동에 계실 때 인사드렸었죠? 대리님과는 같은 부서였는데 지금은 부서는 달라요. 저희가…… 음…… 만나고 있습니다."

"……."

"제가 할머니 이렇게 누워 있는 모습 보니까 저 사랑해 주시던 할머니 생각이 많이 나요. 할머니께서 싱싱한 과일은 꼭 저희 집에 보내 주셨거든요. 그래서 전 세상 과일은 모두 다 싱싱하고 맛있는 건 줄 알았어요. 근데 파는 건 그 맛이 안 나더라고요. 그럴 때마다 할머니 생각이 더 나고 그래요. 손자 손녀, 아니 자식들을 위해 정성으로 가꾸고, 그걸 서울로 보낼 때마다 어떤 마음이셨을까 하는……. 근데 제가 아주 오랫동안 할머니를 잊고 살았어요. 그렇게 사랑받았는데 그 기억을 제가 지웠더라고요."

그래서 아주 많이 후회하고 있어요.

사람이 죽으면 이후 몇 년은 그 사람이 그리워서 찾다가도 다들 제 삶으로 돌아간다. 그녀도, 그녀의 가족도 그랬다. 매년 제사 때 얼굴을 비쳐도 예전만 못한 거다. 기억에서 할머니가 점점 사라지고 나면, 이제는 그런 사람을 자신이 잊었다는 것조차 인식하지 못한다. 살다가 나이가 많이 들어서 가셨구나. 언제부턴가 고인이라는 게 당연시되는 느낌이 든다. 그래서 그녀는 할머니가 언제, 어디서, 어떻게 돌아가시게 되었는지 기억할 생각을 못 했다.

"오래 사셨으면 좋겠어요."

그녀의 담담한 말에 서준은 허공을 보며 손으로 얼굴을 가렸다. 그때 할머니의 손가락이 움직였다. 눈은 뜨지 못했지만 다 듣고 있다는 뜻 같았다.

"다음에 올 땐 일반 병동에서 봬요. 제가 과일 사 올게요."

그녀는 한 번 더 찾아오겠다고 인사를 하였다. 면회 시간이 끝나자 그들은 중환자실에서 쫓겨나다시피 나왔다. 원래는 가족만 면회가 되는데 특별히 할머니의 마지막 소원을 들어드리겠다고 하며 간호사를 설득했다고 한다. 병원 1층까지 내려간 서준은 택시를 잡아 주었다.

"집까지 데려다주진 못하겠네요."

"집에 안 가세요?"

"네. 불안해서요. 혹시라도 제가 자고 있을 때 가 버리실까 봐.

마지막 순간엔 꼭 같이 있어 드리고 싶어서요.”

지수는 애써 웃는 서준에게 미소로 답을 했다. 잠을 자고 있다가 회사에서 일을 하다가 누군가를 만나고 있다가, 어느 순간에 병원에서 온 연락을 받게 될지 모른다. 그래서 집에도 가지 못하겠다는 서준이 안쓰러웠다. 택시에 탄 지수는 핸드폰을 켜서 주소 하나를 불렀다.

[서울시 강남구 개포동…….]

그녀와의 만남을 위해 일부러 이사 왔던 곳이 아닌, 그가 살던 원래 집 주소였다. 지유 집에서 자고 간다는 변명을 써먹은 지 얼마 안 돼서 또 외박은 안 되는데. 그녀는 창문 밖으로 빠르게 지나가는 고층 빌딩을 보며 멍하니 생각에 잠겼다.

현우는 창문 밖을 보며 건물 가까이로 오고 있는 택시 한 대를 보았다. 집 안에는 그가 선곡한 클래식이 웅장하게 퍼져 나오고 있었다. 그녀의 부탁을 들어주긴 했으나 저녁 식사를 하는 내내 신경이 쓰였다. 김서준 대리의 여자 친구로 인사를 한다는 것. 서로밖에 없다고 사랑을 하다가도 어느 순간 다른 사람이 눈에 들어올 수도 있다. 그의 부모님이 그랬듯이.

바람이 아니다. 그런 게 아니라고 머리는 알면서도 마음은 불안함에 조급해졌다. 아버지의 잦은 바람과 어머니의 집착, 그 속에서 집 안은 매일 물건이 부서지는 살얼음판이었다. 결국 어머니의 집착이 도를 넘게 되고, 격렬한 싸움 끝에 두 사람은 교통사고로 생을 마감하였다.

그는 지그시 눈을 감았다. 귓가에 박힌 음악 소리에 집중해서 화를 삼켰다. 화를 삭이고 누르는 건 그가 세상에서 제일 잘하는 일이었다. 부모라는 울타리가 없어진 순간, 현우는 정글 속에 버려졌다. 발가벗겨지다시피 버려진 그는 혼자서 살아가는 법을 터득해야 했다. 제 편이라곤 한 명도 없는 그 속에서. 할아버지는 그를 강하게 키우기 위해 방관자의 삶을 택했다. 끊임없이 그를 시험하고 또 시험하며, BH 패밀리의 일원이 될 수 있는지를 보셨던 것 같다. 그때 집 안에 인터폰이 울렸다.

"네."

– 손님이 찾아오셨습니다. 올려 보낼까요?

"네. 부탁합니다."

보안이 잘된 이곳은 정치인, 연예인, 기업가 등 많은 유명 인사가 살고 있었다. 그래서 초인종이 울리기 전에 경비 팀에서 신원 확인을 하고 집주인에게 연락이 온다. 그 관문을 지나면 각 동에 경비가 따로 있어서 집 앞까지 함께 올라오는 시스템이었다. 이 아파트에서 일어난 일은 외부에 절대 발설하지 않는다. 철저하게 통제된 곳이다 보니 미친 듯이 집값이 치솟아도 개미 새끼 한 마리도 집을 내놓질 않았다. 어떻게든 들어오기 위해 먹잇감을 노리는 사람들만 있을 뿐이다.

초인종이 울렸다. 현우는 문 앞으로 나갔다. 문이 열리고 잔뜩 긴장해서 주눅이 든 지수가 보였다. 문이 닫히자마자 그녀는 그를 와락 안았다.

"오는 동안 엄청 떨렸어요. 보안 업체도 무섭고, 여기 왜 이렇게 삭막해요. 사람 주눅 들게."

"그랬어?"

"네……. 올라오면서 배우도 보고, 정치인도 봤어요. 성함은 모르겠는데 TV에 자주 나오시는 분."

저녁 식사 후 집에 들어오는 시간대가 비슷해서 봤나 보다.

"저희 아파트에서 저를 반길 때의 현우 씨랑 지금의 현우 씨랑 다르게 느껴져요. 더 멀게 느껴지는 거 같아요."

"뭐가 멀어. 이렇게 가까운데."

그는 그녀를 꼭 안고 숨을 들이켰다. 그녀의 향이 폐부까지 깊숙이 닿았다. 그제야 제 여자임을, 다른 누구도 아닌 제 사람임을 마음이 인식했다. 눈에 안 보여도 그녀를 믿는데 초조함과 불안함은 왜 자꾸 그를 옥죄는 건지. 안 그러려 해도 말이다.

"병원은 잘 다녀왔어?"

"네. 그사이에 몸이 더 안 좋아지셨더라고요. 그 나이쯤 되면 눈을 뜨면 찾아오는 하루가 되게 소중할 거 같아요. 어느 순간 아침을 못 볼 수도 있잖아요. 그래서 씁쓸하기도 하고, 얼마 전까지 일반 병동에 계시던 분이 중환자실에 계시니까 무섭기도 했어요. 우리 할머니 생각도 많이 나고."

신발을 벗고 들어온 그녀에게 슬리퍼를 내밀었다. 그녀가 슬리퍼를 신고 끌면서 걷자 그 소음도 듣기 좋았다. 스윽, 스으윽, 스르륵. 집 안에 생기가 돈다.

"술 한잔할까?"

"좋아요. 안 그래도 마시고 싶었는데."

현우는 그녀를 그만의 아지트로 데려왔다. 술 창고로 온 그녀는 온갖 종류의 술이 모여 있는 장식장에서 눈을 떼지 못했다. 친구들을 불러서 마신 적도 있고, 그 혼자 마시는 경우도 많았다.

"여기가 도대체……. 이 정도면 웬만한 바보다 술 종류가 더 많은데요? 좋은 술 모으는 취미 있어요?"

"선물 받은 것도 있고, 해외 나갔다 올 때마다 하나씩 사 오는 것도 있고."

"와. 집 안에 어떻게 이런 곳이. 조명도 너무 예뻐요."

전체 조명을 죽이고 테이블 위의 움직이는 조명만 켰다. 노란 불빛이 그녀의 얼굴에 사선으로 앉는다. 그녀가 움직일 때마다, 불빛이 닿은 얼굴이 또렷하게 보였다.

"안주는요? 제가 만들까요?"

"아냐. 안주 있어."

현우는 냉장고에서 치즈와 어란을 꺼냈다. 접시에 치즈를 두고, 직접 어란을 칼로 잘라 회처럼 치즈 옆에 두었다.

"이건 뭐예요? 육포?"

"숭어 어란. 알이야. 짭짤하고 맛있어서 술이랑 잘 어울려."

그는 어란 조각 하나를 지수에게 주었다. 그녀는 한입 먹더니 의외라는 듯 눈이 커졌다.

"괜찮지?"

"괜찮은 정도가 아니라 엄청 맛있는데요. 이게 숭어 알이라고요? 생선 알 요리가 뭐 이렇게 맛있어요? 고소하고 짭조름하고. 밥이랑 먹어도 잘 어울릴 거 같아요."

그는 플라스틱 통에 얼음을 가득 채워 가져왔다. 유리잔 두 개와 양주 몇 개를 꺼내 온 그는 술병을 땄다.

"이거 다 마시자고요? 너무 많은데."

"돌아가면서 맛보라고."

"전 너무 독하지만 않으면 돼요."

"차라리 지수 넌 와인 마실래?"

"그게 좋겠어요."

그는 다시 일어나 그녀에게 추천할 와인을 골라 왔다. 그중 하나를 따서 잔에 따라 주었다.

"그럼 대표님 잔은 제가."

그녀는 양주 중 아무거나 하나를 집어서 컵에 따랐다. 그러곤 집게로 얼음 몇 개를 동동 띄워 주었다. 그는 얼음을 잔의 중간까지 넣어놓고 양주를 조금씩 따라서 마시는 걸 선호했다. 얼음 위로 따르면 금세 차가워져서 입 안에 들어갈 땐 아주 시원하기 때문이다. 술을 따라 놓고 그 위에 얼음 두세 개를 동동 띄워 놓고 헤벌쭉 웃는 그녀를 보니 그는 그의 방식이 아니더라도 그 술이 아주 맛있을 거라 확신했다.

유리잔과 와인 잔이 동시에 부딪쳤다. 현우는 그녀가 따라 준 양주의 반을 마셨다. 목 넘김이 부드럽지만 속 안에선 불이 났다. 뜨겁게 타오른다. 온몸의 피가 솟구칠 정도로 독한 술이었다.

"혼자서 술 자주 마셔요?"

"응."

"근데 왜 몸에 군살이 없지. 대표님은 축복받은 유전자인가 봐요?"

"그만큼 운동을 하니까."

"아하. 근데 여기 집 진짜 멋진 거 같아요. 야경도 그렇고, 집도 엄청 넓고. 이런 세상이 있나 싶을 정도로 격차가 느껴져요. 여기 있다가 저희 아파트 8층에 와 있으면 되게 좁고 불편할 거 같아요. 굳이 나 때문이면, 그 집 다시 팔아도 돼요."

그녀의 말대로 집의 평수 자체가 다르긴 했다. 그러나 그는 블루 아파트도 좋았다. 그녀가 있고, 그녀의 주변 사람들이 있고, 주변 이웃의 이름을 알고 인사하며 안부를 묻는 그런 따스함이 좋은 것 같다.

"거기가 회사랑 가까워서 좋아. 외박하기 어려운 지수 씨 만나려면 회사랑 가까운 곳이 낫지."

"주말에 만나면 되죠!"

"나도 그러고 싶어."

"맞다, 내가 문제가 아니라 대표님이 문제였죠. 나보다 몇 배로 스케줄이 빡빡하잖아요."

그는 부정할 수 없었다. 지수가 아무리 바쁘다고 해도 그에게 댈 바는 아니었다. 최대한 쉬는 틈틈이, 잠자는 시간 쪼개서 그녀에게 연락을 취하고 있었다.

"안 그래도 유 실장이 묻더라. 그렇게 연애하면 피곤하지 않냐고."

"그래서 뭐라고 대답했어요?"

"전혀 안 피곤하다고 했지."

"정말?"

"응. 정말."

이렇게 만나면 기분 좋은데 어떻게 피곤할 수가 있어. 고작 몇 시간 보는 것도 이렇게 행복한데.

그녀는 사랑스러운 여자였다. 마음이 따뜻하고, 예쁘고, 누구랑도 쉽게 어울리고. 겉으로만 남을 생각하는 게 아니라 뼛속까지 깊숙이 고민을 한다.

"이제 그럼 김 대리 병문안은 안 가도 되지?"

"네. 김서준 대리 부탁은 딱 한 번이었으니까요."

"그 사람 얼마나 믿어?"

"네?"

"좋은 사람이라고 생각해?"

그는 턱을 괴고 그녀를 보며 물었다. 생각지도 못한 질문을 받은 그녀는 콧잔등에 주름이 잡혔다. 왜 이런 질문을 하는지 고민하는 눈치였다.

"그냥 제 상사라고 생각해요. 좋은 사람, 아닌 사람의 범주에 넣진 않아요. 저랑은 회사에서만 마주칠 사람이니까. 같이 일하는데 좋고 나쁘고로 판단하면 어떻게 같이 일을 하겠어요? 나쁜 사람이라고 미워할 수 없고, 좋은 사람이라고 업무적으로도 잘 맞는 건 아니니까."

"맞는 말이네."

가끔씩 그가 예상하지 않은 답변을 낼 때면 그녀가 더욱 사랑스러워졌다. 좋고 나쁘고를 떠나서 같이 일하는 사람. 근데 그 사람은 문제가 있었다. 서일 건설로 오고 새는 돈을 막기 위해 현우는 아직도 유 실장과 감사 팀 팀장과 함께 추적 관찰을 하고 있었다. 그런데 서준의 친인척이 거래처로 몇 년째 선정되고 있었다. 경쟁자로 올라온 업체보다 나은 점이 없는데 말이다. 서로 손발이 맞아서 함께하는 건 좋으나 그의 느낌으로는 누군가의 입김이 없다면 불가능할 것 같았다. 아예 처음 서일과 계약할 때부터 누군가의 개입이 있었을 것이다. 분명 다음 주면 확실한 증거물들이 나올 것이다. 그런 사람이 회사 내부에 한둘은 아니겠지만 그들을 처리했듯이 그는 서준에게도 공평한 잣대를 적용할 계획이었다.

자식이 셋이라 회사를 나가면 죽는다던 감사 팀 김 팀장도 그는 피도 눈물도 없이 잘랐다. 사연이란 세상 누구에게나 존재하는 거니까. 그는 감정적인 호소를 들어 줄 사람이 아니었다. 그래서 준원은 항상 그에게 판사를 했어야 한다고 농담처럼 말하곤 했다. 눈앞에서 사람이 죽어도 판결을 내릴 놈이라고.

"현우 씨 지금 질투하는 거죠?"

"응?"

"나랑 김서준 대리. 아무 사이 아닌데, 질투하는 거 아니에요?"

그녀가 그를 놀리듯 웃음기를 머금고 물었다. 웃고 있는 그녀를 보며 그는 좌우로 고개를 저었다.

"그런 거 아니……."

"얼마 전에 현우 씨랑 뜨거운 밤을 보냈는데 내가 다른 남자 생각하겠어요? 질투나 하고 말이야. 난 대표님 말곤 다른 사람 남자로도 안 보이는데."

여기서 그런 말을 하면 어떡하라고. 술을 마시고 나서 대리를 불러 그녀를 집에 데려다주려고 했다. 외박은 어려운 그녀를 위해 블루 아파트로 가야 하니 일부러 옷도 갈아입지 않았다. 그런데 그런 말을 하다니…… 반칙이다.

현우는 지수에게 다가가 테이블 위에 그녀를 올렸다. 조명을 받은 그녀의 볼이 상기되어 있었다. 그는 그녀의 다리 사이로 들어가 위를 보며 입을 맞췄다. 앵두처럼 빨간 그녀의 입술은 닿기만 해도 달았다. 양주를 마신 그와 와인을 마신 그녀. 두 사람의 혀가 섞이자 오묘한 맛이 났다. 근데도 현우는 그게 달게 느껴졌다.

"하응……."

고양이가 갸르릉거리는 소리가 입에서 나온다. 지수는 두 손을 내려 테이블 위 현우의 손등을 잡았다. 손등 위로 오돌토돌한 핏줄이 만져졌다.

그의 입술이 그녀의 입술을 거세게 빨수록 손등 위의 핏줄도 꿈틀거렸다. 지수의 심장 박동이 빨라지기 시작했다. 허공에 뜬 두 다리로 그의 몸을 안았다. 치마 안으로 넣어 입었던 블라우스는 이미 밖으로 삐져나온 지 오래전이었다. 그 속으로 들어간 큰 손이 작은 언덕을 감싸고 만졌다.

"너무 급해요. 으읏."

그가 살을 잡아 비틀자 그녀의 입에서 탄성이 터졌다. 테이블 아래로 쏟아질 듯 상체를 숙이자 그가 몸으로 그녀를 받쳤다. 단숨에 블라우스 단추를 풀어낸 그가 속옷까지 위로 올려 버렸다. 옷은 다 입고 있는데 상체는 휑한 느낌이 든다. 그는 여린 살결을 아래에서 위로 혀로 쓸어올렸다. 움찔하며 몸을 튕긴 그녀가 그의 몸을 감싼 다리에 힘을 주었다. 스타킹 위로 다리를 만지던 그가 거친 숨을 토했다. 손길이 격해지자 그녀는 그의 머리를 잡았다.

"현우 씨, 하아…… 천천히. 스타킹 찢어지겠어요."

여분의 스타킹도 없는데.

그는 고개를 주억거린 후 단숨에 스타킹을 아래로 내려 버렸다. 아래까지 휑한 그녀는 발끝을 까닥거렸다.

"여분이 없어서 아쉽네."

그는 그녀의 둥근 어깨를 핥으며 도드라진 쇄골에도 샅샅이 입을 맞췄다. 턱을 들며 목을 꺾은 그녀의 하얀 살을 물고 그 아래로 다시 내려왔다. 스타킹에 감춰졌던 다리는 무척 살결이 부드러웠다. 맨살을 쓸며 손을 더 안쪽 깊숙이 넣었다. 지수는 무릎을 모으고 싶지만 그의 몸에 막혀 그럴 수 없었다. 허벅지 안쪽 살을 움켜쥔 손에선 악력이 느껴졌다. 그 손가락 하나하나가 펴지며 그녀의 여린 살을 쓸고 지나갔다.

"아웃."

"질투가 맞는 거 같아."

"……."

"오늘따라 네 몸에 흔적을 남기고 싶은 걸 보면."

그는 그녀의 허벅지를 잡고는 테이블 아래로 무릎을 꿇고 앉았다. 손자국이 난 허벅지를 살살 혀로 핥자 지수의 다리가 아래로 축 처졌다. 그는 그녀의 다리를 자신의 어깨에 걸치도록 했다. 그의 입술이 교묘해질수록 그녀의 뒤꿈치가 그의 등을 내리쳤다. 쩍쩍 소리가 날 때까지 빨아들이고 손으로 짓뭉개면 그의 등을 때리는 세기가 거세진다. 그럼에도 그는 멈추지 않고 그녀의 모든 걸 삼켰다. 입술을 뗐을 땐 그녀의 얼굴 전체가 빨개져 있었다. 가만히 있어도 파들파들 몸이 떨렸다. 그는 그녀의 그런 모습을 보며 눈높이를 맞췄다.

"김지수."

"하아…… 네?"

"사랑해."

"저도요."

"질투 더 해도 돼?"

그의 손이 다시 치마 속으로 들어왔다. 흥분했던 몸은 건드리기만 해도 움찔 떨렸다.

"아뇨. 아뇨! 충분해요. 으……."

장난을 치듯이 손가락을 움직이자 지수는 그의 어깨에 머리를 대고 숨을 토해 냈다. 테이블 위에는 여전히 그들이 먹던 술잔이 그대로 놓여 있었다. 플라스틱 통에 있던 얼음은 서서히 녹아 물이 되었고, 그가 직접 칼로 잘라 준 어란도 그대로였다. 두 사람만 흐트러진 채였다. 현우는 그녀에게서 눈을 떼지 않은 채로 옷을 벗었다. 넥타이를 당기고, 바지 버클을 풀었다. 순식간에 벗어젖힌 그는 그대로 그녀의 허리를 당겼다.

"여기서?"

"응. 여기서."

"그럼 술 마실 때마다 생각…… 읏."

말을 마치기도 전에 그가 그녀의 가슴을 만졌다. 제 몸이 아닌 것처럼 예민해진 몸은 그가 닿기만 해도 물고기처럼 파닥거렸다. 뒷주머니에서 콘돔을 꺼낸 그가 이로 포일을 뜯었다. 콘돔을 만지며 움직일 때마다 그의 손등이 허벅지에 닿았다. 언뜻 스치는 감각 때문인지 지수는 숨이 제대로 나오질 않았다.

"집에 꼭 가야 해?"

"네. 갑작스러운 외박은 안 돼요. 사전에 미리 낌새를 보여야 하거든요."

"워크숍 같은?"

"네. 그렇죠."

"분기별로 워크숍을 가야 하나."

그는 그녀에게 몸을 바싹 갖다 댔다. 긴 팔로 테이블 위에 있는 잔과 접시를 옆으로 치워 버린 후 그대로 그녀에게 잠식했다.

"하웃. 잠시만요. 잠시만……."

그녀는 그의 움직임을 멎게 했다. 그에게 아직 익숙하지 않은 몸은 그의 침입을 두려워하고 있었다. 몸도, 마음으로도.

자꾸 그를 생각하게 되고, 그와 있는 시간들이 좋아서 다른 걸 잊게 되는 게 두렵다. 점점 그녀의 일상에 그가 차지하는 것들이 많아지고 있어서 걱정이었다. 있다가 갑자기 사라지면 어쩌나. 그의 마음이 바뀌면? 어느 순간 하던 질투를 안 하게 되면? 이렇게 뜨거웠던 그가 점점 식어 가게 되면 그걸 보는 게 너무 서운할 것 같았다. 일어나지 않은 일을 떠올리는 것만으로도 가슴이 아팠다.

"아파?"

그가 그녀의 골반을 잡고 주변을 엄지로 둥글둥글 마사지를 해주었다. 그 자극에 그녀가 꿈틀거렸다.

"나보고 멈추라고 하더니 본인이 움직이면 어떡해?"

"내 의지가! 아니었잖아요."

"나도 이게 내 의지가 아니라서."

현우는 참기 괴로운지 눈을 찡그렸다. 그러더니 골반을 잡은 손에 힘을 주고 그에게로 당겼다. 서로를 꽉 안은 두 사람은 입을 맞췄다. 키스를 하는 동안 오히려 더 흥분이 되었다. 그녀는 그의 의지에 맞춰 가려 노력하다가 힘들면 그에게 매달렸다. 그는 그녀를 품에서 떼어 내고 테이블에서 내려 주었다.

"하아…… 끝이에요?"

아쉬움을 담은 목소리에 그가 웃으며 그녀를 뒤로 돌렸다. 뒤에서 안은 채로 그녀의 턱을 잡아 고개를 뒤로 돌리게 한 후 입을 맞췄다. 혀뿌리째 뽑을 듯이 거친 키스가 지속되었다.

"읍."

맞물린 입술 사이로 타액이 흘러내렸다. 헐렁해진 옷 속으로 들어온 손이 가슴을 쥐고 흔들었다.

"아앗."

그는 꼭 거대한 파도 같았다. 온몸을 덮친 그의 몸에 가려진 그녀는 손톱을 세워 테이블을 긁었다. 손톱이 간지러웠다. 아니, 손, 다리, 팔, 몸 전체가 다 가려웠다. 그가 더 그녀를 깊숙하게 안을수록 쾌감이 올라오면서 또 가렵다. 그의 움직임이 멎지 않으면 좋겠고, 지금처럼 꽉 안아 주었으면 싶다. 안고 있는데도 그에게 무언가를 계속 갈구하고 있었다. 이런 몸 상태가 당황스러워 그녀는 눈물이 터져 나왔다. 제 몸을 자신이 컨트롤할 수 없자 두려움이 느껴졌다. 이 사람이 아니면 안 될 것 같은 기분에 그녀는 그의 팔을 잡았다.

"현우 씨…… 으웃. 사랑한다고 해 줘요. 으응……."

"사랑해."

"으으……!"

등에 닿은 그의 가슴과 복근 모양이 여실히 느껴졌다. 그는 그녀의 귓불을 물고 핥으며 여러 번 사랑을 속삭였다.

"사랑해. 김지수. 윽."

그의 입에서 나온 신음에 온몸이 저릿해졌다. 그는 그대로 그녀의 등 위로 쓰러진 채 그녀를 꼭 안았다. 콘돔 포일 하나를 더 뜯은 그가 그녀를 다시 덮쳐 왔다. 두 번째는 그리 길지 않았다. 그녀의 절정을 진득이 기다려 준 후, 그도 그녀의 위에서 이성을 잃은 채로 쉼 없이 입을 맞추고 몸을 섞었다.

"집 청소 안 해도 괜찮아요?"

"응. 내일 아주머니께서 하실 거야."

"안 데려다줘도 되는데."

현우는 대리를 불렀다. 씻지도 못한 두 사람은 빠르게 그의 집을 나와 차에 올랐다. 들어가서 씻고 쉬라고 했지만 현우는 블루 아파트에서 씻겠다며 그녀를 따라나섰다.

"연애 사실을 밝히면 외박이 되나?"

"아뇨. 더 안 될걸요."

"성인인데?"

"네. 그래도."

"이해가 안 돼."

오래전 독립을 했던 그로서는 성인이 되었는데도 귀가 시간으로부터 자유롭지 못한 그녀가 신기했다.

"혼전 순결?"

"아마도 그걸 바라실걸요."

"음……."

"이상하죠? 가끔 진짜 나 결혼 안 시키려고 일부러 저러나 싶어요."

"결혼할 거야?"

그는 진지한 얼굴로 그녀에게 물었다. 결혼 생각이 있는 건가.

그의 할아버지인 박 회장은 얼른 그가 장가를 가서 가정을 꾸리길 바랐다. 회사를 경영하는 데 결혼이 왜 중요한지 모르겠으나, 박 회장은 중요하다고 생각하는 듯했다. 꼭 결혼을 하면 마음이 안정되고, 회사가 잘 돌아간다고 믿는 사람처럼. 성인이 돼도 연애, 결혼에서 자유롭지 못한 건 그도 마찬가지였다.

"언젠가, 때가 되면? 하겠죠?"

"누구랑?"

"마지막에 내 옆에 남은 사람이랑."

"이거 기분이 좀 그런데."

그녀의 마지막이 누군지도 모르는데 왜 이렇게 질투가 나는지. 화가 솟구친다. 그녀의 손을 잡은 그의 손이 떨린다.

"왜요? 왜 기분이 좀 그래요?"

"……."

"마지막에 남은 사람이 대표님이 아닐 거 같아서?"

가끔씩 예상치 못한 말을 꺼내는 그녀는 무척 사랑스럽다. 그런데 방금 전 그 말로 인해 그는 입을 열 수가 없었다. 꿀 먹은 벙어리처럼 그는 그녀를 오래도록 보기만 했다.

"노코멘트다 이거죠?"

"아니."

"먼저 결혼 물어본 건 대표님이거든요? 사람 설레게."

"설레었어?"

"당연하죠. 결혼할 거야? 언제? 그럼 나랑 할 거야? 이런 걸 기대하며 설레었죠."

그는 그녀의 볼을 잡아당겼다. 말하는 것도 다 사랑스러워서 이대로 매일 그녀를 어딘가에 쏙 넣어서 데리고 다니고 싶었다. 힘들 때, 지칠 때 꺼내서 입을 맞추고 대화를 하면서 회복하고 싶었다. 오래도록 함께하고 싶다. 이런 감정이 오래오래 갔으면 좋겠다.

결혼. 그래, 결혼은 이런 사람과 해야 하는 거다. 결혼에 대해 회의적이고 멀게 생각했던 현우는 문득 그녀와 하면 어떨까 하는 생각이 스쳤다. 그에 따른 수고와 반대는 그의 몫이겠지만.

"노코멘트 아니야. 네 마지막도 나일 거니 걱정 마."

"정말요?"

"널 다른 놈한테 어떻게 줘. 마지막 새끼 얼굴도 모르는데 기분이 너무 더러운데. 나라고 생각하니까 마음이 편해지네."

무슨 일이 있더라도, 나락까지 떨어지더라도, 함께하고 싶은 사람. 그가 생각했던 것보다 가슴속 그녀가 차지한 공간은 훨씬 더 넓고 깊었다.

9장. 연애 (2)

"대표님 예상대로 분양 1팀 김서준 대리와 김춘하 대표님과는 가족 관계로 얽혀 있습니다. 서일 건설과 거래하던 법무사가 문제를 일으키면서 그때 입찰 공고를 받았는데, 정도 법무사가 채택되었습니다. 딱히 큰 이력도 없고, 당시엔 김춘하 대표 혼자서 운영하였던 듯합니다. 이후에도 김서준 대리의 개입이 계속 있었던 걸로 파악됩니다. 그리고 엘리베이터 시공 업체도 김춘하 씨의 남편이 그 회사 감사로 있다고 합니다."

현우는 성우가 건넨 태블릿 속 자료를 눈으로 훑었다. 착한 얼굴을 하고선 뒤에서 다른 일을 저지르는 이를 많이 봤었다. 저 사람은 아닐 것 같은데 하면 꼭 그 사람이 그런 짓을 했다.

"어떻게 처리할까요?"

"전처럼."

"네. 그럼 위원회에 보고 올리고, 전처럼 처리하겠습니다."

"응."

성우의 말에 대답을 하자, 이번엔 변동된 오후 스케줄을 그가 브리핑했다. 차는 인천 공항으로 막힘없이 달리고 있었다. 대만에 도착하자마자 그가 소화할 스케줄은 과히 살인적이었다. 현우는 매번 그걸 동행하는 성우가 걱정돼서 조수석에 앉은 그를 응시했다.

"유성우."

"네, 대표님. 말씀하세요."

"건강은 문제없지?"

"저요?"

앞을 보고 있던 성우가 급히 뒤를 돌았다.

"응. 백업 비서 있으니까 몸 힘들면 가끔은 국내에 남아도 좋아."

"저 왜 무섭죠."

성우는 팔을 벅벅 문지르며 애매한 표정을 지었다.

"저 잘리는 겁니까?"

"무슨 소리야."

"요새 사람을 쉽게 자르지 못해서 음식점에선 이런 수법을 쓴다고 합니다. 우리 인테리어 공사 들어가니까 당분간 쉬어. 끝나면 연락할게. 그러고 나서 연락을 안 하면 잘린 거라고 저희 이모님께서 그러셨습니다. 국내에 남으라는 말, 같은 거로 생각해도 되겠습니까?”

현우는 마음으로 걱정해 준 것에 자를 거냐는 물음을 해 온 성우가 웃겨서 소리 내어 웃었다. 그러자 성우의 표정이 더 굳어 간다.

“내가 널 왜 잘라?”

“저를 대체할 인력은 이 나라에 충분히 많으니까요.”

“너 대체할 사람 없어.”

“…….”

“알면서 묻네.”

BH에서부터 지금까지 손발 맞춰 온 세월이 얼만데. 절대 자를 일 없다는 말을 듣고 싶었던 건가?

“이제 곧 봄이 오겠다.”

“그러지 마세요. 무섭습니다.”

“내가 뭘 어쨌다고.”

“차 이동 중에 일 얘기 외에 계절 이야기가 나온 건 처음인 거 같습니다. 대표님께선 쉬는 시간이 없으시잖아요. 쉬라고 해도 또 다른 일거리를 가져오거나 무언가를 배우시니까. 그런데 일상 얘기를 하니까 정말 이상합니다.”

내가 그랬나.

현우는 앞선 과거를 떠올리며 눈썹을 찌푸렸다. 성우의 말대로 그랬던 것 같다. 삶 자체가 팍팍하고 재미있단 생각을 못 했다. 그에게 즐거움을 주는 건 자기 전에 마시는 술이 유일했다. 그 외는 모두 그가 해내야 할 것에 불과했으니까.

회사가 성장하고 매출이 커지는 걸 보면 여자 생각이 절로 사라진다. 때로는 그 쾌감에 몸 한 군데가 커지기도 했으니까. 제멋대로 몸집을 키웠다가 식기도 하고, 그런 상태로 일을 하면 오히려 더 아드레날린이 솟구쳐서 온 에너지를 쏟아서 일을 할 수가 있었다. 그게 묘한 쾌감을 일으킨다.

미친 듯이 운동을 해서 숨이 멎을 것 같을 때 느껴지는 최고의 쾌락은 황홀하다. 머리부터 발끝까지 짜릿하다. 분명 그랬는데, 그거면 됐는데. 그녀를 안은 후로는 그가 평소 느끼던 짜릿함과 그녀를 안을 때 느끼는 쾌락은 전혀 비교할 대상이 아니라는 걸 깨닫게 되었다. 잊고 있던 본능이 깨어난 것이다.

"지금도 웃고 계시니까 진짜 이상합니다. 대표님, 괜찮으신 거죠?"

"응. 컨디션 아주 좋은데."

"그럼 미팅 자리에 나올 상대에 대해 좀 알아봤는데, 가는 길에 한 번 더 브리핑하겠습니다."

지피지기면 백전백승. 상대를 알아야 싸움에서 이긴다는 뜻으로 현우는 미팅 전 전투에 나가는 사람처럼 만반의 준비를 했다. 그러는 와중에도 그는 시답지 않은 농담을 건네서 성우를 놀라게 했다.

✳

오랜만에 지유를 만난 지수는 손을 흔들며 그녀를 반겼다. 그사이 지유는 결혼을 하였고, 배에는 혼수가 있었다. 아직은 배가 나오지 않아서 임산부 티는 나지 않았다. 그런데 제일 친한 친구가 애를 낳는다고 생각하니 이상한 기분이 들었다.

"아주 속전속결이지, 유지유. 그것도 도형 오빠랑!"

"결혼식 때 나 엄청 떨었지?"

"응. 아주 파들파들 떨더라. 그렇게 떨려?"

"엄청."

유명 포토그래퍼와 결혼한 지유의 결혼식에는 유명 인사가 많이 참여했다. 해외에서 온 모델과 배우도 많이 참석을 해서 여기가 국내인가 해외인가 헷갈릴 지경이었다. 스몰 웨딩이 대세라며 그렇게 하고 싶다던 두 사람은 아주 성대한 결혼식을 치렀다. 그건 아마도 지유와 도형 오빠의 부모님께서 결정하신 것 같았다.

"남자 친구는?"

"대만 갔어, 오늘."

"정말? 어떻게 매번 해외에 있어? 결혼식 때는 얼굴 한번 보나 했는데."

"같이 가자고 말도 안 했어."

어차피 바쁠 거 아니까.

그 사람이 국내에 있는 시간과 미팅이 없는 시간을 그녀에게 공유해 주었고, 그녀는 그 시간 안에서 그와의 만남을 계획한다. 최대한 그가 되는 시간에 다른 약속을 잡지 않아야 데이트 시간을 확보할 수 있었다. 거기에 대한 불만은 없다. 그런데 지유의 결혼식장에 막상 혼자 갔을 땐 좀 외롭긴 했다. 그녀가 아는 동창들은 모두 남자, 여자 친구를 대동하고 와서 그녀의 속을 벅벅 긁어 놓았다.

'지수 너도 연애해? 누구? 몇 살? 직장인?'

오랜만에 만난 동창들은 서로의 애인에 대한 무한한 관심을 표현했다. 본인과 애인의 명함을 서로 주고받으며, 몇몇은 지수의 애인에 대해서도 궁금해했다. 나이와 이름을 말하면 너희가 아니고 장난을 치려 했는데, 말하면 알 것 같았다. 그때부터 그녀는 말수가 없어졌다.

입에서 입으로 난 소문은 꼬리를 물고 부풀어진다. 그녀의 말 한마디가 다시 그녀의 귀로 들어왔을 땐 어떤 소문으로 번졌을지 모르니까. 그게 현우에게 안 좋은 영향을 끼칠 수도 있었다. 그래서 그녀는 애인이 없다는 걸로 대답을 대신했다. 그 이후로는 애인에 대한 질문은 받지 않을 수 있었다.

'서일 건설? 서일? 나 얼마 전에 차세대 경영인 잡지에서 거기 회사 대표 사진 봤는데. 지수 너는 직접 봤겠네? 우리 회사 언니들하고 같이 봤는데 다들 환호했잖아. 대표가 잘생긴 것도 모자라 어쩜 그렇게 섹시할 수 있어? 우리 회사 대표님, 옆 회사 대표님하고 너무 다르잖아. 얼굴만 봐도 일에 의욕이 생기더라. 야……지수야. 부럽다.'

한 친구의 말에 주변 친구들은 도대체 얼마나 잘생겼길래라고 물으며 서일 건설 대표를 포털 사이트에서 검색하기 시작했다. 그들 말대로 현우는 검색 한 번이면 사진이 나온다. 경영 포럼에 갔을 때, 정치인과의 면담 자리에서 등등 곳곳에, 기사 속에 그가 있었다.

'사진이 나아? 실물이 나아?'

'실물……'

'와. 미쳤다. 이것보다 실물이 나은 거면, 왜 회사 대표 한대? 연예인 하지.'

'연예인보다 이 사람이 돈 더 많을걸?'

그들은 이후엔 현우가 혼외자식이라는 소문이 있다는 이야기부터 시작해서 그를 안줏거리로 씹었다. 내 남자 친구 욕하지 말라고, 적어도 내 앞에서는. 그렇게 말하고 싶은데 그녀는 그러질 못했다. 연예인만큼이나 유명 인사인 그에게 피해를 주고 싶진 않았다.

"다음에 집으로 초대할게. 같이 와."

"응. 그렇게. 몸은 괜찮아? 먹고 싶은 건 없고?"

"나 요새 잘 못 먹어. 입덧 때문에. 이건 괜찮겠다. 알탕 어때?"

"좋아. 뭐든. 네가 그래서 해쓱해졌구나? 못 먹어서 어떡해? 지금 시기엔 잘 먹어야 하는 거 아니야?"

지수는 친구가 걱정되었다. 아이를 잘 낳으려면 산모가 잘 먹어야 한다는데. 결혼식 이후로 본 친구의 얼굴은 반쪽이 되어 있었다.

"토해도 먹으려고 노력하고 있어. 근데 지수 넌, 요새 혜진이랑은 안 만나?"

"응. 신부 수업 받는다더니 바쁜가 봐. 걔가 어려서부터 공부에 담을 쌓고 살았잖아. 대학교는 특기자 전형으로 온 거고. 결혼할 집안이 좀 대단한지 몇 개월 바싹 영어, 중국어, 일어 배우고 있다더라. 죽을 맛이래. 아침부터 저녁까지 외국인 만나니까 신물이 난다더라."

"신부 수업이 영어 공부야? 요리하는 게 아니고?"

"요샌 연락도 잘 안 돼. 그래도 핸드폰 꺼 두고 정신없이 공부하고, 어디 배우러 다니고 한다고 하니까 칭찬해 주고 싶더라. 내가 작년에 생일 파티 때쯤 연락하고 이후에 연락 못 한 거 같네. 생각난 김에 톡이라도 보내 놔야겠어."

지수는 핸드폰을 꺼내서 혜진에게 문자 한 통을 보냈다.

[찐. 공부는 잘돼 가?]

"보냈어. 원래 연애하면 주변을 잊게 되나? 나 진짜 얘랑 생일 파티 이후에 톡 몇 개 주고받고 끝이야. 그래도 종종 연락했었는데."

"나도 그랬어. 나 도형 오빠 만날 때 너랑 거의 안 만났잖아. 그렇게 되더라. 시간 날 때마다 오빠랑 만나니까, 또 맨날 오빠 생각만 하고 있으니까 주변에 관심이 없어지더라고."

"지금 내가 그런 거 같은데."

대만엔 잘 도착했을까? 이 시간에도 못 쉬고 일하고 있겠지? 도대체 언제 쉬어?

현우는 슈트를 입을 때 유독 더 멋지다. 그가 뿌리는 향수는 그의 살에서 나는 것처럼 잘 어울렸다. 그 모습을 떠올리니 보고 싶어졌다. 안 그래도 보고 싶었는데 더더욱.

"너랑 나랑은 역시 친구야. 지수 네가 언제부터 썸 탔지?"

"작년 겨울? 올해 겨울인가. 사귄 건 올해 겨울이 맞는데."

"봐 봐. 나도 작년부터 썸 타서 올해 결혼했잖아. 우리 둘 다 남자의 남도 관심 없었는데."

"그래도 나는 좀 있지 않았어?"

혜진이 따라 클럽도 몇 번 가고.

"에이, 넌 술만 마신 거지. 연애도 안 하고, 고백받아도 차 버리고, 관심 없었잖아. 우리가 둘 다 눈이 높아서 연애를 못 했나 봐."

"너…… 지금 도형 오빠 자랑하는 거지?"

이거 듣고 보니 결국 도형 오빠 자랑 같았다. 지유의 말대로 도형 오빠가 능력 있고 잘생기고 지유 한정 무척 다정한 건 맞다.

"우리 현우 씨도 도형 오빠 못지않게 멋있는데. 보여 줄 수가 없네."

"김지수 오오, 많이 변했다. 너."

"그러는 지유 너도 마찬가지거든."

서로 본인의 남자가 멋있다고 자랑하는 이런 순간이 올 줄이야. 지수는 친구와 눈이 마주치자 웃음이 터졌다.

"우리 둘 다 연애 안 하고 결혼 못 하면, 실버타운 가기로 한 거 기억나?"

"당연하지."

"명절에 외로우니까 둘이 만나서 전 부쳐 먹자고 했던 것도."

"넌 이제 도형 오빠랑 명절을 보내겠지만, 난 아직 부모님과 함께라고."

현우와 연애를 하고 있지만 결혼을 하진 않았고, 미래가 약속된 건 아니니 불확실한 상태는 똑같았다.

"결혼 전에 넌 확신이 있었어? 난 왜 불안하지."

"나…… 결혼 전에 어땠는지 생각 안 나. 근데 결혼을 확신하면서 연애하는 사람이 어디 있어."

"그렇지?"

"왜 불안한데?"

"지금 너무 좋은데 미래가 약속된 것도 아니고, 어떻게 될지 모르니까."

　지유는 지수의 고민을 깊이 들어 주었다. 비단 연애뿐만 아니라 삶 자체도 미래가 확실한 사람은 없으니 다 불안한 것이라고 조언을 해 주었다. 그러고 보니 지유의 말이 맞는 것 같았다. 그들 앞에 보글보글 끓고 있는 알탕이 나왔다. 지유가 속이 메슥거려서 매콤한 걸 먹고 싶다고 하였고, 알탕을 선택했다.

　"먹어 봐, 지유야. 비리면 다른 거 주문해도 돼. 먹고 싶은 거 다 주문해."

　"응."

　지유는 국물을 한입 떠먹더니 괜찮다는 듯 몇 번 더 먹었다. 알탕에서 건더기를 먹으려다 속이 메슥거리는지 손바닥으로 입을 막는다. 그러고는 밥 위에 국물을 얹어서 그렇게 한 그릇을 뚝딱 먹었다.

　그들은 식사를 하고 인근 카페로 갔다. 그동안 못다 한 이야기를 나누며 수다를 떨다 보니 벌써 헤어질 시간이었다. 앞으로는 좀 더 자주 보자며 인사를 하고, 지수는 지유를 배웅했다. 택시를 타고 잘 가는 것까지 본 다음 집에 가기 위해 방향을 돌렸다. 지수는 핸드백에서 폰을 꺼냈다.

　[부재중 전화 2통.]

　현우에게서 전화가 와 있었다. 지유와 수다를 떠느라 진동을 못 느꼈다. 너무 늦었나? 그녀는 고민하다가 전화를 걸었다.

　- 여보세요.

　"부재중 전화 못 봤어요."

　- 아직 친구랑 있어?

"아뇨. 방금 헤어지고 집 가고 있어요."

─ 친구면 누구? 나중에 나도 소개시켜 줘.

남자 친구긴 하지만 현우에게 주변인을 소개하는 건 또 다른 의미로 다가왔다. 이상하다.

"그럼 저도 현우 씨 친구분 소개해 주세요."

─ 영후는 알고, 준원이는 봤나?

"아뇨. 아아! 생각났어요."

그때 혜진의 생일 파티로 클럽에 갔을 때 본 그 사람 같았다.

─ 그게 다야. 정말 친한 친구는.

그러고 보면 그가 친한 사람은 그녀가 다 알고 있었다. 영후와는 제법 친하기도 했고 말이다. 오히려 그녀의 주변인을 그에게 소개시킨 적이 없었다.

"지유라고 저랑 제일 친한 친구예요. 댄스 팀 동아리 친구들도 있지만, 지유랑 제일 친해요. 얼마 전에 결혼했거든요. 속도위반으로."

─ 결혼? 결혼식 혼자 갔어?

"네. 아뇨, 중고등학교 동창들하고."

─ 난 왜 몰랐지?

"그때 서울에 없었어요. 그래서 그냥……."

─ 내가 일정이 되든 아니든 그런 건 이야기해 줬으면 하는데.

기분이 상했나? 당연히 시간이 안 될 거라 생각하고 말을 안 한 건데, 그는 섭섭한 투로 그녀에게 말을 이어 갔다.

─ 내 여자 친구에 대해 너무 아는 게 없잖아.

"알겠어요. 앞으론 얘기할게요."

- 시간 내 볼게. 최선을 다해서.

"최선을 다한다고 시간이 나요?"

- 응. 어떻게든 만들면 돼.

지수는 택시를 잡았다. 주소지를 말한 후 가는 동안 현우와 계속 통화를 이어 갔다.

"서울 언제 와요?"

- 2~3일 뒤?

"오오. 그럼 오는 날 시간 돼요?"

- 응. 돼. 그날 만나자.

내가 먼저 만나자고 하려고 했는데!

현우가 선수를 치자 그녀는 얼른 좋다고 대답했다.

- 성우가 나보고 변했대.

"현우 씨가? 어디가요?"

- 헛소리한다고 뭐라 하더라고. 그러거나 말거나 요새 매일 기분이 좋아. 연애해서 그런가?

지수는 피식 웃으며 손으로 입가를 가렸다. 연애를 해서 매일 기분이 좋다니! 그의 목소리가 꿀처럼 달콤했다. 그녀 또한 현우로 인해 매일 기분이 좋았다. 물론, 보고 싶어서 속상한 날도 있지만.

"전 현우 씨 못 봐서 속상한데요. 보고 싶은데 못 보니까."

- 나도.

"방금 전엔 매일 기분이 좋다면서요?"

- 기분은 좋은데 같이 있다가 헤어지면 엄청 외로워. 혼자 있으면 더 생각나고.

유선으로 듣는 그의 진심은 또 달랐다. 어떤 표정을 짓고 있을

지, 어떤 옷을 입고 말을 하고 있을지 상상하는 재미가 있었다.

　- 나 없다고 긴장 풀지 말고. 내 생각만 하고 있어.

"알겠어요."

　- 사랑해.

"나도요."

　손톱 안쪽이 간지럽다. 사랑한다는 말을 주고받고 나니 바닥을 발로 쿵쿵 차고 싶고, 괜히 동네를 전력 질주하고 싶은 기분이 든다. 기분이 날아갈 것 같았다.

　현우는 전화를 끊었다. 미팅이 끝난 후 현우는 성우와 함께 바로 왔다. 그의 친구이자 미팅 상대 업체 대표였던 제임스와 술 한 잔을 하기로 한 것이다. 지수에게서 전화가 오자 현우는 화장실을 간다며 일어났고, 돌아왔을 땐 성우가 그를 구세주를 보듯 반겼다.

"대표님, 화장실 다녀오신다더니 너무 늦은 거 아니에요? 저 혼자 질문받느라 죽는 줄 알았습니다."

"중요한 전화였어."

"……."

"이 자리만큼이나 중요한."

　여자 친구와 전화한 걸 뻔히 알고 있는데. 현우는 태연한 표정을 지으며 두 사람 틈으로 들어가 미안하다고 인사부터 했다.

　「미안. 회사에서 중요한 전화가 와서.」

「술 마실 땐 일은 넣어 두라고, 친구.」

오래전부터 알아 온 제임스는 현우와 MBA 과정을 같이 밟았던 친구였다. 대만 사람으로 영어 이름은 제임스이고, 성은 '대'씨였다. 두 사람은 졸업 후 각자 자기 자리로 돌아가 사업체를 물려받고 탄탄하게 성장하여 다시 만났다. 친목을 다지면서도 매번 협업할 수 있는 무언가를 찾곤 했다.

「역시 기획서 하나는 제일 깔끔하던데. 투자받을 은행은 정해진 거야?」

「사업 승인만 나면 Y 은행에서 투자받기로 했어. 우리는 자금력이 충분해. 공사 중간에 부도나는 일은 없다고. 경험도 많고.」

그는 태블릿을 켜서 영문 기획서를 두고 다시 한번 주요한 포인트를 짚었다. 너무 일 얘기가 지속되자 친구는 태블릿을 꺼 버렸다.

「그만, 그만. 나머지는 회사 가서 또 볼게. 오랜만에 만났는데, 자꾸 이러기야?」

「결혼식 때 봤잖아. 신혼 생활은 어때?」

「뭐, 썩. 알다시피 뜨겁게 사랑한 사이는 아니니까.」

축적한 부를 유지하고, 대대손손 물려주고 싶은 기업들은 한국이나 외국이나 똑같았다. 서로에게 이득이 되는 걸 위해 결혼이라는 수단을 선택한다. 자유분방했던 이 친구도 결국 부모가 정해 주는 사람과 결혼을 하였고, 그들의 성은 조금 더 견고해졌다.

「넌 결혼 안 해?」

「아직은.」

「여자는 있고?」

「응.」

「말도 안 돼. 장난하지 마. 너 여자 보고 안 서잖아.」

누가 그런 유언비어를 퍼뜨렸지? 옆에서 듣고 있던 성우가 고개를 돌리고 웃었다.

「난 문제 없다고.」

「오, 제발. 거짓말 마. 널 탐내고 있는 여자가 얼마나 많았는데. 넌 절대 서지 않았어.」

아침, 저녁으로 끄떡없는데. 이걸 보여 주면서 증명할 수도 없고. 여자 안 만난다고 사람을 무성욕자로 몰아가면 쓰나.

「어떤 여자야? 예뻐?」

「예뻐. 사랑스럽고. 좋은 사람이야. 내가 많이 좋아해.」

그의 말을 들으며 성우는 술을 뱉었다. 손수건으로 입가를 닦은 후 당황한 표정을 짓는다. 직설적으로 지수에 대해 말하는 건 처음 들었을 것이다.

「지금도 보고 싶네.」

술이 비어 가는 걸 보며 현우는 지수를 떠올렸다. 독한 술을 마실 때 그녀의 표정이 어땠더라. 눈썹의 모양이 어떻게 바뀌었더라. 상상을 하니 웃음이 나고, 더 보고 싶어진다. 당장 귀국하고 싶을 만큼.

「얼굴 보니 정말 사랑에 빠진 거 같아. 축하해. 누가 널 데려가나 무척 궁금한데?」

「한국 오면 소개해 줄게.」

「그래. 조만간 한국을 꼭 가야겠군.」

여기저기 여자 친구를 소개하고 싶다. 내 여자라고, 내 사람이라고. 이것도 소유욕의 일종인가.

✼

겨울이 끝나고 봄이 오는 시기. 아직은 추운 날씨가 지속되고 있었다. 그중 유난히 더 추운 오늘, 회사가 끝난 후 지수는 무거운 발걸음으로 장례식장으로 갔다.

[부고 알림.]

아침 일찍 사내 사이트와 문자로 부고 알림이 왔다. 서준의 할머니의 부고 소식이었다. 지수는 서윤과 함께 장례식장에 먼저 갔고, 이후에 시간이 되는 몇몇 부서장들과 함께 현우가 방문했다.

장례식장엔 서일 건설, BH 그룹, 거래처들이 보낸 근조 화환이 줄지어 놓여 있었다. 그 길을 지나 현우는 묵묵히 절을 하고 상주와 맞절을 했다. 현우는 식사는 할 시간이 없고 잠깐 인사만 하고 간다고 하였다. 지수는 그를 보고 간단히 묵례로 인사를 대신했다. 그때 조용했던 장례식장이 시끌시끌해졌다. 지수는 서윤과 앉아서 밥을 먹으려다가 일어나서 서준이 있는 곳으로 갔다.

"김서준 너 이 자식! 우리 엄마 잘 모시겠다며! 부모 없는 거 불쌍해서 거둬 줬더니 우리를 이렇게 배신해?"

"고모. 여기 장례식장이에요."

"왜 네가 우리 엄마 재산을 물려받냐고. 노인네가 달라고 할 땐 그렇게 숨기더니. 네가 아픈 우리 엄마 모신다고 할 때부터 이상했어. 너는 다 알고 있었지? 노인네가 땅 있는 거."

"제발요……. 나중에 얘기합시다."

고모와 고모부로 추정되는 남자가 서준을 나쁜 놈으로 몰아갔다. 그것도 장례식장에서. 회사 직원들을 포함해서 보는 눈이 많은데 그들은 멈추지 않았다.

"오호라? 이제 엄마 돌아가셨으니 우리랑도 인연 끊겠다 이거야? 내가 너한테 해 준 게 얼만데."

현우의 걸음도 멈칫했다.

"고모. 제발 그만하세요. 도대체 왜 이러세요! 원하는 대로 다 해 드렸잖아요. 재산? 다 가지세요. 저도 몰랐다고요. 할머니 살아 계실 때도 맨날 돈 맡겨 놓은 것처럼 굴더니 변한 게 없네요. 병들고 거동이 불편해지니까 짐처럼 여기셨으면서 이제 와서 제가 배신을 했다뇨. 고모, 저는 고모네 해 드릴 수 있는 거 다 해 드렸어요. 서일 건설 입찰 건 따내면 평생 저희 찾아오지 않겠다고 했잖아요. 여기가 어디라고 와요?"

"네, 네가 지금……."

"왜 할머니 가시는 길에도 훼방을 놓으시냐고요. 도대체 할머니가 고모에게 뭘 잘못했다고. 제발, 가세요."

서준은 고모라는 여자와 옆에 있는 남자를 쫓아냈다. 얼굴엔 피곤한 기색이 역력했다.

한 차례 폭풍이 지나간 후 장례식장은 다시 사람들로 북적거렸다. 상주로 선 서준은 화장실도 못 가고 지쳐 보였다.

"지수 씨, 나는 가 봐야 할 거 같아."

"네. 네. 가 보세요. 저는 화장실 들렀다가 천천히 갈게요."

"그래. 회사에서 보자."

지수는 서윤과 같이 일어나서 그녀를 배웅했다. 서윤은 퇴근을 기다리고 있을 아들 때문에 더 오래 있기가 곤란한 눈치였다.

그녀는 장례식장 안으로 가기 전, 화장실로 갔다. 거기엔 부의금을 받는 자리에 앉아 있던 그의 동생이 거울을 보고 있었다. 고인에 대한 슬픔은 오직 서준만 느끼는 건지, 찾아온 고모도 지금이 앞에 있는 동생도 남보다 못해 보였다. 봉투를 챙겨서 본인 가방에 넣고 있는 걸 보니, 지수는 절로 표정이 굳었다. 거울을 통해 지수의 굳은 얼굴을 본 그녀가 당황한 표정을 짓더니 가방 지퍼를 닫고 밖으로 나가 버린다. 대리님도 참……

지수는 손을 씻고 나오면서 손님을 맞이하고 있는 서준을 물끄러미 보았다. 그래도 서준의 부탁을 들어주길 잘한 것 같았다. 손내밀 곳이 정말 없는 사람이었구나. 그녀는 집에 가기 전 인사를 하기 위해 서준의 앞으로 갔다.

"저 가 볼게요. 대리님."

"으응. 지수 씨, 와 줘서 고마워."

서준은 그녀에게 얼른 인사를 하고 다른 손님들을 맞이했다. 뒤늦게 퇴근을 한 사람들이 장례식장을 찾았고, 서준의 친구들도 하나둘씩 와서 손을 거들고 있었다. 장례식장을 나가는 길에 이제 장례식장을 찾은 감사 팀 직원들과 마주쳤다. 지수는 먼저 다가가서 살갑게 인사했다.

"안녕하세요, 팀장님."

"지수 씨, 벌써 와 있었네?"

"네. 저 원래 분양 1팀이었잖아요. 부장님은 내일 온다고 하시더라고요."

"의리 있네."

감사 팀 팀장을 포함한 직원들은 입구 옆쪽에서 담배를 피우고 있었다. 그 쾌쾌한 연기가 폐부 깊숙이 찔러 들어온다. 그녀가 기침을 하자 감사 팀 팀장은 담배를 비벼 껐다.

"먼저 들어갈게. 너희는 천천히 들어와."

"네. 팀장님!"

"지수 씨 고생했어. 회사에서 봐."

"네, 팀장님. 안에 들어가시면 대리님 계실 거예요."

"그래."

감사 팀 팀장이 안으로 들어간 다음 지수는 감사 팀 직원들에게도 고개 숙여 인사했다. 모든 부서와 친하진 않아서 다른 부서 직원들 틈에 있으니 어색했다. 서로 어색한 인사를 나누고 지수가 등을 돌려서 걸을 때, 그들의 입에선 서준에 대한 이야기가 흘러나왔다.

"김서준 대리면, 권고사직 아니다, 해고 대상자 아니에요?"

"그러게. 상 치르고 돌아오면 바로일 거 같은데. 안타까워서 어떡해요."

"그러길래 적당히 해 먹었어야지."

"얼른 들어가죠."

권고사직? 해고 대상자? 그녀는 멀어지는 그들을 보다 빠른 걸음으로 쫓아갔다.

"저기, 저기요!"

"네? 지수 씨."

그들은 그녀의 이름을 알고 있었다. 갑자기 떠올리려고 하니 이름이 생각이 안 나서 그녀는 본론을 바로 꺼내기로 했다.

"제가 들으려고 한 건 아니고요. 김서준 대리님, 잘리시나요? 왜요? 작년까지 분양 1팀에서 같이 근무했는데 회사에 손해를 끼칠 사람은 아닌 거 같아서요. 죄송해요. 이런 거 물으면 실례인데, 그냥 지나갈 수가 없었어요."

"아……. 못 들은 거로 하시죠."

이미 들었는데 어떻게 못 들은 거로 하냐고!

"지금 말씀드릴 순 없습니다. 그럼 이만."

그들은 그녀를 두고 장례식장 안으로 들어갔다. 도대체 서준이 왜? 무슨 일로? 혹시…….

'서일 건설 입찰 건 따내면 평생 저희 찾아오지 않겠다고 했잖아요.'

고모라는 사람이 왔을 때 서준이 했던 말이 떠올랐다. 등골이 싸했다. 설마, 설마……. 서준이 중간에서 손을 쓴 걸까? 서준은 특히 BH 건설 홍 이사와 각별한 관계를 맺고 있었다. 일방적으로 홍 이사가 그를 부하 직원으로 좋아하는 거지만. 그래서 박현우 대표가 서일 건설로 올 때도 부장보다도 일개 대리인 그가 먼저 소식을 알고 있었다. 그럼 BH 쪽으로도 손을 써 준 건가? 무턱대고 그런 짓을 벌일 사람은 아닌데, 분명히 사정이 있을 것이다.

'평생 저희 찾아오지 않겠다고 했잖아요.'

엄마의 장례식장에 와서 재산을 운운하는 사람이라면, 그전에도 들들 볶았을 확률이 높았다. 서준 대리는 할머니를 위해 위험을 감수하고 일을 벌인 것이다. 경찰에 신고를 해도 가족이기 때문에 합의를 보라고 할 테고, 그들이 찾아오지 못하게 할 방도가 없었을 것이다. 중간에서 협의하는 걸 빌미로 서준도 그들에게 할머니 재산이나 돈 관련해서 말 한마디 하지 말라고 오히려 협박을 했을 수도 있다. 그건 모두 그가 할머니를 지키기 위함이었을 텐데. 회사는 전후 사정을 알더라도 봐주지 않을 것이다. 그는 죄를 지은 거니까. 지수는 씁쓸한 감정과 동시에 서준이 더 안타까웠다.

뒤늦게 미팅 자리가 끝난 후 현우는 회사 건물 옥상으로 갔다. 성우가 따라와서 담배를 건넸다. 그는 고개를 저었다.

"금연 중."

"네. 알겠습니다."

"왜냐고 안 물어보네."

"이유를 알 거 같아서 안 물어보았습니다."

"그 이유 아니야. 내 건강 생각해서."

담배보다도 더 좋은 게 생겼으니까. 그녀에게 중독되니 담배의 금단 증상 정도는 아무것도 아니었다.

"고생 많으셨습니다. 내려가면 바로 퇴근하실 거죠?"

"응."

"김서준 대리님은 삼일장 끝나면 해고 공지가 갈 거 같습니다."

"그렇군. 마음이 좋진 않네."

장례식장을 다녀와서 그런가. 아니면 봄이 오고 있어서 센티한
건가.

"대표님께서 마음이 좋지 않다고 하신 건 처음이네요."

"그랬나."

"BH에서도 꽤 많은 직원의 목이 날아갔지만, 그럴 만하다고 하
셨죠. 왜, 기억 안 나세요? 그때 인사 팀 정수완 과장 자를 때, 와
서 애가 둘이라서 잘못했다고 빌었는데 사내 규칙대로 처리하셨
잖아요."

"그건……."

그는 누가 와서 싹싹 빌고 용서를 구해도 절대 들어주는 법이 없
었다. 그건 그들의 사정이니까. 그러니까 하란 일을 잘 해야지 왜
뒤에서 장난을 친단 말인가.

"그래도 내가 끄떡없으니 잘못했다고 빌면서 알아서 연관된 사
람들 다 말해 줬잖아."

"그렇죠. 아주 줄줄이 소시지처럼 다들 잘렸죠. 그게 벌써 1년
전이네요. 그때 대표님 엄청 무서웠었는데."

"지금은 안 무섭고?"

"서일로 오고부터는 분위기 자체가 많이 달라지셨어요."

좋은 건가. 사람은 똑같은데 분위기가 달라졌다는 걸 보면, 역
시 연애의 효과인 걸까.

"그래도 일은 일대로 처리해야지. 서준 대리는 사내 규율대로
처리해 줘."

"알겠습니다."

"선을 넘는 건 역시, 용납 못 해."

현우는 적당히 바람을 쐬고 사무실로 내려왔다. 책상 위에 둔 핸드폰에는 부재중 전화가 몇 통 찍혀 있었다. 모두 지수였다. 퇴근 준비를 하면서 지수에게 전화를 걸자, 그녀는 금방 받았다.

— 현우 씨, 어디예요? 집에 언제 와요? 오늘 블루로 와요?

"지금 회사. 지금 갈 거고, 블루로 갈게."

— 그럼 저 잠깐 볼 수 있어요?

"응. 너 보려고 블루로 가는 건데. 30분 뒤쯤 내려와."

— 알겠어요.

전화를 끊고 그는 코트에 팔을 넣었다. 옷을 다 갖춰 입은 후 주차장으로 가는 발걸음이 가벼웠다. 나를 반기는 사람이 있는 곳에 얼른 가고 싶었다. 다들 이래서 결혼을 하나? 지금 딱 그녀의 품에 안겨서 한숨을 자고 싶었다.

지수는 마스크를 쓰고 비상구 계단을 통해 8층으로 내려왔다. 비상구 문을 열고 엘리베이터 문이 열리는지 아닌지를 보았다. 저번에 경비 아저씨로부터 그녀가 8층 복도를 서성인다는 소식을 듣고, 지훈이 그의 집으로 찾아왔던 걸 생각하면 아직도 등줄기가 오싹했다.

"올 때가 됐는데."

비상구 안에 그녀의 목소리가 울렸다. 이러면 숨는 의미가 없잖아. 그녀는 손바닥으로 입을 막았다. 오늘 동창회에 간다던 아버지도 아직 귀가 전이었다. 가끔 엄마랑 아빠가 운동 삼아 10층까

346

지 계단을 통해 걸어 올라오기도 해서 그녀는 긴장을 놓을 수 없었다. 그때 땅 하는 소리가 들렸다. 그녀는 벌컥 비상구 문을 열었다가 누가 내릴지 모른다는 걸 깨닫고 문을 닫았다. 그러고는 손가락 하나 들어갈 정도의 공간만큼 문을 열었다.

"거기서 뭐 해?"

"봤어요?"

"응."

"먼저 걸어가세요. 따라갈게요."

현우는 그러라는 듯 먼저 복도를 걸었다. 그가 집 앞에 가까워진 걸 확인하고 그녀는 포복한 자세로 복도를 빠른 걸음으로 뛰었다. 그는 그런 그녀를 희한한 눈으로 보며 집 비밀번호를 눌렀다. 문이 열린 순간 그녀는 강아지처럼 네 발로 재빠르게 안으로 들어갔다. 문이 닫히자 그녀는 위를 올려다보았다. 한참 키가 큰 그가 더 커 보였다. 앉아 있어서 그런가.

"저번에 경비 아저씨께서 저 8층 복도를 서성이는 걸 봤다고 했잖아요. 괜히 남자 친구 집 드나들다가 동네 주민에게 걸리면 저 끝장나거든요."

"사람들은 남 일에 관심 없어."

"보통은, 보통은 그렇죠……."

"보통은?"

"어릴 때부터 같은 동네에서 자라서 얼굴을 다 아는 이웃인 경우엔 달라요. 거기다 이웃의 자식들과 그 자식이 낳은 자식을 저희 부모님께서 지도 편달하셨다면 또 달라지죠. 교사 딸, 교장 선생님의 딸로 사는 게 이렇게 힘들다구요!"

가뜩이나 요새 학부모들이 갑이라서 교사들이 힘든데. 전에 지훈이 큰 사고를 쳤을 때 네 자식이나 잘 기르라고 폭언을 퍼붓던 학부모도 있었다. 그래서 그녀는 부모님이 욕먹지 않게 행실을 바로 해야 한다는 걸 깨달았다. 부모님께서도 특히 더 엄하셨던 것 같고.

"걸리면 어떻게 돼?"

박현우를 집으로 부르겠지. 부모님 뭐 하시냐 물어보겠지. 몸은 건강한지, 교우 관계는 원만한지, 어느 학교 나왔는지 물어보겠지. 그리고…… 결혼을 전제로 한 만남인지 물어보시겠지.

"저번에도 말했지만, 연애를 하면 당연히 결혼까지 생각하는 분들이세요."

"그렇군."

"주변 시선을 많이 신경 쓰시거든요."

"그럼 결혼을 전제로 만난다고 하면 되겠네."

현우는 별거 아니라는 표정을 지으며 컵에 물을 따랐다. 그러고는 그녀에게도 물컵을 건넸다.

"대표님, 이게 쉽게 생각할 문제가 아니라고요."

"쉽게 생각 안 했는데."

"나랑…… 결혼할 거예요?"

"그럼 누구랑 해. 여자는 너뿐인데. 얘가 반응하는 것도 너뿐이고."

그의 눈이 아래로 내려가더니 바지 사이를 응시했다가 그녀를 보았다. 볼이 화끈하게 붉어진 그녀는 물컵을 받아서 물을 시원하게 마셨다.

"포복한 자세도 예쁘긴 했어. 그런데 다음부터 나한테 올 땐."

"……."

"어깨 펴고 서서 오라고. 당당하게."

"알겠어요."

그녀는 식탁 의자를 빼서 먼저 앉았다. 그러자 그가 그 앞에 자리를 잡는다.

"대표님, 그 김서준 대리요."

"내 집에서 다른 남자 얘기를 꺼내네."

그는 턱을 괴고 한층 사나운 표정을 지었다.

"네 입에서 더는 그 사람 이름 안 나올 줄 알았는데."

"저도 그러려고 했는데, 오늘만요. 오늘만. 김서준 대……."

현우가 입술을 사리물자 그녀는 잠시 말을 멈췄다.

"대리님께서요."

"응."

"잘리신다고……."

"어디서 들었어?"

"감사 팀에서요. 진짜예요? 대표님은 알고 계셨어요?"

"우리 회사 일을 내가 몰랐을 리가 있나."

"혹시 저 때문에……."

가뜩이나 김서준 대리를 미워했는데, 혹시라도 해고 사유에 자신에게 관심을 줬던 것도 포함되어 있을까 봐 그녀는 마음이 좋지 못했다. 장례식장에서 돈을 훔치는 동생과, 서준을 물어뜯을 것 같은 가족들을 봐서 그런 걸까?

"김지수 씨 때문 아니야."

"그럼요?"

"김서준 대리가 회사를 상대로 장난을 쳤어."

"그건 가족들이 할머니를 못살게 구니까 아예 못 오게 차단하느라 도움을 준 거잖아요. 잘못을 하긴 했지만. 그래도 분양 팀에서 에이스로 진짜 일 잘하셨거든요."

잘못은 크지만, 안 자르면 안 되나. 그 나이에 다른 곳 어디 갈 수도 없을 텐데. 다른 곳 가더라도 여기만큼 월급이 많지 않을 거다. 여러모로 같은 팀이어서 그런가 신경이 쓰였다.

"이미 이사회에서 결정 난 사항이야."

"……."

"가족 간의 일은 김서준 대리의 몫이고, 감정적 호소가 회사에 먹힐 거라 생각해? 밤새 열심히 일을 해도 그런 큰 실수를 덮을 순 없어."

"그래도 회사 커 가는 데 도움을 준 사람인데……."

"회사도 규율이 있어."

"그렇지만……."

"이 이야긴 그만."

현우는 그녀의 말을 막았다. 지수도 더는 말을 할 수 없었다. 만약, 그가 남자 친구가 아니었다면 이런 상황에 찾아와서 말을 하는 것조차 불가능했을 것이다. 현우는 직원이 찾아와 동료 직원을 두둔하는 걸 들어 줄 필요도 없고 말이다.

"고마워요."

"뭐가?"

"들어줘서. 여자 친구 아니었으면 이런 얘기 하지도 못했을 거예요. 아니, 대표님께서 만날 시간도 안 내주셨겠죠."

그는 그녀의 말을 부정하지 않았다. 그게 사실이니까.

"오늘 그것 때문에 나 보자고 한 거야?"

"보고 싶은 게 1번이고, 그건 겸사겸사?"

"아닌 거 같은데. 그렇다고 칠게."

"진짠데요? 나를 너무 못 믿어."

그녀의 말에 그는 코웃음을 치며 의자에서 일어났다. 그녀의 앞으로 와서 식탁을 짚고 눈을 맞춘 그가 멀뚱히 그녀를 보고 있었다.

"내가 먼저였으면 보자마자 무언가를 했을 텐데?"

아! 그녀는 냉큼 그의 목에 팔을 두르고 쪽 하고 입을 맞췄다. 그러자 그는 그녀의 입술을 누르며 입술 틈으로 혀를 넣었다. 물 만난 물고기가 되어 그녀의 입 안을 유영했다.

"하아……."

키스를 매일 해도 질리지를 않는다. 혀가 안쪽 점막을 핥고 빨아들인다. 치열을 고루 핥고 알싸한 치약의 맛을 느끼며 혀를 감쌀 땐 달콤함이 같이 느껴졌다. 입술을 떼자 실처럼 서로가 연결되었다. 붉은 혀가 나와 중간을 끊자 야한 느낌이 들었다.

"왜 이건 해도 질리지를 않지?"

"저도요."

"회사에서도 생각나서 미치겠더라."

"어디서 그렇게 생각이 나요?"

"내 집무실."

그의 집무실 책상 위에서 했던 날것의 키스가 떠올랐다.

"일하다가도 서."

"짐승."

"대표이사실 안에 간이침대랑 샤워실 있는 거 잊진 않았지?"

"맞다. 그렇죠."

거기 문이 닫혀 있어서 그렇지, 문이 열리면 간이침대가 있었다. 그녀가 술에 취했을 때 그가 거기서 자라고 했었다.

"전에 핸드폰 충전기 있냐고 물어봤을 때, 대표님이 저 진짜 살벌하게 노려보고 있었는데. 술 취한 사람 딱 싫어하죠?"

"좋아하진 않아."

"역시. 그래서 화가 나셨었구나. 제가 술 먹고 좀 진상인가요?"

"아니. 양호한 편."

"무서워서 술이 다 깨더라고요."

그때 현우가 어떤 표정이었더라. 그녀는 당장에 문을 닫지 않으면 가만두지 않겠다는 느낌을 받았다.

"그때 말이야."

"네."

그가 의자에 앉은 그녀의 손목을 잡아당겼다. 그러고는 그대로 몸을 돌려 식탁을 짚도록 했다. 그러고는 그녀가 입고 있는 털 달린 후드 집업을 벗겼다. 그녀는 집에서 있다 나온 상태로 후드 집업 안에는 위아래로 요가복 세트를 입고 있었다. 그는 그녀가 입은 옷차림을 보더니 손을 단숨에 내려 바지 앞을 만졌다.

"앗."

"이러고 싶었어. 무척 흥분해 있었거든."

"지금도 그런 거 같은……데."

살살 만지는 손길이 노골적으로 변했다. 요가복 바지가 얇아서 그의 손길이 닿는 곳마다 직접적으로 느껴졌다. 어딜 어떻게 만지고 꼬집는지. 그녀가 꿈틀거리자 뒤로 그의 흥분한 몸이 계속 닿는다.

"현, 현우 씨. 우리."

그는 그녀의 어깨 쪽으로 팔을 둘러서 가슴을 잡았다. 스포츠 브라와 요가복은 단숨에 제거되었다.

"아앗."

"옆으로 고개 돌려 봐. 얼른."

그녀가 옆으로 고개를 돌리자 그가 단숨에 그녀의 입술을 빨았다. 그에게 닿기 위해 혀를 내밀자 그가 입술을 쪽쪽 빨아들인다. 그것과 동시에 그녀의 몸을 감싼 손들은 쉴 새 없이 그녀를 만져 갔다.

"으응……."

다리에 힘이 풀린 그녀가 책상 위에 엎어지듯 누웠다. 그는 그녀의 날개뼈에 입을 맞추고 척추를 손으로 쓸었다. 살에 닿는 금속성 벨트가 차갑게 느껴졌다. 그녀가 움찔 떠는 틈을 타고 그의 손가락이 바지 속으로 불쑥 들어왔다.

"앗!"

이미 그에게 다 들킨 마당에도 부끄러웠다. 그의 손등과 손가락에는 그녀의 흥분이 고스란히 느껴졌을 것이다.

"좋아?"

"네."

"나도."

그녀가 손을 뒤로 뻗어 그의 몸을 만졌다. 그처럼 그녀의 손바닥에도 그의 흥분이 묻어났다. 그는 그녀의 손 때문에 탁한 숨을 내쉬었다. 서로의 몸을 만지는 손길에는 거침이 없었다. 손을 뒤로 뻗은 자세가 불편해서 그녀는 몸을 돌려 바닥에 무릎을 꿇고 앉았다. 벨트와 바지 버클만 내린 그는 겉으로는 태연해 보였다. 그러나 그녀가 몸을 건드릴 때마다 눈빛에선 열기가 일었다.

"그거 아니야."

"네?"

"입으로는 다음에."

그는 그녀를 번쩍 안아 거실로 왔다.

"집이 좁으니 이건 좋군. 몇 발자국 걸으니까 소파네."

그는 그녀를 소파에 내려놓고 셔츠 단추를 풀었다. 제대로 안 풀리는지 아래 단추를 잡아 뜯어서 벗고는 소파 밖으로 던졌다.

"으읏. 급해요. 지금."

그는 정장 바지 뒷주머니에서 콘돔을 꺼내 이로 포일을 깠다.

"그걸 왜 바지 주머니에 넣고 다녀요?"

"그냥."

"회사에서 하려고?"

"그래도 돼?"

"아뇨. 그러다가 걸리면…… 끔찍해."

준비가 된 그는 그녀의 두 다리를 잡았다. 두 사람은 함께 눈을 감았다.

아아. 동시에 입에서 신음이 터졌다. 그의 천장이 하얗다가 검어지길 반복한다. 눈을 감았다가 번쩍 뜰 때마다 타오를 듯한 갈증이 일었다. 현우는 짐승처럼 그녀를 제 품에 숨겨 놓고 야금야금 가졌다. 원하는 것을 주다가도 뺏어서 그를 찾게 만들고, 또다시 정신을 잃을 정도로 가져갔다.

"하아……."

입에서 흐르는 침까지도 핥아 올리며 그는 그녀의 손가락에 깍지를 끼었다. 깍지 낀 손에 힘이 들어갈수록 지수는 그를 버티기가 힘들어졌다. 유연한 그녀의 허리가 곡선을 이룰 때 그의 몸도 같이 따라갔다. 그가 소파로 자연스레 누우며 그녀를 위로 올렸다. 그녀는 그의 복근을 손으로 짚었다.

"아앗. 현우, 씨……."

전보다 더 그가 강하게 느껴졌다.

"예쁘다, 지수. 너……."

그가 땀에 젖은 그녀의 머리카락을 넘겨주었다. 계속 앞으로 흘러내리던 머리카락이 귀 뒤로 다소곳이 꽂혔다.

"으윽."

그녀가 움찔 떨자 그의 입에서 신음이 나왔다. 묘하다. 그의 표정이 생생하게 보이니까 쾌락과 동시에 뿌듯함이 느껴졌다. 내가이 남자를 흥분시키고 있구나. 그녀는 할 수 있는 한 열심히 그를 사랑해 주었다.

그는 느긋하게 그녀를 느끼면서도 참지 못할 땐 그녀의 허리를 잡고 앉혔다. 그녀가 품으로 쓰러지자 그는 그녀를 안았다. 잠시 그렇게 몇 분 머리를 쓰다듬어 주던 그가 다시 그녀를 소파로 눕혔다. 바닥에 떨어진 바지를 주워서 뒷주머니에서 콘돔 하나를 더 꺼냈다.

"바로?"

"응. 사랑해."

치익. 포일이 뜯기고 단숨에 그가 그녀를 안았다. 그의 고백과 함께 이번에는 절정이 금방 찾아왔다.

상쾌한 아침을 맞이한 현우는 비서가 갖다 준 얼그레이 차와 다과를 먹으며 오전 미팅 자료를 꼼꼼히 보았다. 관련 부서에서 올라온 자료들을 찾아서 비교해 보며 혹시라도 빠진 부분이 있는지 살폈다. 자료를 보는 그의 눈이 매서웠다. 삐이익. 그때, 인터폰이 울렸다.

"네."

– 대표님, 유성우입니다. 김서준 대리가 대표님을 뵙고 싶어 합니다.

"유 실장 생각엔 내가 직원을 굳이 만나야 할까?"

– 아닙니다. 돌려보내겠습니다.

"보고는 분양 팀 총괄부장을 통해 받는 거로 하죠."

그는 인터폰을 껐다. 어떻게 상사를 거치지 않고 대표를 직접 만날 생각을 하지. 회사란 부서별로 직급이 있고, 리더가 있다. 그런데 그걸 통하지 않고 올 정도의 일이라면……. 안 봐도 무슨 일인지 알 것 같았다. 그의 집무실에 인터폰이 다시 울렸다.

"네."

– 대표님, 김서준 대리님께서 꼭 뵙고 싶다고 합니다. 사정 설명

을 했는데도 안 가고 버티고 계셔서요.

"들어오라고 해."

현우는 바퀴 의자를 밀며 일어났다. 대표이사실 문이 열리고 서준이 들어와 그에게 깍듯이 인사를 하였고, 그는 묵례로 대답을 대신했다.

"이쪽으로 와서 앉으세요."

"네, 대표님."

두 사람은 가운데 큰 테이블을 두고 가죽 소파에 앉았다. 상석에 앉은 현우는 서준을 꽤 오래 응시했다. 며칠 사이에 살이 빠지고 피부도 거칠어져 있었다. 회사에 출근하자마자 청천벽력 같은 소식을 들었을 것이다.

'원하는 대로 다 해 드렸잖아요.'

재산 따위 다 가지라고 외치는 서준의 모습이 눈앞에 선연했다. 그에게도 세 명의 고모가 있었다. 그들 모두는 할아버지의 죽음을 기다리며 호시탐탐 재산을 노리고 있고, 현우의 부모님이 교통사고로 돌아가셨을 때도 떡고물이 떨어지나 기다리던 사람들이었다. 제 자식들을 선두로 세워 BH 계열사를 먹으려고 혈안이 되어 있었다. 가족이긴 하지만 남보다 무서운 존재였다.

"장례식 비용을 내주셨다고 들었습니다. 대표님. 감사드려요."

"아닙니다."

"언젠가는 제 잘못이 위에 보고가 되고 이런 날이 올 거라 생각했습니다. 하면 안 되는 걸 알면서도 매번 할머니를 찾아와서 감 놔라 배 놔라 하는 걸 보니 못 참겠더라고요. 다 주니까, 원하는 대로 해 주니까 멈추는 거예요. 한 번이 두 번이 되고, 두 번이 세

번이 되고……. 결국엔 이런 사태가 왔습니다. 죄송하단 말씀 꼭
드리고 싶었어요.”

“죄송한 건 알아 다행입니다.”

나름 공감되는 부분이 있어서 마음이 아팠으나 감사 팀의 결정
이니 그도 따라야 할 의무가 있었다.

“이번 주에 사직서 부장님께 제출하고 인수인계하겠습니다.”

“네.”

“할머니는 잘 보내 드렸어요. 장례식장에 와 주셔서 다시 한번
감사드립니다. 그리고…… 지수 씨는 잊었어요. 혹시라도…….”

“그 얘길 왜 하는 거죠?”

현우는 다리를 꼰 채로 삐딱하게 그를 보았다. 지금 이 자리에
서 지수 이름이 왜 오르내리는 건지. 회사에서 굳이 그의 사적인
마음을 나눌 정도로 그는 한가하지 않았다. 그들이 그럴 사이도
아니고 말이다.

“혹시라도 제 마음 때문에 불편해하실까 봐 확실히 말씀드리고
싶었습니다.”

“김서준 대리의 마음을 내가 왜 지금 들어야 합니까?”

“죄송합니다.”

“인사 끝났으면 그만 가 보죠.”

“제가 필요하면 언제든지 불러 주세요. 저 퇴사하는 거 알고,
BH 건설 홍 이사님께서 부르셨어요. 다음 달부터는 그쪽으로 출
근하게 될 거 같습니다. 이 말씀 드리는 이유는 혹시라도 필요하
면 저 쓰시라는 의미입니다.”

홍 이사……. 능구렁이같이 박 회장 옆에 붙어서 간사하게 혀를

놀리는 인물이었다. BH 패밀리도 아니면서 BH에서 제일 오래 살아남은 사람. 각 계열사의 대표들이 바뀌어도 홍 이사는 그 자리에서 부를 유지하고, 오히려 주식도 점점 사들여 BH 패밀리의 일원처럼 보이기도 했다. 대주주인 홍 이사는 그가 BH에서 끝장내지 못한 아쉬운 인물 중 하나였다. 그 사람 밑으로 들어간다니. 제법 쓸모가 있겠는데.

"왜 내게 그런 제안을 합니까?"

"멀리서나마 상사로 모셔 보니까 왜 대표님 곁에 있는 직원들이 열심히 일할 수밖에 없는지 알 거 같더라고요."

"……."

"일개 직원 장례식장도 직접 와 주시고. 제가 덕분에 면이 많이 섰습니다."

현우는 직원들의 경조사에 참여한 적이 없었다. BH에서도, 서일에서도 마찬가지였다. 좋은 일이 있으면 성우가 알아서 돈 봉투를 보냈고, 지금처럼 장례식 때는 조의 화환을 보냈다. 정말로 중요한 자리가 아니면 비서실에서 그를 대신해서 참석했었다. 이번엔 지수가 장례식장에 간다기에 미팅도 그 주변에서 있으니 잠시 얼굴을 비칠 겸 간 것이었다. 다녀간 이후 김서준 대리를 자신이 좋아한다는 얘기가 있었지만, 서준이 해고되는 게 소문이 나면서 잠잠해졌다.

"대표님께서 생각보다 따뜻한 사람이신 거 같았습니다. 그럼 가 보겠습니다."

장례식 비용을 내준 건 순전히 충동적인 결정이었다. 장례식장에서 그의 고모가 난리를 치고 간 이후에 내린 충동적인 결정.

따뜻한 사람이라⋯⋯. 동질감을 느꼈으나 그렇다고 따뜻하게 대해 준 적은 없었다. 다만, 그가 열심히 하는 것들을 직원들이 보고 느끼고 있다는 점이 그에게 힘을 주었다. 적어도 혼자서 죽어라 달리는 게 아니라서 다행이란 생각이 들었다. 그는 소파에 앉아 서준이 나간 문을 꽤 오래 응시했다.

✳

지수는 1층 사내 카페에서 서윤을 만났다. 안 그래도 서준으로부터 서윤이 휴직한다는 이야기를 들었던 게 생각나서, 사무실로 올라가려는 서윤을 잡았다.

"언니, 잠시 시간 되세요?"

"지수 씨? 응. 나 한 10분 정도? 왜?"

"그럼 잠시만요!"

커피를 사러 내려왔다가 그녀도 죽치고 앉았다. 10분이면 충분하다.

"언니, 분양 1팀 지금 난리도 아니죠? 서준 대리님이 하던 일 인수인계 받으려면⋯⋯ 언니도 일 더 많아지시겠네요."

"그렇지. 나는 휴직 신청했는데, 부장님께서 지금은 안 된다네. 휴⋯⋯."

"휴직 신청하셨다고요?"

"응. 육아 휴직."

서준의 말이 사실이었구나. 한 명은 그만두고, 한 명은 휴직하고. 그러면 분양 1팀은 어떻게 되는 거지? 그 이후에 두 명이 더 들어와서 업무를 한다곤 하지만, 주요한 일들은 모두 서준과 서윤이 맡고 있었을 것이다.

"분양 1팀, 2팀, 3팀 다 합쳐진다는 얘기도 있더라."

"헉. 정말요?"

"응."

"언니 휴직하시는 게 야근 때문이죠?"

"아무래도 그렇지. 매번 집에 늦게 가니까. 애 봐 줄 사람도 없고. 특히나 나는 혼자니까. 너무 벅차네."

남편과 육아를 나눌 수 없고 모두 감당해야 하는 그 부담감. 그녀는 알 수 없지만 서윤의 표정 때문에 가슴이 아렸다.

"애가 열이 펄펄 나는데도 선생님들께 양해를 구하고 맡기고 나올 때 정말 죽을 맛이더라. 돈은 벌어야 하지, 애는 아프지, 회사에서는 내내 전화 들고 씨름하고. 나 과부하 걸렸어."

"언니······."

"혹시라도 휴직하지 말라고 잡을까 봐 말하는 거야. 잡지 말라고. 부장님께도 똑같이 말씀드렸는데 그래도 자기 사정 봐 달라고 하시네."

"부장님 사정이요?"

"같이 입사한 동기들은 다 임원 자리 꿰차고 본인만 만년 부장인데, 자식이 셋이고. 연달아서 대학교를 보내야 하고, 뭐······. 회식 자리에서 맨날 하는 레퍼토리 반복하시지. 마누라 등쌀에 못이겨서 집에 갈 수가 없다나 뭐라나."

지수는 부서가 달라도 꼭 그 속에 있는 것 같아서 웃었다. 부장님은 변함이 없구나. 아직도 회식 자리를 강요하는 모양이다.

"그래도 난 회식 땐 이제 제외시켜 주신대."

"잘됐네요, 언니."

"잘된 건가. 요샌 혼자서 아이를 낳겠다고 결정한 게 잘한 일인가 고민되거든. 나한테도, 애한테도 못 할 짓 한 거 같아서."

"언니 왜 그런 생각을 해요. 잘하신 거예요."

그녀는 서윤에게 힘이 되어 주고 싶었다. 매사 열정적으로 참여했던 서윤이 좋았다. 그러고 보면 서준도 서윤도 모두 그녀에겐 고마운 사람이었다.

"지수 씨는 마음이 참 예뻐. 이런 지수 씨 누가 데려갈까 진짜 궁금하다. 회사에 마음에 드는 남자 없어?"

"네?"

"아니면 소개팅해 줄까?"

지수는 손사래를 쳤다.

"좀 있으면 봄이야. 암수 쌍쌍이 붙어 다니는 계절이 온다고."

"암수가 정겹지 않은 계절이 따로 있나요. 봄, 여름, 가을, 겨울 다 붙어 다니던데요?"

"그러니까. 지수 씨도 만들어야지."

이미 만나는 사람이 있는데. 그러나 연애 사실을 말할 순 없었다. 그랬기에 지수는 어색한 미소를 지으며 소개팅을 거절했다.

"내 친구가 내과 의사거든? 지수 씨보다 여섯 살 정도 많은데. 진짜 관심 없어? 자기 관리 잘해서 배 나온 아저씨 절대 아니야. 이상형이 참한 여자인데, 딱 지수 씨 생각나더라. 지수 씨는 이상형이 어떻게 돼?"

"외적으로는 저보다 키가 크면 좋고, 무쌍이었으면 좋겠고……

날렵하게 생긴 사람 좋아해요. 좀 비밀스럽고 섹시해 보이는 사람 있잖아요."

"예를 들면 박현우 대표 같은?"

"그렇죠! 아……."

지수의 볼이 붉어졌다.

"왜 얼굴이 빨개져? 지수 씨도 대표님 팬이야?"

"팬이요?"

"부서별로 대표님 팬이 포진되어 있더라고. 멋있대."

그렇게나 팬이 많았구나. 인기가 많으면 안 되는데.

"근데 꿈 깨. 대표님은 약혼자 있으시잖아."

"약혼자요?"

"응. 예전에 약혼한다고 한번 소문 돌았잖아. 다시 BH로 가신다는 소문도 있고. 바빠서 연애할 시간도 없을 거고, 결혼해도 남편 얼굴이나 보겠어? 동에 번쩍 서에 번쩍인데."

그건 맞다. 회사에 있을 때를 제외하고는 그는 동서양을 오가며 일을 했다. 서일 건설의 일은 모두 현우가 하는 건지, 왜 미팅이 그렇게 많은지 모르겠다.

"내 친구 한번 만나 볼래? 사진 보여 줄게."

서윤은 신이 난 듯 핸드폰에서 메신저 프로필을 클릭했다. 본인 사진을 올려 둔 남자는 서윤의 말대로 훤칠한 외모였다.

"괜찮지? 성격도 좋아. 집안도 좋고."

"네."

"별로 안 끌리는 표정이네. 내가 너무 오지랖 부렸나?"

"아니에요. 저 생각해서 말씀해 주시는 건데요, 뭘!"

"10분 지났다. 나 올라가 봐야 해. 지수 씨, 문자 할게."

서윤은 그녀에게 인사를 하고 먼저 올라갔다. 지수는 머릿수대로 커피를 주문했다. 팀장의 카드로 결제를 하고 커피를 기다리는 동안 잠시 멍해졌다.

현우 씨 보고 싶다.

문득 그런 생각이 났다. 누군가와 현우에 대해 이야기만 나눠도 보고 싶다니. 연애란, 원래 이렇게 계속 봐도 또 보고 싶은 걸까?

〈2권으로계속〉